JN441501

아이를 빌려드립니다

THE HUNTED

아이를 빌려드립니다

알렉스 쉬어러 지음 ◎ 이혜선 옮김

미래인

아이를 빌려드립니다

1판 1쇄 발행 2019년 6월 28일
1판 10쇄 발행 2026년 1월 15일

지은이 알렉스 쉬어러
옮긴이 이혜선
펴낸이 김민지

펴낸곳 미래M&B
등록 1993년 1월 8일(제10-772호)
주소 07207 서울시 영등포구 양평로 21가길 19, 비동 2층 210호
전화 02-562-1800(대표)
팩스 02-562-1885(대표)
전자우편 mirae@miraemnb.com
홈페이지 www.miraeinbooks.com
블로그 blog.naver.com/miraeibooks
인스타그램 @mirae_inbooks

ISBN 978-89-8394-865-6 (03840)

*잘못 만들어진 책은 구입처에서 바꾸어 드립니다.
*미래인은 미래M&B가 만든 청소년, 성인을 위한 브랜드입니다.

"나는 영원히 아이로 살아가는 게 싫어요.

나는 어른이 되고 싶어요."

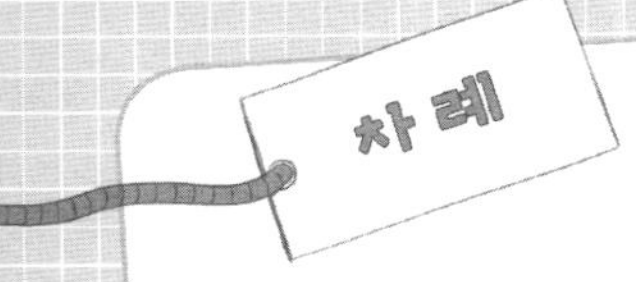
차례

1

진짜와 가짜

디트가 말했다.

"이봐, 꼬맹이. 나이가 들면 넌 아무것도 아니게 돼. 요즘 사람들이 중요하게 여기는 건 아이들뿐이야. 왜 그런지 알아? 공급이 부족하니까. 요즘은 아이들이 예전만큼 많이 태어나지 않잖아. 게다가 사람들이 예전만큼 많이 죽지도 않고 말이야. 사람들은 온갖 것을 동원해서 삶에 매달리고 있어. 어리다는 거, 그거야말로 가장 좋은 거야. 우리 주변에 어려 보이는 사람들이 수없이 많지만 그건 가짜야. 인공 선탠처럼 말이지. 이봐, 지금 내가 말하는 건 진짜야, 알았어? 여하튼 네가 지금은 어리지만… 그 상태가 계속되진 않아. 암, 너도 계속 어리진 않지. 그걸 잊지 마. 어릴 때 그걸 최대한 이용해봐. 언젠가 너도 나처럼 늙을 테니까. 그러니 돈 벌 수 있을 때 좀 벌어두자. 볕이 났을 때 풀을 말려두자는 말이야. 그래서 헛간에 차곡차곡 쌓아두는 거야."

태린은 사실 돈을 조금도 벌고 싶지 않았다. 태린은 다른 아이를 만나 얘기하고 같이 놀고 싶었지만 지난 몇 주 동안 또래 아이를 한 명도 만나지 못했다. 요즘은 물건들 대부분이 그런 것처럼 아이들 대부분이 부유한 사람들 차지였다. 태린도 예전에는 부자의 소유물이었으나 디트가 카드놀이를 해서 땄다고 한다. 아무튼 사연이 그랬다. 태린을 소유하고 있던 부자가 술에 취해 카드놀이에 태린을 걸었다가 결국 잃고 말았다는 것이다.

그런데 태린은 어떻게 해서 부자의 소유물이 되었을까? 그 부자가 태린의 아빠일 리는 없다. 자기 자식을 내기에 거는 아빠는 없을 테니까. 아무튼 그 일은 아주 오래전에, 태린의 기억에도 없는 때에 일어났다. 그때부터 지금까지 태린은 디트와 함께 살았다. 가끔은 엄마라고 부르라던 여자들과도 함께 살았다. 하지만 머지않아 그 여자들이 디트한테, 아니면 디트가 그 여자들한테 싫증을 냈다. 그러면 태린은 디트와 짐을 싸서 그 여자들 곁을 떠났고, 몇 주 뒤에는 엄마라고 부를 또 다른 여자가 나타났다.

어떤 여자는 떠나면서 태린을 데려가려 했다. 태린도 그 여자와 함께 떠나려고 했다. 하지만 디트가 낌새를 챘다. 그래서 그 여자를 먼저 보내고 나서 한참 동안 태린에게서 시선을 떼지 않았다.

태린은 그후 그 여자가 어떻게 되었을지 늘 궁금했다. 그 여자가 자기를 진심으로 원한 건지, 아니면 디트처럼 돈을 벌 목적으로 원한 건지 궁금했다. 나중에 내가 너무 자라면 그 여자도 나를 버리려 할까? 그러면 나도 다른 사람들처럼 하루하루 밥벌이만 하면서 살게 될까?(어쩌면 하루하루 도둑질로 살아갈지도.) 앞으로 몇 년이 지나면 디트마저 나를 원치 않게 될까?

"이봐, 기운 내! 뭘 그렇게 걱정하고 있어?"

태린의 생각을 읽기라도 한 것처럼 디트가 끼어들었다.

"어른이 되려면 넌 아직 멀었어. 어른이 된다 해도 피피 이식이 있잖아. 하지만 피피 이식은 어릴 때 받아야지, 나중에는 받아봐야 소용없어. 그때는 너무 늦지. 꼬맹이, 피피 이식을 받으면 어떨 것 같아? 내가 피피 이식을 받게 해주마. 그럼 우린 영원히 함께하게 될 거야. 비용은 나중에 네가 벌어서 갚으면 돼. 한 번에 조금씩.

물론 피피 이식을 받으려면 한참 기다려야 해. 돈이 많이 드니까 말이야. 솔직히 말하면 지금 내 수중에 있는 돈보다 더 많이 필요해. 그래도 상관없어. 오래오래 잘 살고 보면 돼. 네가 피피 이식을 받는다고 하면 누군가 돈을 빌려줄 거야. 든든한 투자인 셈이지. 나중에 네가 돈을 갚을 수 있다는 걸 아니까. 너로서는 당연히 몇 가지 잃는 게 있겠지. 어른으로서 하는 걸 못 할 테니까. 하지만 그게 대수야? 그런 건 내가 대신 다 해주마. 넌 네가 잘하는 일만 열심히 하면 돼. 넌 아이 노릇을 잘하잖아.

나로 말할 것 같으면, 사태 파악을 잘하고 네 대리인 역할을 잘하지. 꼬맹이, 내가 널 아무 때나 부려먹고 있나? 아니지. 내가 너한테 일을 너무 많이 시키고 있나? 아니잖아. 딴 사람이라면 몰라도 난 아니야. 황금알을 낳는 거위 이야기 알지? 그래, 내가 생각하는 게 바로 그거야. 너라면 널 거둬 먹이는 손을 비틀 수 있겠어? 내 말이 무슨 말인지 알아? 꼬맹이, 아이로 영원히 살고 싶지 않아? 한번 생각해봐. 절대 늙지 않는 아이. 어떨 것 같아? 늙은이들이 넘쳐나는 세상에서 아이로 영원히 산다! 넌 영화배우처럼 이 도시의 유명 인사가 될 거야. 어떨 것 같아?"

태린은 아무 말도 하지 않았다. 두 사람은 저마다 생각에 잠겨 말없이 걸어갔다. 디트는 태린이 피피 이식을 받으면 돈을 왕창 벌 수 있을 거라는 생각에 빠져 있었다. 그러면 앞으로 영원히 돈 걱정 없이 살 수 있을 것이다. 한편 태린은 디트가 매우 중요한 사실 한 가지를 놓치고 있다는 생각을 하고 있었다. 피피 이식은 불법이다. 그래서 피피 이식에 연루되었다 붙잡히면 누구라도 종신형을 받는다. 평생 감옥살이를 해야 한다는 뜻이다. 게다가 요즘은 수명이 매우 길다. 따라서 종신형도 그만큼 길어진다. 오래오래.

하지만 피피 이식은 마음을 당기는 데가 있었다. 피피(PP)는 영원히 자라지 않는 아이, 피터팬(Peter Pan)의 머리글자에서 따온 말이다. 그것을 가능하게 하는 시술을 피피 이식이라고 한다. 아이로 영원히 사는 것에는 뭔가 유혹하는 것이 있었다. 하지만….

때마침 맞은편에서 어떤 남자가 옆에 남자아이를 데리고 걸어왔다. 태린은 가슴이 뛰었다. 그 아이의 나이며 키가 자기랑 똑같아 보여서. 지난 몇 주 동안 그런 또래 친구랑 놀지도 못하고, 말도 못 해보고, 마주친 적도 없었다.

“디트 삼촌….”

“나도 봤다, 봤어. 그래, 저 애 아빠가 반대하지 않으면 너희 둘이 15분쯤 놀게 해주마.”

그런데 가까이 가서 보니 그 아이는 어딘가 이상했다. 진짜 아이가 아니었다. 대부분의 어른들은 그런 걸 알아채지 못할 것이다. 하지만 태린은 바로 알아챘다. 디트도 마찬가지였다.

“아빠가 아니군. 저 사람은 저 애를 돌봐주는 사람이야. 내가 널 돌봐주는 거랑 똑같이 말이지.”

그 남자는 키가 크고 피부가 하얗고 금발이었다. 옆에 있는 아이는 검은 곱슬머리에 피부도 까맸다. 두 사람은 아빠와 아들 사이일 리가 없었다.

두 사람이 바로 코앞까지 다가오자, 디트가 큰 소리로 말했다.

"어이 친구들, 안녕하신가? 우린 같은 업종에 있는 것 같구먼."

금발 남자가 태린을 위아래로 훑어보더니 고개를 끄덕였다.

"흠, 그런 것 같군."

두 사람은 잠시 말이 없었다.

디트가 다시 말을 걸었다.

"일은 잘돼가나?"

"너무 바빠서 일을 거절하는 중이지."

디트가 아이를 내려다보며 고갯짓을 하고 다시 물었다.

"자네 건가?"

금발 남자가 고개를 저었다.

"내 동업자라네."

디트가 눈에 힘을 줬다.

"몇 살인가?"

"나보다 많아."

금발 남자는 마흔 살쯤 되어 보였다.

디트가 천천히 고개를 끄덕였다.

"멋지군. 돈은 많이 버나?"

"물론이지. 찰리, 그렇지?"

금발 남자가 옆에 있는 아이에게 고개를 돌렸다.

"응."

그 아이, 찰리도 고개를 끄덕였다. 하지만 눈은 태린을 바라보고 있었다.

태린은 찰리의 눈길을 애써 피했다. 찰리의 눈이 무서웠기 때문이다. 작고 까맣지만, 전혀 아이의 눈 같지 않고 어떤 미지 생명체의 눈처럼 보였다.

"안녕."

"안녕."

찰리의 인사에 태린은 똑같이 화답했다.

디트가 두 아이를 보면서 고개를 끄덕였다.

"그래, 서로 알고 지내면 좋지. 한데 얘는 자기 또래들을 많이 만나나?"

금발 남자가 웃음을 터뜨렸다.

"자기랑 나이가 같은 사람은 많이 만나지. 크기가 같은 사람을 많이 못 만날 뿐이지. 내 말이 무슨 뜻인지 알지?"

태린은 찰리의 얼굴을 찬찬히 살피면서 이렇게 물었다.

"몇 살이에요?"

찰리는 한동안 말이 없더니 결국 입을 열었다.

"먹을 만큼 먹었어."

"찰리, 부끄러워할 것 없잖아." 금발 남자가 끼어들었다. "몇 살인지 말해주지 그래?"

찰리는 대답하지 않았다. 그러자 금발 남자가 대신 말해줬다.

"마흔여덟 살이란다."

찰리는 기분이 상한 것 같았다.

"말해줄 필요 없잖아. 내 나이를 알고 나면 나랑 안 놀 테니까."

그 말이 맞았다. 태린은 찰리와 놀고 싶지 않았다. 태린은 마흔여덟 살의 그 아이한테서 천천히 뒤로 물러섰다.

금발 남자가 말했다.

"이런, 이만 가봐야겠군. 찰리한테 한 시간짜리 예약 손님이 있거든. 그전에 점심부터 먹어야 해서 말이야."

디트가 말했다.

"그래. 볼 수 있으면 또 보세."

"그래, 볼 수 있으면."

금발 남자는 고개를 끄덕였지만 다시 보고 싶지 않은 눈치였다.

"우린 내일 다른 데로 떠날 거야. 다른 도시에 가보려고. 찰리, 그렇지?"

"음, 당연하지. 내일은 다른 데, 그다음엔 또 다른 데, 그렇게 계속 옮겨 다녀야지. 그리고 이 사람, 저 사람하고 똑같은 날들을 보내면서 그 사람들이 가져본 적 없는 아이 노릇을 해야지. 음, 훌륭해. 아주 훌륭해. 돈 벌기 딱 좋은 일이야."

그렇게 말한 뒤 찰리가 갑자기 태린을 쳐다봤다.

"얘야, 피피 이식은 절대 하지 마. 절대 안 돼. 커서 어른이 되고, 차츰 늙어서 언젠가 죽는 게 나아. 피피 이식은 절대 하지 마. 내 말 알았지?"

"이봐, 찰리, 그만해." 금발 남자가 끼어들었다. "자네가 내 동업자든 아니든, 나보다 나이가 많든 적든, 어쨌든 크지도 않은 자네를 내 무릎 위에 엎어놓고 볼기를 칠 순 없지 않나?"

찰리가 고개를 들어 금발 남자를 째려봤다.

"한번 해봐. 그러고 싶으면 해보라고. 하지만 그걸로 끝장이야, 알지?"

금발 남자는 계속 나무라는 표정을 지었지만 속마음은 이미 달라진 것 같았다.

디트가 말했다.

"그럼 행운을 비네. 우린 이만 가보겠네."

디트는 이 두 사람과 빨리 헤어지고 싶었다. 피피 이식에 대해 태린 앞에서 그런 식으로 말하는 게 싫었다.

그래서 두 남자와 두 아이는 헤어졌다. 그런데 잠시 뒤 찰리가 뒤돌아서 태린한테 소리쳤다.

"내가 한 말 잊지 마. 절대 잊지 마!"

"찰리, 그만하라고 했잖아."

금발 남자가 찰리의 귀를 잡아 비틀었다. 그러자 찰리가 발뒤꿈치로 금발 남자의 발을 쾅쾅 짓밟았다. 금발 남자가 고래고래 비명을 질렀다.

찰리가 나직이 말했다.

"다시 한 번 이러면 내 주머니칼을 가만두지 않을 거야."

태린과 디트는 가던 길을 계속 갔다. 그 길은 태린이 잘 아는 길로, 어느 정도냐 하면 너무 익숙해서 눈길을 끄는 게 없어진 지 오래였다. 그런데도 언제나 눈길을 붙잡는 게 하나 있었다. 그것은 작은 극장이었고, 극장 입구 광고판에는 열한 살쯤 된 여자아이의 사진이 몇 장 붙어 있었다. 사진 속에서 여자아이는 빨간색 탭댄스 구두를 신고 아주 작은 무대에 서 있었다.

광고판에는 이런 글이 나붙어 있었다.

미스 버지니아, 55세의 아이가 여전히 춤을 추고 있다.

디트가 멈춰 서서 그 광고판을 넋을 놓고 쳐다봤다.

"이런 게 진짜 전문가지. 내가 말하는 아이란 바로 이런 거야, 알겠어? 여전히 춤을 추는 55세의 아이. 이봐, 너도 저렇게 될 수 있어."

태린은 등골이 오싹했다. 쉰다섯 살이 되었는데도 열한 살처럼 보이고 그때까지 사람들 앞에서 춤을 춘다고 상상하니 그보다 더 끔찍한 일은 없을 것 같았다.

"게다가 저 애는 피피 이식에 대해서도 아주 솔직하잖아. 저 애가 피피 이식을 받은 걸 모두가 알지만, 뭐 어때? 사람들은 계속 저 애를 보러 오거든. 저 애는 진짜 용감한 전사야."

태린은 광고판의 다른 쪽을 쳐다봤다. 미스 버지니아의 사진이 더 붙어 있었다. 이번에도 무대에 서 있는 사진인데, 황갈색 가발을 쓰고 노래를 부르고 있었다. 짐작건대 뮤지컬 〈애니〉에 나오는 '내일'을 부르고 있는 것 같았다. 그 뮤지컬은 고아 소녀 애니에 관한 이야기로 아주 옛날에 유행했다. 사진 밑에는 이렇게 쓰여 있었다.

미스 버지니아, 모두가 좋아하는 소녀이자 당신이 결코 가져보지 못한 딸의 춤을 보러 오시라.

디트가 고개를 끄덕였다.

"꼬맹이, 너도 저렇게 될 수 있어. 암, 그렇고말고. 사람들이 결코 가져보지 못한 아들. 솔직히 다 밝히는 거야. 아무것도 감추지 않으면서도 계속 돈을 버는 거지. 저 애가 쉰다섯 살이라는 건 모두가 알고 있어. 사실 광고판의 저 숫자가 해마다 바뀌고 있지. 내가 처음 이 도시에 왔을 때는 광고판에 이렇게 쓰여 있었어. '미스 버지니아, 43세의 아이가 여전히 춤을 추고 있다.' 저 애는 그때나 지금이나 똑같이 춤을 추고 있어. 내 생각엔 말이야, 저 애는 죽는 날까지 춤을 출 거야. 210살이 되어도 모두가 좋아하는 소녀로 남아 있을걸. 그렇게 사는 거지, 뭐."

광고판을 뚫어지게 쳐다보며 디트는 몽상에 잠겨 있는 것 같았다. 미스 버지니아가 죽는 날까지 벌어들일 그 많은 돈을 상상하고 있는지 모른다. 또 미스 버지니아가 그 돈을 쓰는 걸 자기가 어떻게 도와줄까 고민하고 있는지도 모른다.

그때 태린이 중요한 내용을 지적했다.

"하지만 저 여자는 전혀 자라지 못했잖아요."

"뭐? 꼬맹이, 방금 뭐라고 했냐?"

디트가 꿈에서 깨어 현실로 돌아왔다.

"저 여자는 전혀 자라지 못했고, 앞으로도 결코 자라지 못할 거라고요."

디트가 슬픔인지 동정심인지 모를 묘한 표정으로 태린을 바라봤다. 그러더니 이내 얼굴을 찌푸리며 이렇게 말했다.

"자라지 못한다고? 너한테는 그게 중요하냐? 자라는 게 그렇게 중요해? 꼬맹이, 이 세상은 다 자란 어른들로 바글바글해. 사람들은 아주 오래 살아. 사는 게 너무 지겨워서 애초에 태어나지 않았으면 하는 생각이 들 때까지 살지. 겉으로는 마흔 살도 안 돼 보이고, 나이 든 것처럼 행동하지도 않고, 언제나 최신 스타일을 뽐내고 다니지만 사람들 속은 늙을 대로 늙었어. 어떤 사람들은 내면 깊숙한 곳이 이미 먼지처럼 부스러져 있을걸. 그 노화 방지 약이라는 거 말이야. 너도 알겠지만 그 약은 외모가 썩는 걸 막아주지만 내면은 어떻게 해주지 못해. 사람들은 사는 게 지겹다고 하면서도 죽는 것 또한 겁내면서 울적해하지. 이런 데는 어떤 약도 소용없어.

하지만 피피 이식을 받으면 그런 감정을 전혀 느끼지 않지. 그런

다고 하더라. 노화 방지 약은 성인이 점점 늙는 걸 막아주지만, 피피 이식은 아예 성인이 되는 수고를 덜어주잖아. 피피 이식을 받으면 계속해서 젊고 행복한 상태로 살아가는 거야. 모두가 좋아하는 소녀, 미스 버지니아처럼 계속 노래하고 춤을 추는 거지. 꼬맹이, 저 어린 천사의 얼굴을 봐라. 저 귀여운 곱슬머리 좀 보란 말이야. 어린 네가 어찌 알겠냐만, 나한테는 저 애가 최고로 귀여워 보여. 내가 꿈꾸던 바로 그런 딸이야. 꿈대로라면 온종일 힘들게 일하고 집에 가면 저런 애가 기다리고 있겠지. 그럼 난 딸아이의 천사 같은 얼굴과 곱슬머리를 보는 것만으로도 그날의 보람을 느낄 거야."

태린은 언제 힘든 일을 해본 적이 있냐는 물음이 혀끝에서 뱅뱅 맴돌았지만 입 밖에 내지는 않았다. 태린이 아는 한, 디트는 다른 일을 한 적 없이 태린한테 얹혀살고만 있었다. 하지만 태린이 물어봤다면 디트는 분명 다르게 말했을 것이다. 자기를 대리인, 관리자, 보호자 같은 말로 설명하면서 자기가 떠맡고 있는 일을 떠벌렸을 것이다. 그것도 일이라면 맞는 말일 수 있다. 하지만 그 일은 힘들지도 않고, 하루 종일 걸리지도 않는다. 기껏해야 두 시간 정도면 끝나는 일이라 디트는 나머지 시간을 마음껏, 주로 태린의 돈을 쓰면서 보냈다. 디트는 그 돈을 '회사' 돈이라고 불렀는데, 사실 태린이 다른 사람들과 놀아준 대가로 받은 돈이었다.

디트는 여전히 황홀한 표정으로 미스 버지니아의 사진을 쳐다봤다. 결코 가져보지 못한 진짜 딸처럼 그 애를 진심으로 사랑하는 것 같았다.

"그래, 저 애는 인형이야. 살아 있는 인형."

디트가 혼잣말처럼 이렇게 말하다 태린한테 고개를 돌렸다.

"꼬맹이, 넌 이런 기분을 이해 못 할 거다. 피피 이식을 받으면 이해할 필요도 없겠지만 말이야. 아이로 계속 살아가면 자기 아이를 바라는 일은 결코 없을 테니까. 하지만 어른이 되어 세월이 흘러가는 걸 지켜보게 되고, 자기가 아들이나 딸, 혹은 가족을 결코 가질 수 없다는 걸 알게 되면… 아아… 쓰라린 고통이지. 그래, 쓰라린 고통. 잘 삼켜지지 않는 쓴 약인 거야. 그런 게 아니라면 미스 버지니아가 어떻게 지금도 사람들을 극장에 가득 불러 모으고 공연 때마다 티켓을 모두 팔아 치울 수 있겠냐?"

극장 문 앞에는 그날의 첫 공연을 보려고 벌써부터 사람들이 줄서 있었다. 부부나 연인도 보이고, 친구들끼리 왔는지 남자들 혹은 여자들 몇몇이 모여 있는 모습도 보였다. 어떤 사람들은 미스 버지니아의 배지를 달고 있었다. 분명 자주 찾아오는 팬일 것이다.

어떤 여자가 남편에게 말하는 소리가 들렸다.

"오늘은 '맛있는 사탕 비행기 타고'를 부르면 좋겠어. 내가 좋아하는 노래인데 무대에서 안 부른 지가 꽤 됐잖아."

드디어 극장 문이 열리자, 기다리던 사람들이 돈을 내고 어두컴컴한 극장 안으로 들어갔다. 그때 미스 버지니아는 분장실에서 타이츠를 신고 구두를 조여 맨 뒤 위스키를 홀짝이고 있었지만, 관객들은 그 사실을 몰랐다.

디트가 손목시계를 들여다봤다.

"꼬맹이, 그만 가자. 뭘 좀 먹은 다음 우리 고객한테 널 데려다주마. 딱 한 시간이야. 기본적인 남자애 노릇만 하면 돼. 네가 일을 끝낼 때까지 난 밖에서 기다릴 거야. 일이 끝나면 20분쯤 쉬었다가 다음 고객을 만나러 가야 해. 거긴 몇 킬로미터를 가야 하니까 택시를 타고 갈 거야. 그다음에도 고객이 두 명 더 있어. 두 고객을 방문하고 나면 초저녁이 될 텐데 그때 오늘 일을 끝내자. 꼬맹이, 뭘 보고 있냐? 자, 가자."

태린은 극장 앞에 줄 서 있는 사람들을 보고 있었다. 아이 옷을 입고 은색 띠를 단 구두를 신고 춤추는 쉰다섯 살의 미스 버지니아를 보려고 줄 서 있는 사람들. 그 사람들은 저마다 달랐지만 어떤 면에서는 모두 똑같아 보였다.

'저 사람들은 모두 같은 신호등 앞에서 멈춰 선 거야' 하고 태린은 생각했다. 어느 누구도 한 발짝도 더 앞으로 가지 못한다. 그 사람들에겐 흐르던 시간이 멈추었다. 그 사람들이 몇 살인지는 알 길이 없다. 마흔 살쯤 되었는지 모른다. 사실 대부분이 마흔 살쯤 되어 보였다. 하지만 요즘은 80대도 마흔 살처럼 보이고, 백 살이 넘은 사람도 마흔 살처럼 보인다. 전혀 늙어 보이지 않는 사람도 알고 보면 150살이다. 혹은 200살이 넘어도 여전히 마흔 살처럼 보인다.

"의학이란 게 정말 멋지지."

태린의 생각을 읽기라도 한 것처럼 디트가 내뱉었다.

어린 태린은 디트의 이런 능력을 확인할 때마다 깜짝깜짝 놀랐다. 태린은 디트가 특별히 똑똑하다고는 생각하지 않았다. 하지만 디트는 한없이 약삭빠르고 교활했다. 자기한테 이득이 되는 걸 잘 알고, 다른 사람의 비밀스러운 욕망을 잘 읽어냈다.

"자, 뭘 좀 먹자. 햄버거 어때?"

"좋아요."

"그럼 패스트푸드점으로 가자."

디트가 앞장서서 햄버거 가게 쪽으로 향했다.

태린도 디트를 따라 햄버거 가게로 향했다. 가게에 들어서기 전 어깨 너머로 미스 버지니아의 활동 무대인 그 극장을 돌아봤다. 문득 쉰다섯 살이 되어서도 아이로 살아가는 사람, 결코 자라지도 않고 늙지도 않는 사람의 마음이 어떨지 궁금해졌다. 절대로 여자가 될 수 없는 여자아이의 마음은 어떨까? 절대로 남자가 될 수 없는 남자아이의 마음은 어떨까?

"자, 꼬맹이, 시간이 가고 있어!"

디트가 손짓을 보내자, 태린은 계산대 앞으로 가서 햄버거와 콜라, 감자튀김을 주문했다.

디트가 점원을 졸랐다.

"빨리빨리 해줘. 우리가 좀 바쁘거든."

그러고는 태린을 돌아보며 투덜거렸다.

"이름만 패스트푸드지, 뭐. 이젠 패스트푸드도 그렇게 빠르지 않아."

그래, 시간이 가고 있다. 맞는 말이다. 시간은 항상 가고 있다. 하지만 마흔 살의 얼굴을 하고 저기에 줄 서 있는 사람들에겐 시간이 멈춰 있다, 아니 그런 것 같다. 하루하루는 영원처럼 길고, 오후 시간은 무엇으로도 채워지지 않을 것 같고, 밤은 끝없이 이어질 것 같다. 해야 할 일을 다 한 사람은 이제 무엇을 할까? 경험할 것을 모두 경험한 사람은 이제 무엇을 경험할까? 가볼 곳을 모두 가본 사람은? 읽어야 할 것을 모두 읽은 사람은? 들어야 할 음악을 모두 듣고, 알아야 할 이야기를 모두 안 사람은? 모든 교향곡에 들어 있는 모든 운율을 알고, 모든 노래의 모든 음표를 알고, 모든 이야기의 모든 반전, 모든 그림의 모든 붓질을 알아버린 사람은? 이제 이 사람들은 무엇을 할까?

사람들은 길거리로 나와서 쉰다섯의 나이에도 여전히 춤을 추는, 모두가 좋아하는 소녀이자 영원한 기쁨을 주는 미스 버지니아를 보려고 표를 산다. 그리고 극장에 앉아 한 번도 가져보지 못한 딸, 언제나 바라기만 했던 아들, 이제껏 본 적이 없고 앞으로도 볼 수 없을 자식들과 손주들을 떠올리며 공상에 잠긴다.

사람들은 언제나 간절히 바라던 가족의 모습과, 운동장에서 노는 아이들의 목소리를 상상한다. 빨랫줄에 걸려 있는 옷, 개수통에 들어 있는 접시, 지저분한 방, 아이들이 싸우는 소리를 상상한다. 식구들의 생일, 숨을 훅 불어 촛불을 끄는 모습을 상상하고, 성탄절과 결혼식과 세례식을 비롯해 수많은 기념일을 상상한다. 아이들이 그린 그림, 아이들이 처음 자전거 타기를 배우는 모습을 상상한다.

사람들은 미스 버지니아가 무대에서 노래하고 춤추는 사이에 꿈을 꾸고 또 꿈을 꾸고, 뭔가를 잊어버리기도 하고 다시 떠올리기도 한다. 그리고 자기도 모르는 사이에 다른 사람들의 박수갈채가 들려올 때면 비로소 손바닥으로 눈을 가리면서 흐르는 눈물을 훔쳐낸다.

2

오후의 아이

디트가 나무 이쑤시개로 이를 쑤시며 햄버거 가게에서 나오는데, 어떤 남자가 태린을 보며 미소를 지었다.

"아아! 참한 아이를 두셨네요. 아이가 무척 참해 보여요."

순전히 순수한 감상에서 우러나온 목소리였다. 그런데 디트가 이렇게 물었다.

"이 애를 빌리시게요? 몇 시간이나 빌릴 건데요? 최소 한 시간은 빌려야 합니다. 그보다 더 짧게도 가능하지만 비용은 한 시간으로 쳐줘야 해요. 자, 어떻게 할 거요?"

남자가 모욕을 당한 듯한 표정을 지어 보였다.

"애를 빌린다고요? 그게 무슨 말이오? 지금 날 어떻게 보는 겁니까?"

"아니, 아니, 아니, 그런 게 아니에요. 이건 완전히 합법적인 겁니다. 댁이 이 애를 빌리면, 함께 산책도 하고 햄버거를 사 먹으러 갈 수도 있어요. 아니면 공원에 가서 그네를 타거나 연못에서 물수제비를 뜰 수도 있어요. 진짜 아빠처럼 물수제비뜨는 법을 가르쳐줄 수 있죠. 내 말 알겠죠? 그리고 헤어질 때 고마움의 표시로 애한테 선물을 사주고 싶다면 그것도 댁한테 달려 있어요. 이 애는 선물로 받은 건 뭐든 고이 간직한답니다."

'아니, 그렇지 않아' 하고 태린은 생각했다. 값비싼 선물은 못 가지잖아. 그건 당신이 팔거나 가져가니까.

고객이 태린을 어디론가 데려가면, 디트는 몰래 뒤를 밟아 무슨 일이 일어나는지 계속 감시했다. 그리고 태린이 선물을 받으면 어디선가 불쑥 나타나 시간이 다 됐다고 말했다.

디트가 말을 이었다.

"그래도 당장은 이 애를 못 데려가요. 지금 우린 약속이 있어 가봐야 하거든요. 하지만 나중 시간으로 예약할 순 있죠. 이런, 내일이 좋겠네요. 다음 주는 우리가 딴 도시로 옮겨 갈지 모르니까요."

다른 도시로 간다고? 태린은 지금 그 사실을 처음 알았다. 하지만 사실 디트는 언제나 다른 도시로 떠날 궁리를 했다. 꼭 떠나지는 않더라도 항상 생각하고 있었다.

남자는 고개를 저으며 가던 길을 갔다. 남자는 아이를 원하지 않았다. 아무튼 오늘은 아니었다. 어쩌면 아이를 원하지만 돈이 없었는지도 모른다. 그게 아니면, 돈은 있지만 아이랑 함께 있으면 이제껏 원하면서도 가져보지 못한 아들이나 가족 생각에 너무 괴로울 것 같아 마음을 접었는지도 모른다.

이제는 가족을 꾸릴 수 있는 사람이 거의 없었다. 요즘 사람들에겐 수명이 길어진 대가로 불임증이 생긴 것 같았다. 나이 많은 사람이 늘어나고 수명이 길어짐에 따라 새로운 바이러스가 나타났고, 그 바이러스가 자손을 번식하는 능력을 파괴한 것이다. 운 좋은 몇몇 사람만이 그 바이러스에 면역력이 있음이 밝혀졌다. 도덕

적이거나 철학적인 이유로 노화 방지 약을 먹지 않는 사람들도 마찬가지로 쉽게 바이러스에 감염되었다. 하지만 이 불임증이 아니었다면 높은 출산율과 낮은 사망률로 세상에는 인구가 지나치게 많아졌을 것이다. 그래서 통조림통에 든 정어리처럼 지구에 사람들이 빽빽이 들어찼을 것이다.

하지만 몇 안 되는 사람이라도 여전히 아이를 임신할 수 있었고, 이렇게 아이를 낳은 이들은 자기 아이한테서 한시도 눈을 떼지 않았다. 금시계나 가장 귀중한 재산을 항상 눈에 잘 띄는 곳에 두는 것처럼 말이다. 그렇지 않으면 누군가 훔쳐 갈 테니까. 이제 아이들이 두려워해야 할 것은 귀신이 아니라 유괴범이었다. 유괴범들은 옷장 속의 유령이나 괴물과는 달리 실제로 존재했다.

"꼬맹이, 가자. 널 데이비 부인에게 데려다주마. 내 예상대로라면 이 길로 올라가서 모퉁이를 돌면 나올 거야."

디트와 태린은 연립주택이 늘어서 있는 길을 따라 걸었다. 연립주택 단지를 지나자 길이 넓어졌고, 양쪽으로 너른 정원이 딸린 좀 더 비싼 단독주택이 늘어서 있었다.

디트가 손목시계를 확인하고 어느 단독주택의 앞뜰을 가로질러 가더니 현관문을 두들겼다.

어떤 여자가 현관문에 달린 작은 유리창으로 밖을 내다봤다. 그 여자는 디트를 보고 근심스러운 표정을 지어 보였지만 디트 옆에서 있는 태린을 보자 얼굴에 금세 미소가 떠올랐다. 그녀는 바로 문을 열어줬다.

"데이비 부인, 안녕하십니까?"

디트가 예의를 차려 딱딱하게 인사하고는 말을 이었다.

"오후의 아이를 주문하신 분 맞지요? 부인 댁에 오후의 아이를 데려오게 되어 무척 기쁩니다. 여기 이 애랍니다."

그러고는 태린을 팔꿈치로 슬쩍 찌르며 속삭였다.

"부인께 인사드려야지. 예의를 지키거라."

데이비 부인이 그 말을 듣고 미소를 지어 보였다.

"예의를 지키라고 말하지 않아도 돼요. 이 애는 참하고 얌전하고 단정해 보이네요."

"그럼요, 부인. 이 애보다 더 참한 아이는 보기 힘들 겁니다. 사실 요즘 아이 자체를 보기 힘들긴 합니다만…."

가벼운 농담이었지만, 아이가 없는 데이비 부인은 재미있어 하지 않았다. 디트는 위기에서 벗어나려고 얼른 이렇게 덧붙였다.

"그래요, 요즘은 남자애도 여자애도 얼굴 구경하기가 쉽지 않지요. 슬프고 안타까운 일입니다. 음, 실례가 아니라면 부인처럼 가족을 꾸리고 싶어 하는 분이나, 그러니까, 감히 말하자면 아주 훌륭한 어머니가 되려는 분에겐 더욱 그럴 겁니다. 겉모양으로 판단할 수 있다면 제 생각에 그런 분들은 훌륭한 어머니가 될 것 같습니다."

데이비 부인은 디트의 말에 진심이 담겨 있지 않은 걸 잘 알면서도 마음에 상처를 입은 것 같았다. 태린은 데이비 부인의 눈빛이 보얗게 흐려지는 걸 봤다.

데이비 부인이 고개를 끄덕였다.

"네, 그러고 싶어요. 모두 맞는 말이에요. 저기, 성함이…."

"디트입니다. 성도 붙이지 않고, 그 밖에 덧붙이는 것도 없습니다. 그냥 디트라고 부르세요."

"알았어요, 디트 씨. 난 정말 가족을 꾸리고 싶어요. 보시다시피 지금 난 노화 방지 약도 안 먹고 있어요…."

"부인은 아직 젊으신 것 같은데요."

디트는 "게다가 아주 매력적이시네요"라는 말이 혀끝에서 맴돌았지만, 너무 허물없이 굴면 안 될 것 같아서 참았다.

"우리 부부는 둘 다 아이를 원한답니다. 하지만 수많은 다른 부부들처럼 아아, 그건 불가능하네요."

디트는 한숨을 내쉬었다.

"저런, 가엾어라. 요즘 상황이 갈수록 나빠지는데도 아무도 이런 상황을 못 고치고 있지요. 쯧쯧, 안타깝습니다."

디트는 손목시계를 슬금슬금 들여다본 뒤 다시 말을 이었다.

"어이쿠, 일을 시작하는 게 좋겠군요. 우리가 약속한 시간이 한 시간 맞지요? 돈은 선불로 받기로 했고요. 아이를 빌리는 시간은 부인이 현관문을 닫는 순간부터 제가 다시 와서 현관문을 두들길 때까지입니다."

그러고는 아빠처럼 태린의 어깨를 감싸 안았다. 태린은 더없이 위선적인 디트의 그런 행동을 접할 때마다 소름이 끼쳤다.

"우리 아들, 점잖게 굴어야 한다. 데이비 부인께 얌전하게 굴고 예의를 지키거라. 이제 들어가서 즐겁게 보내려무나."

"고마워요. 안으로 들어오렴. 네 이름이…?"

그러고 보니 디트가 아직 이름을 말해주지 않았다.

"태린이라고 합니다."

"멋진 이름이구나. 드물지만 멋져."

그러자 디트가 끼어들었다.

"제가 직접 지어준 이름이랍니다."

거짓말쟁이. 하지만 태린은 아무 말도 하지 않았다.

데이비 부인이 웃음을 지으며 말했다.

"태린, 안으로 들어올래? 이제부터 함께 시간을 보내자꾸나. 디트 씨, 그럼 나중에 뵙지요."

"디트 씨 말고 그냥 디트라니까요. 그냥 디트라고 불러주세요."

디트는 마음속으로 데이비 부인이 자기도 집 안으로 들어가게 해주기를 바랐을 것이다. 그러면 태린을 기다리는 동안 텔레비전 앞에 앉아 경마를 보면서 그 집 바깥주인의 특별 맥주도 맛볼 수 있을 터였다. 하지만 데이비 부인은 벌써 현관문을 닫고 있었다.

디트가 거의 비명에 가까운 소리를 질렀다.

"부인, 잠깐만요! 잠깐만!"

데이비 부인이 문을 다시 열고 디트를 물끄러미 쳐다봤다.

"저기… 그러니까… 음… 돈을 안 주셨어요."

디트가 부끄러워하는 말투로 말했다. 자기는 돈에 대해 말하기도 싫고, 지저분하게 돈 거래 같은 건 하기 싫지만 무자비하고 적대적인 세상 때문에 어쩔 수 없다는 듯이 말이다.

"죄송해요. 준비해놓았어요. 여기 있어요."

데이비 부인이 디트한테 봉투를 내밀었다.

태린은 잠시 디트가 봉투를 열고 데이비 부인 앞에서 돈을 세어볼까 봐 걱정되었다. 하지만 웬일인지 부인이 문을 닫을 때까지 용케 참아냈다. 사실, 디트는 너그럽고 정직한 성품을 지닌 사람을 잘 알아봤다. 자신은 그 두 가지 성품 다 모자라지만.

태린이 집 안으로 들어서자 등 뒤에서 현관문이 닫혔다. 집 안은 시원하고 깨끗이 정돈되어 있어서 오후의 번잡함과 열기를 피하기에 좋았다.

"저기…."

데이비 부인이 낯선 집을 방문한 어린 소녀처럼 부끄러워하고 어색해했다. 사실 그 집은 데이비 부인의 집이고 낯선 손님은 태린이므로, 정작 쑥스러워해야 할 사람은 태린인데 말이다.

하지만 태린은 전에 이런 일을 너무 많이 경험했기 때문에 긴장하지 않았다. 지금 태린이 느끼는 감정은 공연을 많이 해본 배우가 무대에 오르기 전에 느끼는 감정과 비슷했다. 자신감과 동시에 초조함도 느끼는데, 초조함은 돈을 받은 만큼 훌륭한 공연을 하는데 도움이 되었다. 디트는 태린이 훌륭한 공연을 하는 걸 좋아했다. 그러면 입소문이 나서 일거리가 더 많이 들어올 테니 말이다.

그러나 희한하게도 일거리가 다시 들어오는 경우는 많지 않았다. 틀림없이 태린은 오늘이 지나면 데이비 부인을 다시 보지 못할 것이다. 디트가 그걸 좋아하지 않기 때문이다. 디트는 한 고객을 두세 번쯤 방문하면 그 사람이 너무 심하게 애착을 갖게 된다고 봤다. 또한 고객들도 대부분 태린이 한두 번 찾아가고 나면 다시 연락하지 않았다. 그 이유는 분명했다. 너무 고통스럽기 때문이다. 고객들은 아이를 가지는 게 어떤 건지 알고 싶어서 오전 중에 한두 시간, 혹은 오후 시간에 태린을 부른다. 처음에는 태린과 함께 지내는 걸 즐거워하고 놀라워하면서 두 번째 방문을 손꼽아 기다린다. 하지만 태린이 두세 번째 찾아왔다가 떠나고 나면 차츰 우울해한다. 그때 비로소 고객들은 자기가 마음의 고통을 계속 연장시키고만 있었다는 걸 깨닫는다. 돈으로 아이를 산 것은 마음의 상처에 소금을 뿌린 거나 마찬가지였다. 마음의 상처를 치료할 약을 사야 했는데 말이다.

"태린, 이제부터 뭘 하고 싶니?"

사람들은 태린에게 이렇게 묻곤 한다. 자신의 시간이고, 자신이 돈을 들인 일이고, 자신이 선택한 일인데도 말이다. 하지만 사람들은 막상 일에 맞닥뜨려서야 자기가 아는 게 별로 없다는 걸 깨닫는다. 오래도록 아이를 가지면 어떨까 생각해왔으면서도 정작 아이가 옆에 있으면 뭘 어떻게 해야 할지 모르는 것이다.

"뭘 하고 싶니? 뭔가 하고 싶은 게 있니?"

태린은 어쩔 줄 몰라 하는 데이비 부인을 위해 그 상황을 좀 더 쉽게 이끌어갈 수도 있었다. 하지만 그러지 않았다. 오히려 상황을 좀 더 복잡하게 이끌었다.

"아주머니는 뭘 원하세요? 뭐든 아주머니가 원하는 걸 하면 좋을 것 같아요."

데이비 부인은 약간 당황한 것 같았다. 잠시 생각에 잠기더니 이내 미소를 지었다.

"아주머니라는 말 대신… 음…."

부인의 목소리는 끝까지 들리지 않았다. 말로 꺼내기 민망한 것 같았다.

그 순간 태린은 데이비 부인을 좋아하기로 마음먹었다. 부인은 얼굴이 말갛고 예뻤고, 부인의 집은 평온하고 잘 정돈되어 있었다. 더 중요한 건 겉으로 보이는 나이와 실제 나이가 같을 거라는 것이었다.

데이비 부인이 디트한테 한 말은 사실일 것이다. 부인은 아직 노화 방지 약을 먹지 않았다. 하지만 언젠가는 틀림없이 약을 먹을 것이다. 모두가 그렇게 한다. 아무도 늙는 걸 원치 않으니까. 그러나 사실 사람들은 늙고 싶어 한다. 단지 늙어 보이고 싶지 않을 뿐. 영원히 살아가되 영원히 젊은 모습으로 남고 싶은 것이다. 사람들 모두에겐 미스 버지니아와 똑같은 면이 조금씩 있는지 모른다. 55세, 혹은 60세, 70세, 90세가 되어도 젊고 여전히 춤을 추고… 춤을 추고 싶어 하는….

"아주머니를 엄마라고 불러도 돼요?"

데이비 부인이 미소를 지었다. 눈가에 주름이 생기는 진심 어린 미소였다.

"그럼 좋지. 그럼 정말 멋질 거야."

태린과 데이비 부인은 그때까지도 조용한 현관 복도에 서 있었다. 복도 한구석에 걸린 구식 괘종시계의 똑딱 소리가 느리게 들려왔다.

태린은 디트가 지금 어디서 무엇을 하고 있을지 궁금했다. 언젠가 태린은 디트한테 이렇게 물은 적이 있었다. 고객의 집에 있는 동안 왜 밖에서 어슬렁거리며 자기를 지켜보느냐고. 그때 디트는 "내가 투자한 것을 지키기 위해서지"라고 대답했다. 예전보다 나아졌지만 디트는 태린을 완전히 신뢰하지는 않았다.

"얘야, 뭘 좀 먹을래?"

"고맙지만 사양할래요… 엄마."

데이비 부인은 약간 실망한 것 같았다. 태린이 점심을 먹지 말았어야 했다. 기뻐하며 먹을거리를 달라고 했어야 했다. 이런 일은 자주 벌어진다.

"그럼 뭘 좀 마실래?"

"네. 주시면 정말 좋겠어요."

"그럼 주방으로 갈까?"

데이비 부인이 앞장섰다. 주방은 먼지 하나 없이 깨끗했다. 또 환하고 널찍했다.

"집이 정말 멋지네요."

"고맙구나."

"진심이에요. 억지로 하는 말이 아니라는 뜻이에요."

"억지로 하는 말이 많은 모양이지?"

"디트 삼촌이 고객들이 좋아할 만한 말을 하라고 하거든요."

"고객의 비위를 맞춰주라는 말이구나?"

"그런 것 같아요."

정직함은 언제나 사람들 사이에서 적대감을 없애준다. 누군가는 이런 정직함을 순전히 전문직업인의 기질이자 교묘한 전략으로 여길지 모른다. 일부러 솔직하게 행동하는 것은 하나의 속임수라는 것이다. 이 말이 옳을 때도 있지만 오늘은 아니었다.

데이비 부인이 미소를 지었다. 태린의 상황을 이해하고, 태린의 노골적인 말에도 화나지 않은 것 같았다. 오늘 태린은 왜 이토록 솔직히 속마음을 드러내고 있는지 자기도 그 이유를 잘 몰랐다. 피곤해서일 수도 있고, 슬퍼서일 수도 있고, 이 집의 안락하고 평온한 분위기 때문에 이런 집과 엄마가 간절히 그리워져서일 수도 있었다.

"우유도 있고, 과즙음료도 있고, 오렌지 주스랑 콜라랑 또…."

데이비 부인이 부끄러운 듯 다시 말끝을 흐렸다.

또 다른 건 뭐지? 태린은 궁금해하며 데이비 부인이 말해주기를 기다렸다.

부인이 냉장고를 열더니 행주로 덮어놓은 유리병을 꺼냈다.

또 시작이군. 언제나 똑같아.

"혹시… 집에서 만든 레모네이드 있나요?"

태린은 레모네이드를 골라야 하는 상황이 아니더라도 그렇게 했을 것이다. 얼굴에 미소를 띠고서 즐겁다 못해 거의 흥분한 목소리로 "레모네이드 주세요, 엄마" 하고 말하는 것은 수고도, 희생도 아니었다.

데이비 부인이 고개를 돌리고 손으로 얼굴과 눈을 쓰다듬었다. 그러더니 주방용 휴지를 뜯어 코를 풀고 휴지통에 버린 다음 손을 씻었다. 데이비 부인이 다시 태린한테 고개를 돌렸을 때는 얼굴에 생기를 띠고 있었고 눈물 자국도 보이지 않았다. 전에 이런 상황을 자주 겪어보지 않았다면 태린은 부인이 운 사실을 알아채지 못했을 것이다.

"그럼. 레모네이드도 있지. 나도 좀 마셔야겠는걸."

데이비 부인이 만화 주인공이 그려진 긴 플라스틱 컵에 레모네이드를 따랐다. 태린은 부인을 가만히 지켜봤다. 그 유치한 플라스틱 컵은 새로 장만한 것이었다. 부인은 태린이 올 날을 손꼽아 기다리면서 그 컵을 샀을 것이다. 오늘 태린이 가고 나면 부인은 태린이 쓴 컵을 따로 잘 보관했다가 나중에 혼자 있을 때 그 컵을 꺼내어 가만히 얼굴에 갖다 대볼지도 모른다.

"얘야, 우리 뒤뜰에 나가서 마실까?"

"좋아요."

"뒤뜰이 무척 넓단다. 나무도 있고, 그네도 있고, 자전거도 있고, 스케이트보드도 있고, 차고 벽에는 농구 링도 달려 있지. 난 너희 남자애들이 어떤지 잘 안단다."

너희 남자애들이 어떤지 잘 안단다.

'부인이 정말로 남자애를 잘 알면 좋겠어요' 하고 태린은 생각했다. 정말로 그러면 좋겠어요. 남자애라는 게 그토록 쉽고 간단하다면, 농구 링과 스케이트보드와 그네만으로 모든 게 해결된다면 좋겠어요.

하지만 태린은 아무 말도 하지 않았고, 심지어 아무 표정도 짓지 않았다. 단지 전문가답게 미소를 지어 보이면서 고개를 끄덕였다.

"좋아요, 엄마. 좋아요."

태린은 레모네이드를 몇 모금 마시고는 정말 맛있다고 말했다. 일부러 그런 게 아니라 진짜로 맛이 있었다. 그러고 나서 부인을 따라 뒤뜰로 나갔다. 밖으로 나가면서 태린은 주방에 걸린 시계를 슬쩍 올려다봤고, 부인은 손목시계를 훔쳐봤다. 이미 10분이나 지났다. 데이비 부인의 소중하고 값비싼 한 시간 가운데 10분. 태린과 부인이 함께 지낼 한 시간 가운데 10분.

뒤뜰에는 키 큰 참나무 한 그루와 플라타너스 몇 그루가 자라고 있었다. 그리고 긴 의자 몇 개와 햇볕을 가릴 수 있게 양산을 씌운 탁자가 놓여 있었다. 한쪽에는 그네도 있었다.

데이비 부인이 그네 쪽으로 가면서 태린한테 따라오라고 했다.

"그네에 좀 앉을까? 잠깐 앉아 있다가 넌 뛰어놀고… 네가 노는 모습을 지켜봐도 괜찮겠니?"

"네. 물론이에요, 엄마."

두 사람은 그네에 걸터앉아 레모네이드를 홀짝였다. 데이비 부인이 발끝으로 땅바닥을 밀어 그네를 움직였다. 가끔은 땅바닥을 세게 차서 그네가 더 많이 흔들리게 했다.

태린은 얼굴에 따뜻한 햇볕이 내리쬐고 뱃속으로 시원한 레모네이드가 흘러내리는 느낌을 즐겼다. 그리고 데이비 부인이 진짜 자기 엄마고, 이곳이 진짜 자기 집이면 좋겠다고 생각하면서 웃음을 지었다. 아니, 웃음을 지으려 애썼다.

"슬퍼 보이는구나."

"아니에요, 아주머니. 슬프지 않아요."

"꼬맹이, 툴툴거려선 안 돼. 고객들 앞에서 시무룩해 보여선 절대 안 돼. 고객들이 네 우는 얼굴을 보려고 그 많은 돈을 쓰겠냐? 그러니까 기분 나빠도 항상 웃어야 해."

"아니에요… 엄마. 기분 좋아요."

"정말이니?"

"그럼요."

그네가 앞뒤로 왔다 갔다 했다. 태린은 손을 뻗어 데이비 부인의 손을 잡고 싶었다. 부인도 내 손을 잡고 싶어 할지 모른다. 태린은 부인 곁에 바짝 다가가고 싶고, 부인에게 안겨보고 싶고, 부인의 향기를 맡아보고 싶었다. 자기한테도 엄마가 있다는 걸 느껴보고 싶었다. 갑자기 번화가에서 길을 잃은 세 살 난 아이가 된 것 같았다. 많은 사람들 틈에서 자기를 사랑하는 누군가의 품을 애타게 찾는 아이.

그네가 소리를 내며 계속 흔들렸다.

"고객을 만져선 안 돼. 무슨 말인지 알지, 응? 그런 행동엔 아무 의미가 없어. 하지만 오해가 생길 수 있으니까 고객을 만져선 안 돼."

사실 디트는 어떤 면에서는 태린을 상당히 잘 보호했다. 투자 대상인 태린을 잘 돌보는 게 자기한테 이득이 되니까. 그래서 겉보기에 마음에 안 드는 집이나, 기분이 찜찜한 사람의 집에는 태린을 보내지 않았다. 디트는 성질이 나쁜 사람을 잘 알아봤다. 누군가를 보면 악한인지 아닌지 금세 알아차렸는데, 면도하며 거울에 비친 자기 얼굴을 들여다보는 사이에 그런 특별한 능력이 생겼을 것이다.

"레모네이드 맛이 어떠니?"

"아주 맛있어요."

"좀 더 줄까?"

"좀 있다가요. 고마워요."

태린은 음식에 욕심을 내는 아이처럼 보이고 싶지 않았다.

"꼬맹이, 착한 인상을 만들어야 해. 고객들이 바라는 인상에 맞게 행동하란 말이야. 완벽한 남자애, 그게 바로 고객들이 원하는 거야. 가면을 벗지 마, 내 말 알았지? 젠장, 난 어린애들이 얼마나 골치를 썩이는지 잘 알지만 고객들은 그걸 몰라. 그 사람들은 아이를 가져본 적이 없어서 아이들이 언제나 완벽하고 최고인 줄 알지. 그러니까 그 사람들 눈에서 그 색안경을 벗겨내지 말란 말이야."

"이제 혼자 뛰어놀래?"

"참나무에 올라가도 돼요?"

"그럼, 물론이지."

태린은 속으로 생각했다. 자, 울타리 너머로 뻗어 있는 가지를 타고 가서 뒤쪽 골목으로 뛰어내린 다음 도망을 치는 거야. 그러면 30초 만에 골목을 벗어날 수 있을 거야. 디트가 돌아와 현관문을 두들길 때쯤이면 3~4킬로미터는 도망가 있을 것이다. 데이비 부인이 문을 열어주면 디트는 곧바로 상황을 알아챌 것이다. 부인이 두려움 가득한 눈빛으로 눈물을 흘리며 "정, 정말 미, 미안해요, 디트 씨. 미, 미안해요…"라고 할 테니까.

태린이 도망치면 디트가 찾아 나설 것이다. 물론 반드시 찾으리라는 보장은 없다. 대신에 다른 누군가에게 기회가 갈 것이다. 태린이 어디로 갈 수 있겠는가? 어디에 숨을 수 있겠는가? 아이가 최고로 관심을 끄는 이 세상에서 아이가 어디에, 어떻게 숨겠는가?

사실, 디트가 태린을 필요로 하는 것만큼이나 태린도 디트를 필요로 했다. 디트는 더 나쁜 것으로부터 태린을 막아주는 보호자였다. 유괴범 같은 많은 악당들 가운데 좀 덜 나쁜 악당이었다. 세상에는 한창 자라는 아이를 얻는 대가로 큰돈을 내려는 부자들이 있고, 부자들의 이런 요구를 채워주려고 길거리에서 아이를 납치하려는 사람들이 많이 있었다.

태린이 경찰서에 찾아갈 수도 있을 것이다. 하지만 경찰이 뭘 어떻게 하겠는가? 디트에겐 태린이 자기 것임을 증명할 서류, 즉 공식 후견인 증서가 있었다. 태린이 달리 어떻게 증명하겠는가? 자기가 누구 아들인지도 모르는데 자기 가족이 누구인지 어떻게 말하겠는가? 태린한테 남아 있는 것이라곤 아득히 먼 갓난아기 시절에 대한 희미한 기억뿐이었다. 햇살, 개 짖는 소리, 나무로 뒤덮인 초록빛 길, 어떤 여자의 향기, 어떤 남자의 목소리, 소가 음매 하고 우는 소리, 곡식을 거둬들이던 모습, 낟알이 바닷가 모래처럼 토실토실한 손가락 사이로 스르르 빠져나가던 느낌. 이것이 전부였다.

여권, 신분증, 개인식별번호 외에 태린이 가진 전부인 그 기억은 어쩌면 태린이 꾸며낸 것일 수도 있었다. 그리움 때문에 마음속으로 바라던 것들을 믿게 되고, 희망하던 것들을 실제라고 여기게 되었는지도 모른다.

"얘야, 잘 올라가고 있니?"

태린은 나뭇잎 사이로 데이비 부인을 내려다봤다.

"그럼요."

"너무 높이 올라가진 마. 네가 나무에서 떨어져 다치는 건 싫다."

"괜찮아요, 엄마. 그렇게 안달하지 마세요."

"아, 미안. 안달하는 게 아니라 그냥 엄마로서 걱정하는 거고 엄마로서 마음이 쓰이는 것뿐이야."

"저도 알아요, 엄마. 알고 있어요."

"정말 기특하구나."

태린은 더 높이 올라갔다. 최근 몇 년 동안 나무에 올라본 적이 없어 약간 어지러웠지만, 태린은 대담하게 나무를 타고 올라갔다. 전형적인 남자아이, 진짜 남자아이처럼.

데이비 부인은 레모네이드가 반쯤 남은 자기 컵과 태린의 빈 컵을 든 채로 그런 태린을 찬찬히 지켜봤다. 태린은 데이비 부인이 예상하고 바라던 아이와 똑같았다. 진짜 남자아이였다.

데이비 부인은 언젠가 경제적 여유가 생기면 오후의 아이로 진짜 여자아이를 빌리고 싶었다. 여자아이도 나무에 오르고 싶어 할까? 아무튼 여자아이를 빌려줄 사람도 틀림없이 있을 것이다.

이 일은 불법이 아니다. 하지만 그다지 좋은 일이 아니어서 많은 이들이 이 일에 눈살을 찌푸리고 싫어했다. 데이비 부인의 남편 잭도 마찬가지였다.

"우린 아이를 가질 수 없고, 그걸로 끝이야. 요즘은 다들 그렇게 아이가 안 생기잖아. 그래도 다행한 일들이 아주 많아. 우린 오래오래 살 수 있고, 그사이 기력이 떨어지거나 늙거나 주름이 생기지 않을 거고 온갖 통증을 견디지 않아도 되잖아. 죽는 날까지 팔팔하게 살 수 있다고. 물론 죽는 날까지는 아직 멀었지. 앞으로도 150년은 더 살 테니까. 그러니까 뭔가 사랑할 대상을 원하면 강아지나 새끼 고양이를 사서 크는 걸 지켜보자고. 그러면 다른 사람의 아이를 사랑할 여유를 부릴 수 없을 거야. 오후의 아이를 빌려서도 안 돼. 그런 식으로 하면 현실을 받아들이기가 훨씬 더 어려워질 거야. 그리고 결코 잡을 수 없는 가능성에 계속 매달리게 되겠지. 그러다가 결국 당신은 미스 버지니아를 보려고 싸구려 극장 앞에 줄 서 있는 사람들 가운데 하나가 될지도 몰라. 쉰다섯 살의 아이가 부리는 익살에 푹 빠져 눈물짓고 감상에 젖겠지. 내 말 알아듣겠어? 응?"

데이비 부인은 알아들었다. 하지만 자기 방식대로 했다. 남편한테는 아무 말도 하지 않고.

데이비 부인은 다시 손목시계를 들여다봤다. 25분이나 지났다. 어느새, 벌써. 태린은 멀리 참나무 중간쯤에 올라가 있었다. 데이비 부인은 태린을 가까이 두고 싶었다. 그러려고 돈을 낸 거니까.

"태린!"

태린은 더 오르다 말고 아래를 내려다봤다. 데이비 부인이 올려다보고 있었다.

"이제 그만 내려와. 내려와서 농구를 하렴."

좋아요, 아주머니. 고객이 원하면 뭐든 그렇게 해야죠.

태린은 나무를 타고 내려가면서 데이비 부인의 남편도 이 사실을 알고 있는지 궁금했다. 아마 남편은 모를 것이다. 오후의 아이를 갖는 것은 부인의 비밀이고, 비밀스러운 기쁨이고 갈망일 것이다. 오후의 아이로 진짜 아이, 진짜 남자아이를 가져보는 것. 진짜 남자아이는 비싸지만 그만한 가치가 있다.

피피 이식을 받은 아이, 즉 피피는 더 싸다. 디트가 요구하는 돈의 반만 내면 피피를 빌릴 수 있다. 게다가 어떤 피피들은 매우 훌륭하다. 그건 당연하다. 그들은 오랫동안 아이 노릇을 하며 고객들이 좋아하는 일을 해왔으니까. 다만 어떤 피피들은 그 일을 너무 오래 해서 자기 자신의 복제품으로 변해버렸다. 그들은 모든 장면을 다 알고 있으면서도 내내 연기를 한다. 필요에 따라 귀여워질 수도 있고, 사랑스러워질 수도 있고, 껴안고 싶게 변할 수도 있다. 고객이 원하면 갑자기 짜증을 낼 수도 있고, 고래고래 소리 지르고 응석 부리고 발을 동동 구를 수도 있다. 그렇게 그들은 아이 노릇을 하지만, 사실 아이로서의 삶은 이미 오래전에 끝났다. 그들의 얼굴과 몸은 아이의 것과 완벽하게 똑같다. 하지만 그들의 마음은 이 세상에 이제껏 한 번도 존재한 적 없는 새로운 종족의 것으로 변해버렸다.

피피들은 미스 버지니아처럼 자신을 숭배하는 팬들을 몰고 다닌다. 하지만 쉰 살이 되어서도 아이로 살아가는 피피들을 보면 태린은 섬뜩했다. 특히 지금은 그 어느 때보다 더 섬뜩했다. 디트가 태린을 피피로 만들고 싶어 하기 때문이다.

물론 피피 이식을 받으려면 돈이 아주 많이 든다. 디트처럼 낭비가 심한 사람은 모을 수 없는 큰돈이다. 게다가 피피 이식은 불법이다. 사실, 어떤 아이가 영원히 아이로 살아가는 데 기꺼이 찬성하겠는가?

그러나 세상에 수없이 많은 일들이 불법으로 금지되어 있어도 완전히 중단되지는 않았다. 법은 그런 일들을 금지할 수는 있지만, 그런 일이 생기는 것을 미리 막을 수는 없다. 도시의 뒷골목에는 언제나 부도덕한 의사들이 있기 마련이다. 적은 비용으로 기꺼이 피피 이식 수술을 해줄 외과의사들 말이다.

노화 방지 약과 피피 이식은 경쟁 관계에 있는 서로 다른 연구소에서 개발되었지만 인간에게 미치는 영향은 비슷했다. 둘 다 인간의 수명을 늘리고, 노화와 체력 감퇴를 늦추도록 되어 있다. 그러나 마침내 한쪽은 식품의약청의 승인을 받았고, 다른 한쪽은 받지 못했다. 노화 방지 약은 단순히 속도를 늦추지만, 피피 이식은 궤도를 따라 달려가는 사람을 정지시키고, 궤도의 스위치를 영원히 꺼버리기 때문이다.

일부 영리한 사람들이 피피 이식을 하면 어떤 일이 벌어지는지 알아보려고 처음에는 쥐에게, 그다음에는 어린 침팬지에게 피피 이식 수술을 해봤다. 쥐와 침팬지 모두 죽지는 않았지만 더는 자라지 않았다. 그것이 시작이었다. 결국 건강한 아이에게 피피 이식 수술이 이루어지자, 정부가 피피 이식을 불법으로 규정했다.

그 연구소는 침팬지에게 이식한 피피를 빼냈다. 겨우 몇 분이 지나자 그 침팬지는 몇 년을 산 것처럼 늙었고, 한 시간이 지나자 노화로 갑자기 죽었다. 부검해보니 침팬지의 뇌는 알츠하이머병에 걸려 있고, 팔다리는 관절염에 걸린 증상이 보였다. 두 시간 전만 해도 그 침팬지는 어린 동물, 즉 평범한 피피였는데 말이다.

미스 버지니아도 이식한 피피를 빼내면 이틀 안에 얼굴이 쉰다섯 살로 돌아올 것이다. 그러면 누가 그 여자를 보러 가겠는가?

태린은 빠르게 나무를 타고 내려갔다.

"엄마, 저 내려가요!"

"저런, 조심해라!"

"눈 깜짝할 사이에 내려갈게요!"

"아, 천천히 내려와! 천천히! 난 너희 남자애들이 어떤지 잘 알아. 너희는 튼튼해서 절대 안 다칠 줄 알지?"

아니요. 아무도 몰라요, 엄마. 남자애들 외에는 아무도 몰라요. 요즘은 남자애들도 무척이나 슬퍼하고 외로워한다는 걸 아무도 몰라요. 바로 이걸 사람들은 몰라요.

태린은 나지막이 뻗어 있는 가지에 발을 딛고 섰다.

"태린, 안 돼. 거기서 뛰어내리면 안 돼. 너무 높아. 자, 내가 도와줄게."

하지만 늦었다. 태린은 아무 탈 없이 바닥에 떨어졌지만 일부러 비틀거리며 쓰러졌다.

"앗, 태린! 괜찮니? 어떻게 된 거야?"

데이비 부인이 사랑과 걱정과 염려가 가득한 얼굴로 서둘러 달려왔다.

"태린! 다친 데 없는 거지? 걸을 수 있는 거지? 아아, 이를 어쩌면 좋아!"

태린은 자기가 말짱한 걸 알면 데이비 부인이 실망하리라는 걸 알았다. 그래서 부인이 달려오는 사이, 주위에 있는 뾰족한 돌멩이를 집어 왼쪽 팔뚝을 사정없이 그어 내렸다. 10센티미터 정도 가늘게 상처가 생겼고 곧바로 피가 스며 나왔다.

데이비 부인이 그 피를 봤다.

"다쳤구나! 상처가 났어! 빨리 안으로 들어가자. 욕실로 가자. 지금 당장 상처를 치료해야 해!"

데이비 부인이 태린을 일으켜 세우면서 '만지면 안 된다'는 규칙은 깨졌다. 하지만 이번에는 달랐다. 응급 상황이니까. 태린이 다리를 절뚝거리자, 부인은 태린을 부축해서 집 안으로 데리고 들어갔다.

"다리를 저는구나! 발목을 삐었니?"

"아니에요. 그냥 조금 아파요. 괜찮을 거예요."

"아아, 가엾어라. 불쌍하기도 하지."

데이비 부인은 태린을 부축해 위층 욕실로 데려갔다.

"엄마, 신발을 벗을까요?"

"그런 걱정은 하지 마."

태린이 지나간 계단마다 신발만 하게 진흙 자국이 남았다.

"이리 들어가자."

그곳은 그 집에서 가장 큰 욕실이었다.

"자, 여기에 앉거라."

태린은 변기 뚜껑을 덮고 그 위에 앉았다. 데이비 부인이 진열장에서 구급상자를 꺼내 태린 옆에 쭈그리고 앉았다.

"좀 따끔할 거야."

데이비 부인이 솜에 소독약을 묻혀 상처 부위를 닦아냈다. 따끔따끔했다. 태린은 얼굴을 찡그렸지만 소리를 지르지는 않았다.

"따끔거리니?"

"약간요, 엄마."

"용감하네. 정말 용감한 아이야."

아픈 데는 엄마가 입을 맞춰주면 금방 낫는대요.

태린은 데이비 부인에게 이렇게 말하고 싶었다. 데이비 부인이 자기 팔에 입 맞춰주고, 자기를 안아서 다독이고 안심시켜주기를 바랐다. 데이비 부인이 아들을 갖고 싶어 하는 것처럼 갑자기 태린도 엄마를 갖고 싶어진 것이다.

욕실 한쪽에 손목시계가 놓여 있었다. 데이비 부인의 남편이 놓고 간 것 같았다. 태린은 슬쩍 시간을 확인했다. 디트가 다시 와서 현관문을 두들기기까지 15분밖에 남지 않았다.

데이비 부인이 소독약으로 상처를 닦아내고서 피가 멈췄는지 가만히 들여다봤다. 태린은 그 상처를 보면서 자기가 왜 그런 행동을 했는지 생각해봤다. 데이비 부인을 위해? 아니면 자신을 위해? 두 사람 모두를 위해 그런 것 같았다.

데이비 부인이 구급상자에서 1회용 반창고를 꺼냈다.

"잘했다!"

두 사람의 눈이 마주쳤다. 근심 가득하던 부인의 눈빛이 웃음기로 환해졌다.

"정말이지… 잘했어."

"죄송해요, 엄마."

두 사람은 마주 보며 싱긋 웃었고, 데이비 부인은 반창고를 태린의 상처에 꼭꼭 붙였다.

"발목은 어때?"

태린은 발목을 이리저리 돌려 보였다.

"이제 괜찮은 것 같아요."

"다행이구나."

태린은 발목에 힘을 주고는 '발목에 무거운 힘이 실리는' 연기를 조금 해 보였다.

"정말이니?"

"정말 괜찮아요."

데이비 부인의 부축을 받으며 태린은 욕실을 나갔다.

"이제 걸을 수 있겠지?"

"네. 고마워요, 엄마."

"그래그래, 용감한 꼬마 병정."

데이비 부인이 솟구치는 감정을 억누르지 못하고 태린의 머리카락을 헝클어뜨렸다. 태린은 싫지 않았다. 오히려 좋았다. 태린은 이곳에 계속 머물 수 있기를 바랐다. 이 멋지고 친절한 부인과, 부인만큼이나 틀림없이 멋지고 친절할 부인의 남편과 함께 살 수 있기를 바랐다. 그러면 세 사람은 한 가족이 될 것이고, 이곳은 태린의 집이 될 것이다. 데이비 부인에게 살짝 말을 꺼내볼 수도 있을 것이다. 자기를 사달라고.

디트는 태린을 절대 팔지 않을 거라고 했다. 하지만 큰돈이라면 팔 것이다. 디트가 태린을 대하는 태도를 보면 약간 이해하기 어려운 면이 있었는데, 이따금 태린을 진짜 친아들처럼 대했다. 하지만 대개는 사고파는 물건으로만 대했다.

태린은 디트의 생계 수단이었다. 태린을 팔면 디트는 큰돈을 받아도 석 달도 안 되어 빈털터리가 되고 말 것이다. 기름 묻은 손으로 뱀장어를 붙잡을 수 없듯이 디트는 손에 돈을 쥐지 못했다. 돈을 모으는 방법은 전혀 몰랐고, 실제로 아는 거라곤 돈을 낭비하는 것뿐이었다. 번 돈은 도시를 계속 옮겨 다니며 여행하는 데, 승률이 확실해 보이는 경주마들에게 베팅 하는 데 들어갔다. 또 찻집의 여종업원들과 술집에서 만난 여자들에게도 들어갔다. 그 밖에 돈이 들어간 곳은… 이런, 사실 태린은 돈이 다 어디에 쓰이는지 몰랐다. 하지만 분명한 것은 그 돈이 태린 자신에겐 쓰이지 않았다는 것이다. 아니, 조금은 쓰였다. 태린은 언제나 잘 먹고 잘 입고 건강했으니까. 하지만 그것은 디트가 투자 대상을 지키기 위해 한 일일 뿐이었다.

디트가 자기 마음대로 하는 한 돈은 영원히 이런 식으로 쓰일 것이다. 혹시 돈을 모아 피피 이식 비용을 마련한다면, 디트는 아이와 함께 평생의 수입을 손에 넣게 될 것이다. 그리고 앞으로도 그렇게 120년을 살 것이다. 지금 생활과 똑같은 120년. 오늘 오후와 똑같거나, 아주 비슷해서 별로 다르지 않은 날들로 이어질 120년.

이런 오후 시간이 120년 동안 이어진다니. 태린은 생각만 해도 몸서리가 쳐졌다.

"춥니?"

"뭐라고요?"

"너, 지금 떨고 있잖아. 갑자기 바르르 떠는구나."

"아니, 아니에요."

"그럼 놀란 모양이구나. 나무에서 떨어져서."

"그런 것 같아요."

두 사람은 다시 주방으로 돌아왔다.

"홍차를 달게 끓여줄게. 놀랐을 때 좋단다."

"사실 저는 홍차를 안 마셔요."

"그럼 레모네이드를 한 잔 더 줄까?"

"그게 좋겠어요."

"비스킷도?"

태린은 사실 배고프지 않았지만, 부인이 기대하는 남자아이답게 행동해야 할 것 같았다. 먹을 것을 거절하면 예의에 어긋날 수도 있다. 아무튼 지금은 고객을 실망시키지 말아야 한다. 그래서…

"비스킷도 주세요. 정말 맛있을 것 같아요."

"저기… 내가 직접 구웠단다."

이 말은 비스킷을 최소 두 개는 먹어야 한다는 뜻이었다. 태린은 정말 배가 고프지 않았기 때문에 이 말이 실망스러웠다.

"꼬맹이, 너무 말라도 안 되지만 너무 살이 쪄도 안 돼. 말라깽이여도 안 되고, 토실토실해서도 안 된다는 뜻이야. 사람들이 싫어하거든. 그냥 중간쯤 가는 게 가장 좋아. 사람들 대다수가 바라는 게 바로 그거야. 중간쯤이 적당해."

디트는 다른 사람들에게 무엇이 적당한지는 잘 알지만, 자신에게 무엇이 적당한지는 잘 모르는 것 같았다.

"화장실을 써도 될까요?"

데이비 부인이 아래층에 있는 화장실을 가리켰다. 태린은 화장실에 들어가 볼일을 본 다음, 한동안 수도꼭지를 틀어놓았다. 자기가 손을 씻어서 깨끗하다는 걸 부인이 알 수 있도록 말이다.

전에 디트는 이렇게 말했다. "꼬맹이, 고객과 지내는 동안에는 화장실에 가지 마. 고객들은 아이가 화장실에 숨지 말라고 그 아이의 회사에 돈을 준 거니까. 이 말을 명심하고, 시간이 다 될 때까지 볼일을 꾹 참아야 해."

하지만 언제나 참을 수 있는 건 아니다. 고객과 함께 있을 때든 아니든, 가끔은 꼭 가야 할 경우가 생긴다.

다시 주방으로 돌아오니 분위기가 바뀌어 있었다. 데이비 부인이 서서 벽에 걸린 시계를 쳐다보고 있었다. 두 눈에 슬픔이 가득했다.

"시간이 빠르게 가버렸구나. 아주 빠르게 지나가버렸어."

그러고는 레모네이드 잔과 비스킷이 담긴 접시로 얼른 눈길을 돌렸다. 내내 그것들을 보고 있었다는 듯이.

"레모네이드랑… 비스킷 여기 있다. 이리 와서 앉아."

"고마워요, 엄마."

이제 이렇게 부르는 걸 그만둘 시간이었다. 감았던 태엽을 풀 시간. 시간이 다 되어가자, '엄마'라는 말이 점점 무의미하고 공허하게 들렸다. 손님들이 모두 돌아간 뒤에도 남아서 파티를 계속 하는 것처럼.

태린은 식탁 앞에 앉아 시계를 훔쳐보면서 비스킷을 야금야금 깨물어 먹었다. 지금 디트가 이곳으로 오고 있을 것이다. 곧 이 집 앞뜰로 들어설 것이고, 현관문 앞에서 손목시계의 초침을 들여다볼 것이다. 1초도 어긋나지 않고 정확히 한 시간이 될 때까지 기다릴 것이다. 그런 다음 주먹을 들어 올려 현관문을….

쾅쾅쾅쾅!

"네 아빠인 모양이다."

태린은 아무 대꾸도 하지 않았다. 데이비 부인이 믿고 싶은 대로 내버려두는 게 더 간단하니까.

"그 사람이 네 아빠 맞니? 별로 닮지 않은 것 같던데."

"아빠 아니에요."

쾅쾅쾅쾅!

디트는 벌써부터 누군가 공짜로 자기 것을 차지하고 있다는 생각에 불안하고 걱정이 되었다. 데이비 부인이 곧바로 문을 열어주지 않으면 추가로 돈을 더 받을 생각이었다.

"어서 오세요, 디트 씨. 기다리게 해서 미안합니다. 들어오세요. 태린이 곧 나올 거예요."

"부인, 저는 여기가 좋습니다. 정말 좋아요. 어떻게, 아이랑 즐겁게 보내셨습니까?"

"네. 정말 즐거웠어요, 디트 씨."

"음, 다행이군요. 좋아요, 아주 좋습니다."

"디트 씨, 태린은 참 참한 아이예요. 아이가 자랑스러우시겠어요."

"그렇습니다, 부인. 그리고 저를 그냥 디트라고 부르세요. 모두들 그렇게 부르거든요."

"아, 태린이 나오네요. 갈 준비가 됐나 봐요."

태린이 작은 상자를 들고 있는 걸 보자 디트는 기분이 좋아졌다. 데이비 부인이 덤으로 준 선물인 모양이었다. 좋아, 좋아. 아주 아주 좋아. 그런데 그때 태린의 팔에 붙어 있는 반창고가 눈에 띄었다.

"그게 뭐니? 무슨 일이 있었어? 네 팔에 그게 뭐야?"

"사고가 있었어요. 죄송해요."

"사고? 사고가 있었다고? 무슨 사고가 난 거야? 평생 흉터가 남기라도 하면 어떡하려고…."

"괜찮아요. 그냥 넘어져서 조금 긁혔어요. 그게 다예요."

"조금 긁혔다고?"

"네, 맞아요." 데이비 부인이 끼어들었다. "만약을 위해 병원에 데려가는 게 좋겠어요. 파상풍에 걸릴지도 모르니까요."

"괜찮습니다. 예방주사를 맞았거든요."

"그럼 괜찮을 거예요."

디트는 기분이 좋아 보였다. 태린한테 은밀히 고개를 끄덕이더니 거의 알아차릴 수 없게 슬쩍 윙크까지 했다. 사실, 디트는 태린이 스스로 상처를 내서 데이비 부인이 엄마 노릇을 하게 했다는 걸 알았다. 전문가다운 솜씨였다.

이제 작별 인사만이 남았다.

"꼬맹이, 부인께 인사해라."

"불러주셔서 정말 감사합니다, 아주머니."

"태린, 와줘서 고마웠다. 굉장히 즐거운 시간이었어. 디트 씨도 고맙습니다."

"천만의 말씀입니다. 오히려 제가 감사하지요. 멋진 고객이 되어주시고, 선불로 곧바로 계산도 해주시고. 믿기지 않으시겠지만 몇몇 고객들은 골치가 아프답니다. 형편없는 사기꾼에 구두쇠 같은 고객들도 있고, 주위에서 코를 킁킁대며 어슬렁거리는 유괴범들도 있고…."

"디트 삼촌!"

"꼬맹이, 왜?"

"지금 할 얘기는 아닌 것 같은데요."

"뭐라고? 아, 그래, 네 말이 맞다. 아무튼 이용해주셔서 감사합니다. 다음에 기회가 되면 다시 오겠습니다. 언제든 전화하십시오."

디트가 지갑을 꺼내더니 명함을 데이비 부인에게 건넸다.

"여기 제 새 명함을 드릴게요."

태린은 처음 보는 것이었다.

"방금 전에 찾아온 겁니다. 인쇄소에서 전속력으로 달려왔지요. 아직 따끈따끈합니다. 글씨체가 진짜 고급스럽고 멋지지 않나요? 제 전화번호도 적혀 있습니다. 아무 때나 전화만 하십시오."

"네, 그럴게요. 전화할게요. 태린, 잘 가라. 고마웠다."

"고맙습니다, 아주머니."

"내가 아들을 가질 수 있다면 꼭 너 같은 아들이면 좋겠구나."

"저는 부인이 제 엄마라면 좋겠어요. 진심이에요."

미소를 짓는 디트의 얼굴에 또다시 음흉한 표정이 떠올랐다.

"부인, 방금 태린이 최고로 듣기 좋은 말을 하지 않았나요? 진심으로 한 말인 거 아시지요? 요즘에는 많은 사람들이 워낙 진심을 말하지 않잖아요."

태린이 한 말은, 온 마음을 다해 진지하게 한 말이었다. 디트의 짐작처럼 그저 데이비 부인을 즐겁게 해주려고 한 말이 아니었다. 디트는 모든 사람을 자기 기준으로 판단하는 습성이 있었다. 하지만 태린은 말 한 마디 한 마디가 진심이었다.

데이비 부인의 눈빛이 눈물로 뿌예지고 있었다. 이제 바로 이 집을 떠나든지, 아니면 남아서 속상해하는 부인을 보며 쩔쩔 매든지 해야 한다.

"꼬맹이, 이제 가는 게 좋겠다. 다른 고객한테 가봐야지. 잠시도 쉴 틈이 없네요. 어찌나 인기가 많은지. 하하하. 아무튼 가겠습니다."

"그럼 잘 가세요. 태린도 잘 가라."

"안녕히 계세요, 아주머니."

데이비 부인은 눈물이 쏟아지기 전에 서둘러 현관문을 닫았다.

앞뜰을 지나 도로로 나오자마자 디트가 태린이 들고 있는 상자에 손을 뻗었다.

"꼬맹이, 그 안에 든 게 뭐야? 부인이 우리한테 뭘 준 거야?"

"이건 나한테 준 거예요."

"그게 무슨 상관이야? 내 것이 네 것이고, 네 것이 내 것인데. 이 일은 우리 둘이 함께 하고 있잖아. 데이비 부인이 준 게 뭐야? 돈? 장난감? 팔 수 있는 거야?"

"삼촌…."

디트가 우뚝 멈춰 섰다. 화가 난 것 같았다.

"비스킷이에요."

"비스킷? 비스킷을 줬어? 은으로 된 장식품이 아니라? 기념품이 아니라?"

"설탕이 듬뿍 들어간 비스킷이에요. 맛있어요. 아주머니가 손수 만들었대요. 하나 먹어볼래요?"

"아니."

"정말요?"

"잘 갖고 있어. 자, 가자. 다음 약속 장소로 가려면 시내를 지나가야 해. 택시를 타고 가자."

디트와 태린은 택시를 잡으려고 교차로까지 걸어갔다. 그사이 태린은 데이비 부인 집을 한 번 뒤돌아봤다. 부인이 거실에 서서 이쪽을 내다보고 있었다. 태린이 손을 흔들자, 부인도 손을 흔들어 화답했다. 디트가 발견하고 그만두라고 하지 않았으면 태린은 계속 손을 흔들었을 것이다.

"꼬맹이, 데이비 부인은 우리한테 준 돈만큼 너랑 즐겁게 보냈어. 한데 넌 왜 더 많은 걸 주는 거야? 저 사람들은 네가 그런다고 고마워하지도 않고, 너한테 아무것도 주지 않아. 이 세상에서 너한테 뭔가를 주는 사람은 아무도 없어. 꼬맹이, 내 말 명심해. 이 디트 삼촌 말에 귀 기울이고 배우란 말이야. 너한테 아무도, 아무것도 안 줘."

태린은 상자를 치켜들었다.

"아주머니가 이 비스킷을 줬잖아요."

디트가 입술을 비쭉거렸다.

"그래, 줬지. 한데 누구를 위해? 너를 위해? 아니면 부인 자신을 위해? 자기가 인정 많고 멋있는 사람이라는 인상을 주려고? 그래, 비스킷. 그게 네가 공짜로 얻을 수 있는 전부일 거다. 비스킷과 땅콩. 하하하. 택시!"

디트가 맞은편 도로에서 달려오는 검은색 택시를 향해 손을 흔들었다. 택시가 유턴을 하더니 두 사람 앞에 멈춰 섰다.

"어디로 가시우?"

택시 기사의 질문에 디트는 이렇게 답했다.

"타고 나서 말해주리다."

디트가 문을 열어 먼저 태린을 태운 다음, 뒤따라 올라탔다.

"북쪽으로 가주시오."

"지금 난 남쪽에 있는 집에 가는 길이었소만."

"아, 그래서 택시에 타고 나서 말하겠다 한 거요. 북쪽으로 데려다주지 않으면 승차 거부로 신고할 거요."

화가 난 택시 기사는 혼잣말로 투덜대면서도 디트가 알려준 주소지로 차를 몰았다. 그곳은 다음 고객이 기다리는 집이었다.

잠시 뒤 태린한테 관심이 가는지, 택시 기사가 룸미러로 계속해서 태린을 흘긋거렸다.

"댁의 아이요?"

"물론이지. 왜요?"

"그냥 아이가 참해 보인다고 말해주고 싶어서."

"아이를 빌리고 싶소?"

그러자 택시 기사가 발칵 성을 냈다.

"내가 그럴 사람으로 보이오?"

"이건 확실히 합법적인 일이오. 범죄가 아니란 말이오. 그냥 한 가족이 되어보는 건데, 뭘."

"예전에 아내랑 나도 오후의 아이를 빌린 적이 있소."

"정말이오?"

"한데 아이가 가고 나서 아내가 너무나 속상해하더군요. 기분이 예전보다 못해진 거지요."

"사람들은 저마다 다르니까. 모두 제각각이지요."

"그래도 자기 아들을 가지면 틀림없이 기분 좋을 겁니다. 저 애가 아들 맞지요?"

택시 기사의 질문에 디트도 질문으로 대꾸했다.

"당연한 걸 왜 자꾸 묻는 거요?"

택시 기사는 아무 말 하지 않았고, 그후 아무도 말을 꺼내지 않았다.

택시가 약속 장소에 도착했다. 태린이 브런즈윅 부부와 시간을 보내는 동안, 디트는 자기가 비스킷 상자를 갖고 있겠다고 했다.

고층 아파트에 사는 브런즈윅 부부는 친절했다. 태린과 함께 보드게임과 카드놀이를 하고, 태린한테 이야기책을 읽어주면서 한 시간을 보냈다. 그동안 디트는 길거리를 어슬렁거리며 상점의 진열창들을 들여다보다가 근처 공원에 가서 의자에 앉았다.

디트는 상자를 열어 데이비 부인이 손수 만든 비스킷을 하나 꺼내 먹었다. 맛있었다. 상점에서 파는 것보다 더 맛있었다. 디트는 두 번째 비스킷을 꺼냈다. 드디어 디트가 태린을 데리러 갈 시간이 되었을 때, 비스킷 상자는 텅 비어버렸다.

3
세상의 복수

이런 일이 왜 벌어졌는지 아무도 정확히 모르지만 그래도 이런 일이 벌어졌다. 이 일은 '의도하지 않은 결과의 법칙'인지도 모르고, 자연이 스스로 균형을 잡으려는 시도인지도 모른다.

'의도하지 않은 결과의 법칙'이란 사람들이 최선의 결과를 얻으려고 뭔가를 하는데도 최악의 결과가 나오는 것을 뜻한다. 다른 한편으로는 나쁜 속셈으로 한 일인데도 뜻하지 않게 좋은 결과가 나오는 걸 뜻하기도 한다. 요컨대 사실상 결과가 어떻게 나올지는 아무도 모른다는 것이다. 그러니 사람들이 오래 살게 된 대신에 새 생명이 생기지 않을 수 있다는 걸 짐작이나 할 수 있었겠는가?

이 일은 의료 문제가 일반적으로 개선되어 모든 사람이 더 오래 살게 됨으로써 시작되었다. 그후 의료 문제가 점차 구체적으로 개선되면서 노년층의 주요 사망 원인인 심근경색, 암, 뇌졸중이 사라졌다. 이제 사람들은 점점 더 오래, 건강하게 살면서 활기차고 왕성하게 활동했다.

그런 다음 노화 방지 약이 나왔는데, 사람들 대부분이 마흔 살 쯤에 이 약을 먹었다. 그 무렵에 정부에서 노화 방지 약을 무료로 나눠주기 때문이다. 그리하여 여하튼 외모로는 마흔 살이 사람들의 최고 노령이 되었다.

그후 사람들은 무슨 사고나, 아무에게도 면역력이 생기지 않는 기이한 질병으로 사망하는 게 전부였다. 그리고 예전에는 도저히 도달할 수 없었던 나이에 이르러 몸이 더는 버티지 못해 사망하게 되었다. 이때는 의학이나 노화 방지 약이 소용없었다. 추가로 120년을 더 사는 동안에 육체가 작동을 멈춰 죽게 되는 것이다.

어떤 사람들은 200살이 넘도록 살았다. 그런데 이들의 모습이 희한했다. 이마의 주름 때문도, 구부러진 허리 때문도 아니었다. 이들은 마흔 살 때처럼 피부가 팽팽하고 허리도 똑바로 펴져 있었다. 이들의 모습이 희한한 것은 눈빛 때문이었다. 눈빛을 보면 이들은 우주를 여행한 사람, 그러니까 우주의 광대함을 목격한 사람 같았다. 이들의 내면에 영원한 존재가 들어가 사는 것 같았다.

잠깐, 세 번째 요소가 있다. 어떤 사람들은 살아가는 데 진저리가 나서 스스로 죽음을 선택한다. 이들은 파티에 참석해 식탁보를 비틀어 짜고 술잔을 쓰러뜨릴 때까지 털어 마신다. 이제 파티에 더 남아 있을 이유가 없기 때문이다. 일단 파티를 계속 하고 싶은 기분이 사라지면, 그 기분이 다시 채워지기는 힘들다.

디트가 말했다.

"이런, 그만 나가봐야겠군. 꼬맹이, 넌 공부하는 게 좋겠다."

디트가 학습지를 태린의 침대 위로 던졌다. 지금 태린은 디트와 함께 값싼 모텔 방에 묵고 있었다. 태린이 돌아보니 오늘 밤에 공부할 과목은 지리였다.

"너랑 같이 있어주고 싶지만 시간이 없어서 말이야. 너 혼자 해봐. 넌 아주 똑똑하니까 쉽게 이해할 거야. 이해가 안 되면 인터넷에 접속해 담당 교사한테 물어보면 되잖아."

디트가 방에 있는 컴퓨터 모니터를 가리켰다. 요즘 대부분의 모텔에는 손님들이 편히 이용하도록 이런 시설이 갖춰져 있었다. 컴퓨터 모니터가 보통의 텔레비전과 유일하게 다른 점은 옆에 키보드가 달려 있다는 것이다. 그것을 통해 549개의 텔레비전 채널이나 5만 편의 영화를 골라 보고 인터넷을 검색할 수 있다.(약간의 요금이 숙박료에 추가된다.)

"공부했는지 안 했는지 이따가 와서 시험 문제를 낼 거야."

그러나 태린은 디트가 그러지 않으리라는 걸 알았다. 디트가 방으로 돌아올 때쯤이면 태린은 깊이 잠들어 있을 것이기 때문이다. 아니면 태린이 깨어 있다 해도 디트가 너무 취한 상태이거나. 술에 취하면 디트는 완전히 둔해지거나 부자연스럽게 명랑해졌다. 최악의 상황은 슬퍼하거나 우울해할 경우인데, 이때 디트는 태린의 어깨에 팔을 두르고 태린을 아들처럼 사랑한다는 둥, 태린이 자기 가족이나 마찬가지라는 둥 말이 많아졌다.

말할 당시에는 분명 진심이었다고 해도 그것은 그냥 술김에 하는 말이었다. 슬픈 영화를 보고 우는 것과 다름없었는데, 디트가 안타까워하는 것은 사실 태린이 아니라 자기 자신이었다. 가족이나 사랑하는 사람이 없는 자기 자신을 생각하며 우는 것이다. 하지만 설령 디트한테 가족이나 사랑하는 사람이 있다 해도 머지않아 그 사람들에게 싫증을 내고 책임감에 넌더리를 내며 다른 곳으로 떠날 궁리만 할 것이다.

"그래, 오늘은 지리를 공부해라. 사람들은 오후의 아이를 바라지만, 교육받지 않은 아이는 바라지 않잖아. 그러니까 공부를 좀 해둬."

가끔 태린은 학교에 다니면 좋겠다고 생각했지만 요즘은 갈 수 있는 학교가 거의 남아 있지 않았다. 학교를 채울 아이들이 없으니 이제 더는 학교가 이익이 남는 사업이 아니었다. 요즘 아이들은 모두 개인지도를 받거나, 그럴 여유가 없으면 학습지를 이용했다. 설명서에는 학습지만으로 필요한 학업 수준에 이를 수 있다고 되어 있었다.

텅 빈 학교들은 버려져 폐허가 되어버렸다. 아이들 발소리가 사라진 복도에는 쥐들이 돌아다니고, 구석마다 거미들이 거미줄을 쳐놓았다. 깨끗한 칠판에 텅 빈 의자와 책상이 늘어서 있는 교실들은 기분 나쁠 정도로 조용했다.

여러 학교들 가운데 한두 곳은 '살아 있는 기념물'이나 '어린이 박물관'으로 이용되었다. 학교 안에는 체육관, 화학 실험실, 대강당 같은 곳이 있었다. 대강당에서는 한때 500명이나 되는 어린 학생들이 아침마다 교장선생님의 발표나 연설을 듣기 위해 모였고, 학생들은 조용히 하라는 교장선생님의 훈계에도 서로 찌르고 종이쪽지를 돌리고 서로를 웃기려 하고 가까스로 웃음을 참았다고 한다. 그리고 건물 밖에는 운동장, 테니스장, 축구장, 놀이터 같은 곳이 있었다. 그곳에서는 수많은 학생들이 서로 싸움을 벌이면서 어른이 되는 법을 배웠다고 한다.

모두 지난 일들이다.

"꼬맹이, 이따 보자."

"네."

"문 꼭 잠그고 도어체인 거는 것도 잊지 마. 그리고 밖에서 누가 문을 두들겨도 절대 열어주면 안 된다. 누군가 내 목소리로 말을 걸어도 문을 열어주면 안 돼. 꼬맹이, 우리끼리 정한 특별한 노크 소리로 두들길 때에만 열어주는 거 알지?"

"알아요, 알고 있어요."

"누군가 내 목소리로 말하고, 특별한 노크 소리로 문을 두들기고, 문구멍으로 보이는 모습이 나처럼 보이는 사람도 있을 거야. 게다가 그럴싸하게 열쇠를 잃어버린 이유를 둘러대겠지. 꼬맹이, 그래도… 도어체인을 벗기지는 마. 도어체인을 벗기면 어떻게 될지 아무도 모르니까."

"그만해요. 나도 잘 알아요."

"그놈들이 무슨 짓을 할지 넌 절대 몰라. 그 망할 놈의 유괴범들!"

"알았어요."

"그놈들은 악질 중의 악질이고, 저질 중의 저질이야. 내 말 알아들었어?"

"알았어요, 디트 삼촌."

카드놀이에서 다른 사람의 아이를 딴 사람은 어때요? 괜찮아요? 태린은 이렇게 묻고 싶었다. 하지만 디트는 누군가 자기 약점을 공격하면 화를 냈다. 그래서 더는 묻지 않았다.

예전에 태린은 디트한테 다른 무엇보다 중요한 질문을 했었다.

"디트 삼촌, 누구한테서 날 딴 거예요? 우리 아빠한테서 땄나요?"

디트는 자기 신발을 내려다보면서 고개를 저었다.

"아니, 아니야… 그건 아닌 것 같아."

디트도 그것은 상식을 벗어난 일로 여겼던 것 같다. 아들을 노름으로 날리는 아빠가 어디 있겠는가? 게다가 그것은 수지가 맞는 장사도 아니다. 왜 노름으로 거위를 잃어버린단 말인가? 거위를 옆에 붙잡아놓고 있으면 황금알을 얻을 수 있을 텐데.

"그럼 누구예요? 우리 아빠가 아니라면 누구예요?"

"그냥 어떤 사람이었어. 사실은 나도 잘 몰라."

"그때 난 몇 살이었어요?"

"어렸지. 넌 진짜 꼬맹이였어."

"왜 난 기억이 안 나죠?"

"말했잖아. 넌 어렸다고."

"얼마나 어렸는데요?"

"어렸어."

디트는 자초지종을 말해주지도 않았고, 우연히 뭔가를 말하는 일도 없었다. 태린을 노름으로 잃은 사람이 아빠가 아니라면 그 사람은 누구였을까? 그리고 태린의 아빠는 어디에 있을까? 엄마는? 태린의 집은?

"내가 고아였나요? 그래서 다른 사람이 날 데리고 있었나요?"

"글쎄, 그랬을 수도 있지만 그 노름꾼이 그런 말은 안 했다. 미안하다, 꼬맹이. 도움이 안 돼서. 하지만 과거는 과거야. 이제 과거는 그만 잊어버려. 네 부모님이 널 원치 않았을 수도 있고, 아니면 돈이 필요해서 널 다른 집에 보냈을 수도 있겠지. 나도 그 이유는 모르겠다. 다만 내가 아는 건, 내가 널 정정당당하게 얻었고, 지금 네 후견인 증서며 소유권 증서가 모두 나한테 있다는 거야. 너도 이것만 알고 있으면 돼."

디트한테 그 증서가 있는 건 분명했다. 디트와 태린은 길거리를 다니다가 경찰한테 자주 검문을 당했다. 경찰이 디트를 거리낌 없이 활개 치는 유괴범으로 여긴 탓이다. 하지만 디트가 갖고 있는 증서를 확인하면 곧바로 디트를 놓아줬다.

"그만 잊어라, 꼬맹이. 지난 일 때문에 속상해하지도 말고 괴로워하지도 마. 과거는 머릿속에서 지워버려."

디트가 방을 나서기 전에 마지막으로 거울을 흘끗 들여다봤다. 자기 모습이 마음에 드는 모양이었다.

"이런, 이만 나가봐야겠다. 내가 말한 피피 이식이랑 우리 둘이 평생 함께 할 사업에 대해 잘 생각해봐. 진지하게 말하는 거다. 이건 중대한 사업 계획이야. 그리고 문 잠그는 거 잊지 마."

그러나 태린은 피피 이식에 대해 생각하기 싫었다. 절대로.

디트가 나가면서 문을 닫았다. 태린이 도어체인을 거는데, 문 밖 복도에서 디트가 서성이는 발소리가 들렸다. 태린이 도어체인을 걸어 잠그는지 확인하려고 기다리고 있는 것이다. 디트는 나중에 돌아오면 옆에 붙은 자기 방으로 들어갈 것이다. 그 방은 태린의 방과 내부에서 연결되어 있었다.

"디트 삼촌, 문 잠갔어요!"

태린이 문에 대고 소리 지르자, 디트가 약간 놀라 어쩔 줄 몰라 하며 대꾸했다.

"그래, 알았다. 난 그냥 구두끈을 매고 있었어."

설마.

마침내 디트가 진짜로 갔다.

태린은 방을 찬찬히 둘러봤다. 이때까지 몇 년 동안 수백 군데의 모텔 방에서 지냈는데, 전에 묵었던 다른 방들과 비슷했다. 단조롭고 삭막하고 별다른 특징이 없었다. 음식으로 치면 패스트푸드나 마찬가지였다. 그 방은 햄버거, 바로 그것이었다. 그 방에서 지내는 것은 햄버거 안에서 사는 것과 마찬가지였다. 지난 몇 년 동안 태린은 햄버거를 먹고, 햄버거 방에서 살았다. 디트 역시 햄버거 인간이었다. 언제든 즉시 일을 벌일 준비가 되어 있는 패스트푸드.

집이 있다면 좋을 텐데. 패스트푸드 집이 아닌 슬로푸드 집, 패스트푸드 방이 아닌 슬로푸드 방. 신선한 과일과 집에서 구운 빵이 곁들여진 방. 그런 방이 있다면 정말 훌륭할 것이다. 그러나 태린의 어린 시절은 이렇게 지나가버렸다. 연극하기, 아이 노릇 하기, 아이가 없는 부부에게 한두 시간쯤 오전의 아이나 오후의 아이가 되어주기. 가족 없는 아이가 다른 사람의 가족이 되어주다니, 참 얄궂은 일이었다. 태린도 다른 사람들처럼 외로웠다. 태린에겐 디트뿐이었다. 그건 아무도 없는 것만 못했다. 아무도 없는 편이 훨씬 나을 것이다.

태린은 자리에 앉아 지리 학습지를 펴고 읽기 시작했다. 태린은 지리를 잘 알았다. 이미 많은 지역에 가봤으니까. 태린은 컴퓨터 옆에 있는 키보드를 두들겨 인터넷에 접속했다. 방금 전에 배운 내용을 시험 쳐보니, "축하합니다! 만점!"이란 글자가 뜨고 동시에 토끼 몇 마리가 나와 깡충깡충 춤추며 태린의 성적을 축하해줬다.

잠시 뒤 태린은 인터넷 검색창에 자기 이름을 입력하고 검색해봤다. 하지만 언제나처럼 아무것도 나오지 않았다. 태린은 무엇을 기대한 걸까? "태린, 넌 우리가 오래전에 잃어버린 아들이란다. 널 데리러 갈 테니 이 주소로 연락해다오"라는 소식이라도 기대한 걸까?

태린은 DNA 보관소를 떠올렸다. 유전자 지문인 DNA 정보를 찾을 수 있다면, 그리하여 국립 DNA 보관소에 있는 다른 사람들의 DNA 정보와 비교해볼 수 있다면 밀접하고 중대한 다른 짝을 찾을 수 있을 것이다. 밀접하고 중대한 다른 짝이란 태린과 가까운 사람, 즉 친척이나 가족 가운데 하나를 뜻한다. 형이나 여동생, 혹은 아빠나 엄마 가운데 누구든.

DNA 정보를 알려면 혈액이나 타액 샘플을 가지고 DNA 연구소에 찾아가면 된다. 하지만 태린은 DNA 검사에 필요한 돈도 없고, 연구소에 찾아갈 방법도 없었다. 디트가 매처럼 감시하고 있으니까. 디트가 감시하지 않을 때는 지금 같은 때뿐이었다. 밤에 유괴범들이 돌아다니고 있어서 밖에 나가기에 너무 위험한 때 말이다. 게다가 이 시간에는 DNA 연구소 대부분이 문을 닫았다. 시내 중심지에 있는 심야 약국 겸 연구소를 제외하고.

"꼬맹이, 그건 수요와 공급의 문제야."

태린이 처음 유괴범들에 대해 물었을 때 디트가 한 말이다. 그때 태린은 왜 자기 혼자 외출하면 위험한지, 왜 대낮에 공원에서 노는 것도 안 되는지 물었다.

"뭔가 공급이 적은데 수요가 많아지면 그것의 가격과 가치가 올라가지. 아이들도 마찬가지야. 왜 그런지 모르겠지만 요즘은 아이들이 별로 태어나지 않아. 그래서 아이들이 비싸게 팔리고 있지. 여기에 유혹이 있는 거야. 자, 아이를 납치해서 그 도시나 나라 밖으로 데려갔다 치자. 한데 그곳에 아이를 갖고 싶어 안달 난 아내를 둔 부자들이 있어. 그럼 좋은 가격에 '묻지 마' 거래가 성사되는 거야. 아이가 어리면 어릴수록 더 좋아. 그런 아이는 기억이 없으니까 자기가 납치된 줄을 모르지. 그 아이는 돈 주고 자기를 산 부모를 진짜 부모인 것처럼 사랑하겠지. 그래서 어리면 어릴수록 값어치가 높은 거야. 이봐, 꼬맹이, 이제 막 태어난 신생아라면 천만 유닛은 쉽게 받을 수 있어. 신생아는 '모나리자'야. 수집가들이 흥미를 갖는 물건 말이야. 아, 쌍둥이를 납치했다면 이제 탄탄대로가 열린 거야. 앞으로 남은 인생 동안 그 탄탄대로에서 벗어날 일은 없어. 매주 근근이 생계를 이어가던 생활은 끝나고, 죽는 날까지 호화롭게 사는 일만 남은 거지. 그러니까 진짜 조심해라, 꼬맹이. 아이를 납치해 돈을 벌려는 유괴범들이 밖에 돌아다니니까."

그래도 태린은 한 가지 풀리지 않는 의문이 있었다.

"그런데 증서는 어떻게 해요? 아무리 부자라도 증서가 없으면 유괴한 아이를 자기가 진짜 낳은 걸로 할 수 없잖아요."

디트가 넌더리를 내며 콧방귀를 뀌었다. 마침 길거리를 걷고 있었다면 바닥에 침도 뱉었을 것이다.

"증서? 꼬맹이, 순진하게 굴지 마! 아이를 살 돈이 있는 사람들이 그깟 증서 몇 장 살 돈이 없을까 봐? 유괴범들은 네 출생증명서도 새로 만들어낼 수 있어. 네 DNA 정보뿐 아니라 온갖 것을 위조할 수 있지. 이 세상에선 돈만 있으면 뭐든 가능해. 알았어?"

디트가 태린을 묘한 눈길로 쳐다보더니 그 뒤로 입을 꾹 다물어 버렸다. 태린이 그 문제에 대해 더 질문해도 한 마디도 대꾸하지 않았다. 하지만 이미 늦었다. 결과가 이미 나왔고, 태린의 마음속에 그 결과가 심어졌다.

증서며 위조된 기록을 돈으로 살 수 있다면, 디트가 갖고 있는 증서는 어떻게 된 것일까? 태린 자신은 어떻게 된 것일까?

태린도 예전에 유괴당한 게 아닐까? 아주 오래전에? 그렇다면 그게 그 기억을 설명할 수 있을까? 문득 떠오르는 과거의 기억, 즉 누군가의 얼굴, 햇빛, 밀밭, 새들의 노랫소리, 개가 짖는 소리를 설명할 수 있을까?

기억나요, 기억나요,
내가 태어난 집…

그것은 진짜 기억일까, 아니면 기억하고 싶어 하는 어떤 것일까? 그것은 태린이 상상해낸 것인지도 모른다. 예전에 본 영화에서 몇 장면을 추려 자기가 갖고픈 과거의 기억으로 만들어냈는지 모른다.

"꼬맹이, 증서란 거의 쓸모가 없어. 도장이 찍힌 증서라도."

디트는 이제껏 언제나 자기는 보호자에 불과하다고 말했다. 그리고 어느 날 밤 술에 취해 기분 좋게 돌아와서는 서툰 도박꾼이자 빚을 갚을 길이 없었던 빚쟁이한테서 어떻게 태린을 얻었는지 자랑을 늘어놓았다. 어쩌면 태린을 도박으로 날린 그 남자가 유괴범이었는지 모른다. 그럴 법하다. 그래, 정말 그럴 법하다.

"카드에 이겨서 널 딴 뒤로 넌 내 수입원이 된 거야, 꼬맹이. 널 팔 수도 있었지만, 그건 내 방식이 아니야. 수입원을 갖고 안정되게 살아가는 것, 그게 바로 내가 원하는 거지. 꼬맹이, 이제껏 우린 서로 잘해왔지? 그래, 잘해왔어, 그렇고말고."

오랫동안 태린은 디트와 에반젤린과 함께 셋이서 지냈다. 디트는 에반젤린이 자기 아내가 될 거라는 말을 계속 슬금슬금 흘렸다. 하지만 에반젤린은 아무 성과가 없는 디트와의 관계에 싫증이 났다. 혹은 디트가 에반젤린에게 싫증이 났는지도 모르겠다. 모텔 방을 이리저리 옮겨 다니며 패스트푸드로 끼니를 때우는 생활에 넌더리가 났는지도 모르겠다. 결국 에반젤린은 떠났고, 그 자리에 샌드라라는 여자가 들어왔다. 그다음에는 샌드라 대신 바버라라는 여자가 들어왔다.

태린은 에반젤린을 좋아했지만, 그후 다른 여자들은 좋아할 수 없었다. 그들도 얼마간 함께 지내다가 떠나리라는 걸 알았으니까.

이따금 태린은 자기 과거의 실마리를 찾기보다는 다른 아이들이랑 어울려 놀고 싶은 마음이 더 커졌다. 다른 아이들을 가끔 보긴 했지만 가까이 가본 적은 거의 없었다. 그 아이들은 대부분 문이 굳게 잠긴 자동차를 타고 지나쳐 갔는데, 옆에는 보모나 경비원이 앉아 창밖을 내다보고 있었다.

가난한 부모들은 이렇게 아이를 보호할 여유가 없어서 임신한 첫 증상이 나타나면 곧바로 도시를 떠나 먼 시골집으로 주거지를 옮긴다. 시골에서는 머리맡에 총을 두지 않고도, 마당에 사나운 개를 풀어놓지 않고도, 한밤에 예고 없이 찾아올 유괴범을 걱정하지 않고 잘 수 있기 때문이다.

태어나서 처음 몇 년 동안이 가장 위험하고 불안하다. 아이의 값어치가 가장 높은 때이기 때문이다. 그후 아이가 나이를 한두 살씩 먹어갈수록 아이를 팔아 얻을 수 있는 이익은 차츰 줄어든다. 태린의 값어치가 조금씩 줄어들고 있는 것과 똑같다.

그후 다 자란 아이는 단 한 푼의 가치도 없게 된다. 누군가 그 아이를 끔찍이 사랑하는 게 아니라면 말이다. 유괴범들도 이제 다 자란 아이에겐 관심을 두지 않는다.

태린은 인터넷 검색을 포기하고 다시 지리 학습지를 집어 들었다. 하지만 아무리 읽어보려 해도 정신을 집중할 수 없었다. 피피 때문이었다. 요즘 디트가 피피 이식을 받는 문제에 대해 얘기하는 빈도가 높아졌다. 예전에는 한 번도 말하지 않았는데, 요즘은 하루에 적어도 한 번은 얘기를 꺼냈다.

최근 들어 디트는 자신의 생계 수단과 자신의 미래가 슬금슬금 사라져가고 있는 걸 느끼고 있었다. 먹여 살리는 아이가 없어진다면 앞으로 어떻게 살아갈 것인가?

"꼬맹이, 앞으로 몇 년, 그게 우리가 가진 전부야. 그 몇 년이 지나면 아무도 널 원하지 않을 거야. 그때가 되면 넌 또 한 명의 보잘것없는 사람이 되는 거지. 꼬맹이, 이 세상은 보잘것없는 사람들로 가득 차 있어. 모두가 멈춰버린 시계 같은 얼굴을 하고 있지. 사람들은 마흔 살이 되면 노화 방지 약을 먹기 시작해. 그래서 모두가 똑같아 보이는 거야. 밀랍인형 같은 얼굴, 차가운 미소, 부자연스러운 표정. 내 생각에 이건 이 세상의 복수야."

태린은 디트를 호기심 어린 눈빛으로 빤히 쳐다봤다.

"그게 무슨 말이에요? 세상의 복수라뇨?"

의자에 깊이 눌러앉은 채 새 맥주 캔을 따며 디트가 킬킬거렸다.

"세상을 바꾸려 하는 이들, 살아간다는 것의 의미를 완전히 바꾸려 하는 의사들이나 연구자들 말이다. 내가 말하는 건, 인간의 수명에 대해서란다. 너, 성서를 읽어봤냐?"

"뭐, 별로요."

이제껏 태린이 묵었던 모텔 방에는 기독교의 전파를 후원하는 국제기드온협회 덕분에 성서가 한 권씩 놓여 있었다. 하지만 태린은 이따금 성서를 슬쩍슬쩍 넘겨보기만 했다.

"나도 마찬가지다. 그래도 모텔 방에 따분하게 앉아 있을 때라든가 잠이 안 올 때면 성서를 휙 훑어보곤 하지. 꼬맹이, 거기에 그런 말이 있어."

"무슨 말이 있는데요?"

"인간에게 주어진 수명에 대한 말인데, 성서에는 70년이라고 되어 있어. 요즘은 '주어진 수명' 같은 말을 잘 안 쓰지만, 아무튼 70살이 우리가 살기로 되어 있는 수명이래. 그 이상은 전부 덤인 거지. 한데 이런저런 상과 노벨상을 받고 자부심이 넘쳐나는 그 선의의 사회개혁가들 말이다. 꼬맹이, 그자들이 뭘 어떻게 했지?"

"그 사람들이 뭘 어떻게 했는데요?"

"인간에게 주어진 수명을 바꿔서 우리를 더 오래 살 수 있게 했지. 그래, 그자들이 우리의 수명을 아주아주 길게 늘려놨어. 하, 그자들 덕분에 우린 불멸의 존재가 된 거야! 하!"

디트가 맥주를 꿀꺽 들이켜더니 약간 쿨럭거렸다.

"젠장, 숨 막혀 죽을 것 같구만! 꼬맹이, 내 등 좀 두들겨봐라."

태린은 디트의 등을 두들겼다.

"더 세게."

태린은 디트의 등을 쾅쾅 내리쳤다. 주먹에 감정이 들어갔다.

"그렇게 세게 말고. 이제 괜찮다. 내가 어디까지 얘기했지?"

"영원히 사는 것에 대해서요."

"아, 그래. 그자들이 인간을 영원히 살게 하진 못했지만 200살 이상까지 살 수 있게 했지. 그건 성서에서 말한 70살의 세 배나 돼. 한데 아무도 죽지 않고 인간이 계속 태어나면 무슨 일이 벌어지겠냐?"

"세상이 복잡해지겠죠."

"바로 그거야, 꼬맹이. 내가 널 제대로 키웠구나. 세상이 복잡해지면 우린 어깨를 나란히 붙이고 서 있어야 하고, 땅속에 사는 흰개미들처럼 우글우글 떼 지어 다녀야 할 거야. 꼬맹이, 그래서 이 세상이 이런 상황을 고쳐보려고 어떻게 했을까? 더는 문제가 생기지 않게 하려고 어떻게 했을까? 이 세상이 어떻게 복수했을까?"

"사람들이 임신을 못 하게 한 거군요."

"맞았어, 꼬맹이. 임신을 못 하게 해서 사람들이 더는 아이를 가질 수 없게 된 거야. 사망률이 떨어진 동시에 출산율도 떨어졌지. 하! 난 이 세상이 마음에 들어. 이 세상의 유머 감각이 마음에 들어. 똑똑한 체하는 인간들, 잘났다고 거들먹거리는 인간들에게 이 세상이 복수한 방식이 마음에 들어. 그자들은 우리를 곤경에 빠뜨려놓기만 했지 곤경에서 구해내진 못하잖아. 아주 잘됐어. 암, 그렇고말고!"

"일부 사람들은 빼고요. 그 사람들은 여전히 아이를 낳을 수 있잖아요."

"그래, 아주 운이 좋은 일부 사람들은 여전히 아이를 낳을 수 있지. 물론 그 이유는 아무도 모르지만. 꼬맹이, 그런데 그 사람들이 운이 좋은 걸까? 아이를 낳을 수 있다는 이유로 아이 못 낳는 사람들한테서 질투와 미움을 받고, 또 아이를 빼앗길 위험에 빠져 있는데 과연 운이 좋은 걸까?"

디트의 표정이 진지해졌다.

"아주 굉장한 세상이야, 꼬맹이. 넌 아직 어리니까 형편이 좋아. 피피 이식을 받으면 형편이 더 좋아질 거다. 정말이야."

"하지만 피피 이식을 받은 아이한테는 형편이 좋아진 게 아니에요. 그 아이가 계속 자라고 싶어 하는지도 모르잖아요."

"물론이지. 그래서 피피 이식이 불법인 거고. 하지만 미스 버지니아를 봐라. 그 여자는 매력적인 데다 그쪽 업계에서 50년 넘게 경험을 쌓아왔어. 그래서 어떤 다섯 살짜리 아이보다도 그쪽 일을 잘 알지. 그 여자는 프로야. 다른 아이들처럼 갑자기 발작을 일으키지도 않고 떼쓰지도 않고 바닥에 누워 울지도 않지."

"그 여자는 패스트푸드 아이예요, 그렇죠?"

디트가 맥주 캔을 내려놓고 태린을 쳐다봤다.

"그게 무슨 말이냐?"

"내 말은… 그러니까 내 말은… 사람들한테 원하는 걸 빨리 주는 것과 같다는 거예요. 요리하지 않고 간편하게 먹이는 거죠."

"요리하지 않고?"

"곧바로 먹을 수 있게 준비가 된 거죠."

"꼬맹이, 너 때문에 걱정이다. 가끔 넌 너무 어른스럽게 말하더라. 고객들과 있는 자리에서는 그렇게 말하면 안 돼. 사람들은 아이처럼 말하는 걸 좋아하니까. 내 말 알았어?"

"알았어요."

"가끔 네가 피피 이식을 빨리 받을수록 우리 둘한테 더 좋을 거라는 생각이 든다. 5년이나 10년쯤 지나면 넌 진짜 전문적인 아이가 되어 있을 거야."

"디트 삼촌, 난 아이예요. 이미 아이라고요."

"내 말은 순전한 아이가 될 거라는 뜻이야."

"내가 순전한 아이예요. 피피 이식을 받은 아이들보다 내가 더 순수하고 완전해요."

"꼬맹이, 장래의 내 희망을 말하는 거야. 이제 그 얘기는 그만하자. 내 말은, 지금 당장 돈이 있다면 너한테 피피 이식을 시켜주고 싶다는 거야. 그럼 넌 죽는 날까지 영원히 아이로 남겠지."

"하지만…."

디트가 태린을 노려보며 다시 맥주 캔을 집어 들었다.

"하지만, 뭐?"

태린은 침을 꿀꺽 삼켰다. 언젠가는 디트한테 말해야 하는데, 지금이 말하기 가장 좋은 때였다.

"난 영원히 아이로 살아가는 게 싫어요. 어른이 되고 싶어요."

"어째서?"

"커지려고요. 그리고 잘 알다시피 이런저런 일들을 하려고요. 그냥… 내가 되고… 진짜 나 자신이 되고 싶어요."

한동안 디트는 아무 말도 하지 않았다. 그대로 가만히 앉아서 맥주를 한 모금 들이켜고 태린을 쳐다보고 다시 맥주를 한 모금 들이켰다. 그런 뒤 고개를 저었다.

"아니, 꼬맹이. 난 너한테 피피 이식을 시켜줄 거야. 돈을 구하는 대로."

"그래도 난 어른이 되고 싶어요."

"어째서?"

"그냥… 영원히 아이로 살고 싶지 않으니까요. 어른의 마음을 지닌 채 아이 몸으로 살기 싫어요."

디트가 맥주 캔을 하나 더 따며 말했다.

"하 참, 난 다시 아이가 될 수 있으면 좋겠구먼. 누군가 돌봐줄 거 아냐. 걱정할 일도 없고, 책임질 일도 없지. 돈 내라는 청구서도 안 받을 거고. 넌 네가 얼마나 운이 좋은 줄 몰라서 그래."

"하지만…."

"이 문제는 더 얘기하지 말자. 꼬맹이, 내가 널 돌볼 거야. 그게 다야. 몇 년 지나면 넌 더 이상 아이가 아니게 돼. 목소리가 굵어지기 전에 피피 이식을 받아야 해."

"하지만 돈이 없잖아요, 안 그래요?"

태린은 이렇게 물었지만 디트가 어떻게든 돈을 구할 거라는 생각에 두려웠다.

"꼬맹이, 그 문제는 이 디트 삼촌한테 맡겨. 언제나처럼 이 삼촌이 널 보살필 거야. 내가 너한테 손찌검한 적 있냐? 소리를 지르기라도 했어?"

"아뇨, 그런 적 없어요."

"난 너한테 소유주이자 법적 보호자 그 이상 아니냐? 친구에 가깝지 않아?"

"그래요."

"난 너한테 가장 소중한 사람이야."

"하지만 난 다른 애들하고 놀아본 적이 없어요. 친구를 사귈 기회도 없었고요…."

"넌 정말 사소한 걸 따지고 드는구나. 내가 널 실망시킨 적 있냐? 내가 너한테 아무 때나 일을 시키디? 네 먹을거리며 교육 문제에 소홀한 적 있어?"

"아뇨."

"바로 그거야. 네가 피피 이식을 받아도 우리 관계는 변함없어.

단, 시간이 지나면 우린 동업자 그 이상이 될 거야. 수입의 일부를 너한테 줄 거야."

"고마워요."

"멋질 것 같지 않냐?"

"그래요."

"이런, 이만 옆방에 가서 자야겠다. 하지만 유괴범들이 접근하는지 내가 귀를 곤두세우고 있을 거야. 꼬맹이, 걱정 마. 아무리 흉악한 유괴범이라도 이 디트 삼촌한테서 널 뺏어가진 못하니까."

"네."

"뭐라고?"

"안녕히 주무시라고요."

"그래, 잘 자라. 그리고 양치질해. 이를 항상 희고 반짝거리게 만들어야 한다. 고객들은 희고 반짝이는 이를 좋아하니까."

마침내 디트는 잠이 들었고 드르렁거리며 코를 골았다.

태린은 피피 이식 때문에 마음이 불안했다. 지금 당장은 돈이 없다. 하지만 디트가 돈을 구하면 어떻게 될까?

태린은 도망쳐야겠다는 생각이 들었다. 하지만 어떻게? 어디로?

수많은 어른들로 둘러싸인 곳에서 아이가 어떻게 숨겠는가?

누구에게 도움을 청할 수 있을까? 어디로 갈 수 있을까? 태린은 친구가 없었다. 아는 사람도 없었다. 날마다 고객들의 관심을 한 몸에 받았지만 텅 빈 하늘을 나는 한 마리 새처럼 외로웠다. 가끔은 지독하게 외로웠다. 그럴 때 태린이 할 수 있는 거라곤 잠을 자는 것뿐이었다. 잠에 빠져 다시는 깨어나고 싶지 않았다.

그것이 세상의 복수가 가져온 또 하나의 결과였다. 아이와 유년기가 세상에서 가장 희귀하고 귀중해지자, 아이들은 견딜 수 없을 만큼 불행해지고 외로워지고 두려움에 떨게 되었다.

태린은 욕실로 들어가 칫솔에 치약을 약간 짠 다음, 미소가 더욱 빛나도록 이를 닦았다. 거울을 들여다보고 있자니 문득 그 노래가 떠올랐다.

머나먼 푸른 들판으로
언젠가 돌아가리

태린이 알고 있는 노래는 이 부분뿐이었다. 앞부분의 가사와 가락이 조금 기억날 뿐 더는 기억나지 않았다. 이 노래가 실제로 있는 건지, 아니면 태린이 마음속으로 지어낸 건지는 알 수 없었다.

아니면 아주 오래전에 누군가에게서 들은 노래인지도 모른다.

태린은 기억하고 있었다. 자기 눈으로 흘긋 본 햇빛, 머리 위에 들씌워진 가리개, 살짝 벌어진 가리개 틈새로 내다본 하늘이 기억났다. 그리고 움직임과 흔들거림, 그 노래를 부르던 어떤 여자가 기억났다. 찬송가인지 자장가인지 모를 노래.

머나먼 푸른 들판으로
언젠가 돌아가리

이것은 꾸며낸 걸까, 아니면 진짜 기억일까? 그 여자의 목소리, 향기, 햇빛, 파란 하늘에 떠 있는 구름… 그것들은 정말로 있었던 것일까?

태린은 침대에 누워 불을 끄고 이내 잠이 들었다.

꿈속에서 시골의 산들바람에 풀잎이 살랑거리는 소리가 들렸다. 상상 속에서 이런저런 소리가 들리는가 싶더니 가까이 어딘가에서 희미한 발소리가 진짜로 들려왔다. 문 밖에, 모텔 복도에 누군가 있었다. 누군가 살살 걸어 다니면서 방방마다 문손잡이를 돌려보고, 벽에 귀 기울여보고, 뭔가를, 누군가를 찾고 있었다.

아니, 그 사람은 다름 아닌 디트였는지도 모른다. 옆방에는 분명 디트밖에 없었다. 디트의 방과 태린의 방은 벽에 난 문으로 연결되어 있다. 디트는 나쁜 일이 벌어지는 걸 내버려두지 않을 것이다. 자기가 보호해야 할 투자 대상이 있고, 지켜야 할 이익이 있으므로.

얼마 지나자 가까이에 누군가 있는 것 같은 그 느낌이 사라졌다. 이제 아무도 귀 기울이지 않고 지켜보지 않고 기다리지 않았다. 아무도. 잠은 점점 깊어져 시커먼 바닷속처럼 깊어졌다. 그 잠 속으로 가라앉는 것이 얼마나 기쁜지. 자비로운 망각의 시간.

4

낯선 사람

그 낯선 사람은 여전히 부츠를 신은 채 모텔 침대에 누워 있었다. 부츠를 신고 침대에 눕는 것은 그 남자가 항상 하는 일이다. 단정치 않아서도, 예절을 무시해서도 아니다. 언제 다시 일어나서 움직이게 될지 모르기 때문이다. 그게 전부다. 이 업계에서는 누구도 그때가 언제일지 알지 못한다. 그러니 그날 일을 완전히 끝냈다고 생각하기 전에는 부츠를 벗어봐야 아무 소용 없다.

남자는 침대에서 일어나 곧장 욕실로 가서 세면대에서 물을 한 컵 받아 마셨다. 하루 종일 도시를 걸어 돌아다니다가 방금 전에 들어온 터였다. 남자는 혼자이기에 밤에 외로웠다.

중간 크기의 이 도시는 남자가 몇 년 동안 가본 많은 도시 가운데 하나였다. 이 도시에도 나름대로 특징과 독특한 장소, 명물이 있었지만, 남자에겐 다른 도시들과 마찬가지로 특별해 보이지 않았고 결국에는 특징 같은 것이 전혀 없는 것 같았다. 남자는 이 일을 하면서 나이를 먹었다. 그의 인생 70년이 그렇게 지나갔다.

남자처럼 이런 식으로 살아가는 사람들은 저마다 동기는 조금씩 다르지만 목적은 같다. 바로 아이를 찾는 것이다. 아이의 위치를 파악하고, 아이의 동정을 살피고, 아이의 일과를 알아내고, 아이의 부모나 보호자가 누구인지 확인하고, 아이에게 어떤 보호책이 마련되어 있는지 확인하고, 그런 다음 모든 것이 적당해서 모험해볼 만하다는 판단이 들면… 행동을 개시한다.

하지만 잡히고 싶지 않다. 실수를 하거나 일을 망치거나 부적당한 아이를 고르는 것도 원치 않는다.

유괴범은 피피 이식에 연루된 사람과 마찬가지로 자동으로 종신형을 받는다. 종신형은 평생토록 감옥살이를 해야 하는 벌인데, 평생이 길어졌으므로 이제 유괴범이 치러야 하는 종신형도 매우 길다. 어떤 면에서는 종신형이 사형보다 더욱 나쁘다.

모텔 숙박부에 따르면 남자의 이름은 키네인이다. 그 이름이 진짜인지 가짜인지는 아무도 모른다. 남자는 그동안 너무나 많은 가명을 써온 탓에 잠시 깜빡하고서 이제부터 진짜 이름을 쓰는지도 모른다. 그러면서도 진짜 이름을 방금 전에 자기가 만들어냈다거나 번뜩 떠오른 이름이라고 생각하는지도 모른다.

키네인은 그다지 유괴범처럼 보이지 않는데, 그렇다면 유괴범은 어떻게 보여야 한단 말인가? 왜 도둑은 도둑 같아 보여야 하고, 왜 살인자는 살인자처럼 보여야 하는가? 유괴범은 다른 사람들과 다를 바 없다. 유괴범은 누구든 될 수 있고, 실제로도 그러했다.

사람들은 유괴범들이 가까이 다가오는 것을 모르는데, 이것이야말로 문제다. 혹은 가까이 와 있는 것을 아는데도 별로 문제될 게 없어 보인다. 나중에 그자들이 누구이고, 그자들이 왜 가까이 있었는지 알아챘을 때는 게임 끝이다. 아이는 이미 사라지고 없으니까. 당신의 자랑, 당신의 기쁨, 당신의 사랑, 당신의 삶, 당신의 영혼.

아이는 다시는 나타나지 않을 것이다. 다른 도시, 다른 지방, 다른 나라로 가버렸기에.

돈으로 살 수 없는 것, 돈으로 사서는 안 되는 것을 누군가 훔쳤고, 어느 부자가 그것을 샀다. 이제 당신의 귀여운 아이는 부잣집의 보호 장벽 안에 있다. 아이는 울타리 안에서 놀면서, 방탄유리창 밖을 내다보면서 당신을 애타게 그리워하며 울부짖는다. 하지만 아이가 아주 어릴 경우에는 다른 사람을 자기 부모로 믿게 되므로 시간이 지나면 당신을 잊어버리고, 당신을 알아보지도 못할 것이다. 그리고 언젠가 집으로 돌아갈지, 아니면 새 부모 곁에 남을지 선택권이 주어지면… 아이는 남을 것이다. 아이를 훔친 것보다 더 나쁜 것은, 그 아이의 감정을 훔친 것이다. 결국 유괴범들은 사랑도 훔칠 수 있다.

그렇다, 돈으로 살 수 없는 것들을 모두 돈으로 살 수 있다니 참 희한한 일이다.

하지만 이것은 아주 어린 아이에게만 해당된다. 나이가 좀 더 든 아이들은 절대 잊지 않는다. 그 아이들에겐 일부 기억이 지워지지 않고 계속 남아 있다. 집, 엄마의 향기, 아빠의 목소리가 어떤 느낌으로든 남아 있다. 이 아이들에겐 더 많은 설득과 확인이 필요하다. 그래서 부자들은 친부모가 사고로 죽는 바람에 자기들이 가엾은 아이를 떠맡게 되었다고 말한다. 그리고 이때 유괴범에 대한 이야기를 들려주면서 아이에게 겁을 주면 그만이다.

어떤 유괴범은 아이를 유괴한 다음 구매업자를 찾는다. 또 어떤 유괴범은 먼저 주문을 받고 일한다. 사람들마다 귀여운 여자아이, 쌍둥이, 금발의 여자아이, 파란 눈을 가진 남자아이 등등 원하는 아이가 다르다. 파란 눈의 남자아이를 원하는 고객은 자기가 파란 눈을 하고 있기 때문이다. 파란 눈의 아이라면 누구도 의심하지 않을 테니까.

또 어떤 유괴범은 단지 기웃거리고 다니기를 좋아한다. 이 도시 저 도시 옮겨 다니면서 사람들 말에 귀 기울이고 주변 상황을 샅샅이 파악한다. 그리고 여기저기서 아이들에 대해 얻어듣는다. 안전에 약간 소홀한 부모나 보호자를 둔 아이가 있을 수 있다. 이런 부모나 보호자는 지금 자기 아이가 안전하고, 이웃 사람들도 믿음직하고 점잖다고 여길 것이다. 틀렸다. 틀렸다. 틀렸다.

그렇지만 분명히 알아야 할 것은, 그 때문에 그들이 나쁜 사람이 되지는 않는다는 것이다. 꼭 그런 것은 아니다. 유괴범이라는 이유만으로 그들이 인간쓰레기일까? 어떤 면에서 그들은 자기가 유익한 사회복지 사업을 하고 있다고 말할 수도 있다.

가끔은 유괴범이라도 유괴에는 전혀 연루되지 않은 이도 있다. 단순히 대리인이나 중개자, 돈을 대신 전해주는 심부름꾼 역할을 하기도 한다. 아이의 친부모가 전혀 개의치 않고 받는 돈.

아이를 낳을 수 있는 사람들 가운데는 오직 아이를 팔려고 아이를 낳는 사람도 있다. 키네인이 보기엔 그들이 바로 인간쓰레기다. 자기 혈육을 팔려고 하는 그들이야말로 오래오래 철창에 갇혀 살아야 할 자들이다.

키네인은 잠시 텔레비전을 본 다음 오늘 밤은 밖에 나가지 않기로 마음먹었다. 그래서 부츠를 벗고 옷을 벗고 목욕을 하고 이를 닦은 뒤 침대 속으로 파고들었다.

아무리 생각해도 오늘은 더할 나위 없는 날이었다. 키네인은 몇 가지 흔적을 발견했다. 흔적이 한두 가지뿐이지만 그래도 가망이 있었다. 게다가 다른 사람이 그 흔적을 발견한 것 같지 않았다.

키네인은 한 아이만을 뒤쫓고 있었다. 그것이 키네인이 좋아하는 방식이다. 다른 사람들도 경쟁을 원치 않을 것이다. 두 사람이 같은 아이를 쫓는 것 말이다. 그것은 모두에게 나쁜 소식이고 불행이다. 키네인은 계속해서 망을 본 다음 하루쯤 상황이 흘러가는 대로 내버려둔다. 그러고도 신중히 자세를 낮추고 전문가의 눈을 번뜩이며 마냥 기다리기만 한다.

오늘 키네인은 그 아이를 봤다. 특별한 남자아이. 검은 머리카락에 까만 눈을 가진 아이. 그랬다. 마침내 그 아이를 찾았고, 그후 계속 그 아이를 지켜봤다. 그 아이가 틀림없을 것이다.

그날 아침에는 약속이 하나도 없었다. 디트는 태린을 줄곧 모텔 방에 가둬두면 건강에 나쁠 것 같아, 신선한 공기를 쐬어주려고 밖으로 데리고 나갔다.

"꼬맹이, 너한테 필요한 건 건강에 좋은 산책이야."

태린에게 그런 산책이 필요하다면, 디트에겐 한 가지가 더 필요했다. 디트는 평생을 햇빛이 들지 않는 곳, 즉 도박장과 술집, 나이트클럽과 모텔 방에서 지낸 탓에 피부가 창백했다. 겉보기에도 햇빛을 싫어하는 사람처럼 보였다. 그래서 디트는 하늘이 맑게 갤 낌새가 보이면 곧바로 꺼내 쓰려고 선글라스를 늘 웃옷 주머니에 넣고 다녔다.

수영장 옆을 지나가는데, 태린이 수영하러 가도 되냐고 물었다. 디트는 햇빛만큼이나 물도 싫어했지만 그게 산책보다는 나을 것 같았다. 그래서 수건과 물안경, 수영복을 사주려고 태린을 스포츠용품점으로 데려갔다.

원하는 물건을 찾는 데는 시간이 한참 걸렸다.

"손님, 안쪽을 좀 살펴봐야겠어요. 남자애라고 했죠? 이런, 이거 참. 어린이용품을 들여놓은 지가 오래됐거든요. 재고품을 확인해 봐야겠어요. 남자애라. 이런, 이거 참. 남자애라."

마침내 상점 주인이 수영복 바지를 꺼내 오더니 태린한테 대충 맞을 거라고 했다. 허리에 둘러보니 바짓단이 태린의 무릎 아래까지 내려왔다.

"죄송하지만 우리 가게에 있는 것 중에 그게 가장 작습니다."

"쓸 만하네요. 꼬맹이, 그렇지?"

디트의 말에 태린은 아니라고 하면 수영장에 못 가게 할 것 같아 그냥 고개를 끄덕였다.

"네, 좋아요."

하지만 속으로는 물이 깊은 쪽에서 다이빙을 할 때 바지가 벗겨질 것 같아 걱정되었다. 그래서 다이빙은 하지 않기로 마음먹었다.

"물안경은 있어요? 이따가 약속이 있어서 애가 눈이 빨개지는 건 싫거든요. 징징거리기라도 한 것 같잖아요." 디트가 물었다.

"찾아볼게요, 손님."

상점 주인이 물안경을 몇 개 꺼내 왔다. 모두 어른용이긴 해도 끈을 단단히 죄면 얼추 맞을 거라고 했다. 태린은 그 물안경을 쓰면 물이 새어 들어올 것 같았지만 이번에도 아무 말 하지 않았다.

디트가 돈을 지불한 뒤, 두 사람은 상점을 빠져나와 다시 공공수영장으로 향했다. 태린이 탈의실에서 옷을 갈아입는 동안, 디트는 밖에서 기다리며 태린을 지켰다. 태린이 수영하는 동안에도, 디트는 의자에 앉아 경마 신문을 보면서 몇 초마다 한 번씩 고개를 들어 태린이 여전히 물속에 있는지 확인했다.

수영장은 거의 비어 있었다. 옛날 옛적에 이런 아침 시간에는 수영을 배우는 어린 학생들로 수영장이 꽉 찼을 것이다. 하지만 오늘은 어른들만 몇 명 있었다. 어른들은 태린을 보자 다정하게 웃어 보였고, 삼십대의 한 여자는 큰 소리로 디트한테 말을 걸었다.

"멋진 아들을 두셨네요. 멋진 아들이에요."

디트는 미소를 지으며 고개를 끄덕였지만 사실은 넌더리가 났다. 언제나 듣는 말이라 인사차 듣는 날씨 이야기처럼 들렸다.

여자가 멀리 가버린 뒤에야 디트는 태린을 오후의 아이로 빌릴 건지 물어보지 않은 게 생각났다. 그 여자는 태린을 무척 좋아하는 것 같았는데 말이다. 그 여자한테 명함을 줬어야 했는데, 그 기회를 놓친 것은 디트답지 않았다. 전혀 디트답지 않았다.

태린은 한동안 레인을 따라 왔다 갔다 하며 헤엄쳤는데, 도무지 유혹을 이기지 못하고 마침내 다이빙 연습을 하고 말았다. 다이빙하기 전에 수영복 바지의 허리끈을 세게 잡아당겨 묶었다. 하지만 다이빙도 혼자서 하니 별 재미가 없었다. 친구가 있으면 좋을 텐데. 함께 수영하고, 시합을 벌이고, 물을 튀기면서 재미있게 놀 수 있는 친구.

태린은 잠깐 쉬면서 경마 신문을 읽고 있는 디트를 슬쩍 쳐다봤다. 그러자 다시 DNA에 대한 생각이 떠오르고, 동시에 DNA 검사에 필요한 돈을 어떻게 구할까 하는 고민이 들었다. 디트는 인색하지 않아서 태린한테 필요한 것은 무엇이든 사줬지만 따로 돈을 주지는 않았다. 게다가 언제나 태린과 함께 다녔다.

태린은 돈이 필요했고, 디트한테서 잠시 떨어져 있을 시간도 필요했다. 틀림없이 방법이 있을 거야. 하지만 뭘 어떻게 하지?

태린은 근처에 DNA 검사기가 있는 연구소의 웹사이트를 찾아봤는데, DNA 검사 비용에 국제화폐 500유닛이 든다고 되어 있었다. 500유닛이면 그리 많은 돈은 아니다. 하지만 그 돈을 어떻게 구할 수 있을까? 조금씩 모으면 될까? 고객들이 선물을 주겠다고 하면 선물 대신 돈으로 달라고 할까? 그러면 욕심스럽거나 버릇없어 보이지 않을까? 고객들은 태린의 재롱을 보는 대가를 이미 디트한테 지불했으므로 태린한테 또 돈을 주기 싫어할지도 모른다.

어떤 일 때문에 돈을 모으는 중이라고 말하면 어떨까? 누군가에게 줄 선물을 사려고… 그래, 디트한테 줄 선물을 사려고! 디트의 생일 선물이라고 하자. 아니다. 디트는 아니다. 제정신을 갖고 있다면 누가 디트한테 선물을 주고 싶어 하겠는가?

아니면 엄마를 위해. 그래, 엄마한테 줄 꽃을 사려고.

엄마의 무덤에 갖고 갈 꽃을 사려고.

어느 점잖은 사람이 분명 돈을 주지 않을까?

그때 문득 그게 사실일지 모른다는 생각이 들었다. 엄마가 정말로 죽었고, 아빠도 죽었을지 모른다. 그래서 엄마와 아빠 어느 쪽도 다시는 못 볼지 모른다. 이제 태린은 아무리 찾아도 부모님을 결코 찾지 못할 것이다. 마침내 추도비만을, 부모님이 태어난 해와 돌아가신 해가 적힌 비석만을 찾게 될 것이다. 아니면, 그것마저도 찾지 못할 것이다.

태린은 부모님이 자기를 얼마나 오랫동안 찾다가 포기했을지 궁금했다. 사람이 계속해서 희망을 품을 수 있는 시간이 얼마나 될까? 미치지 않고 제정신으로 살아가려면 언젠가는 희망을 접어야 한다. 부모님은 아주아주 오래전에 포기했을지 모른다. 태린이 죽었다고 여겼을지 모른다. 그렇게 여기는 게 마음이 더 편했을지 모른다.

"이봐, 꼬맹이!"

디트가 손목시계를 가리켰다. 이제 가야 할 시간이었다. 태린은 수영장에서 나와 탈의실로 향했다. 디트가 서둘러 쫓아와 태린이 샤워하고 옷을 갈아입는 동안 밖에서 기다렸다.

"꼬맹이, 먼저 점심을 먹고 첫 번째 약속 장소로 가자."

"오늘은 약속이 몇 건이나 돼요?"

"다섯 건이야. 바쁘다, 바빠."

다섯 건이라. 방문 시간은 한 시간밖에 안 되지만 그래도 다섯 건은 너무 많았다. 태린이 힘들지 않게 견딜 수 있는 방문은 세 건이었다. 네 건도 힘들었다. 방문 시간 내내 웃음을 지으며 즐거워하기가 힘들었다. 아이를 한 번도 가져보지 못한 고객들 앞에서 그들이 평소 바라던 완벽한 아이 노릇을 60분이라는 짧은 시간 안에 해내기가 힘들었다.

언젠가 태린은 힘들어서 이렇게 말했다.

"디트 삼촌, 난 어린애일 뿐이에요."

"그래서 사람들이 널 원하는 거지."

"내 말은, 결국 사람들이 실망할 거라고요. 난 완벽할 수 없어요. 사람들이 아이를 어떤 모습으로 상상하는지 모르겠지만 그게 나는 아닌 것 같아요."

"괜찮을 거야."

"사람들을 즐겁게 해야 하는 일이잖아요. 너무 힘들어요… 내내 사람들이 원하는 대로 해야 한다는 게. 난 그냥 평범한 사람이에요, 디트 삼촌. 지치고 싫증나고 짜증이 나요…."

"힘내, 꼬맹이. 우린 돈을 많이 벌고 있잖아."

디트는 결코 이해하지 못했다. 알지도 못하고 이해하지도 못했다. 사실 관심도 없었다.

"꼬맹이, 오늘 점심은 뭘 먹을래?"

태린은 샌드위치가 먹고 싶었다. 치즈와 얇게 썬 오이를 곁들인 집에서 만든 샌드위치. 그리고 갓 짠 신선한 오렌지 주스.

"햄버거 먹을래?"

"햄버거 안 먹으면 안 돼요? 그냥 딴 거 먹어요."

디트의 입이 딱 벌어졌다. 이때까지 태린이 이런 식으로 말한 적이 없어서.

"그게 무슨 말이야? 피자를 먹자는 말이야?"

"샌드위치를 먹으면 어떨까 생각했어요. 기분 전환으로."

디트가 딱 5초 동안 생각하더니 고개를 저었다.

"아니, 우린 햄버거를 먹어야 해. 네 상황을 잘 알잖아. 햄버거랑 콜라 먹자."

그래서 두 사람은 햄버거와 콜라를 먹었다.

공원에는 개를 데리고 온 사람들이 많았다. 거의 모든 사람이 애완동물을 데리고 있었다. 어린아이 대신인 셈이다. 퍼그 종, 테리어 종, 페키니즈 종처럼 갓난아기만 한 개들이 가장 흔했다.

디트와 함께 멋진 인공 연못 옆을 지나가던 태린은 사람들이 모두 자기를 쳐다보는 걸 느꼈다. 뚫어질 듯 쳐다보는 그런 시선이 아직도 익숙하지 않았고, 그런 시선에서 벗어날 수도 없었다. 태린은 다른 아이들과 마찬가지로 집중적인 관찰과 호기심의 대상이었다.

태린은 "뭘 쳐다봐요?" 하고 소리치고 싶었다. 하지만 그렇게 소리치기 시작하면 하루 종일 소리치고 다녀야 할 것이다.

태린과 디트는 이제 문을 닫은 유치원 옆을 지나갔다. 빛바랜 간판에는 '빨간집 유치원'이라고 쓰여 있었다. 유치원 앞 잔디밭에는 풀이 무성하고, 녹슬어가는 놀이기구가 몇 개 놓여 있었다. 예전에 그곳에서는 아이들이 노는 소리가 울려 퍼졌을 테지만 지금은 무덤처럼 조용했다.

어린이가 적어졌다는 것은 수많은 사람이 직업을 잃었음을 뜻한다. 많은 회사가 문을 닫았다. 장난감 제조 회사, 아동복 회사, 만화영화 제작사, 학습서와 어린이책을 펴내는 출판사. 교사들은 해고되었고, 학교와 산부인과 병원은 문을 닫았다. 그래서 요즘은 아기들이 집에서 태어난다. 출산 과정을 실제로 본 적 없이 비디오로만 봤을 산파가 지켜보는 가운데 태어난다.

어린이의 부족으로 스케이트보드, 롤러블레이드, 자전거의 판매고가 뚝 떨어졌고 컴퓨터 게임, 축구, 음악 다운로드, 수많은 소형 기계장치들에 대한 수요도 뚝 떨어졌다.

동물원과 놀이공원은 심지어 며칠씩 손님이 끊기기도 한다. 그래서 롤러코스터에는 먼지가 쌓이고, 물놀이용 보트는 바싹 마르고, 동물들은 우리 안에서 멍하니 밖을 내다볼 따름이다. 혼자 동물원에 가면 그 동물들뿐 아니라 자기 자신에게도 애처로운 마음이 들 것이다. 결국 놀이공원은 몇 곳만 남고 모두 문을 닫았다. 그리고 사탕, 초콜릿, 과자 같은 먹을거리의 판매고가 갑자기 떨어지면서 많은 상점이 파산했다. 이제는 부모가 아이를 학교에 실어 나르는 일도 없어졌다. 스쿨버스도 없어졌다. 학교에서 박물관이나 과학관, 주말농장으로 견학 가는 일도 없어졌다.

길거리에서 날뛰거나 상점가를 어슬렁거리는 비행 청소년들도 없어졌다. 예전에 비행 청소년들은 쇼핑몰 안에서 카트를 타고 돌아다니고, 계속 뭐라고 투덜거리고, 피워서는 안 되는 것을 피웠다. 또 이제는 아무도 바닷가에 가서 모래성을 쌓지 않고, 유원지에 가서 범퍼카나 당나귀를 타지 않는다. 부둣가에 있는 오락실에 가서 컴퓨터 게임을 하지도 않고, 아이스크림이나 사탕을 하나 더 사달라고 조르지도 않는다.

세상이 조용해졌다. 큰 소리도 나지 않고, 날카로운 비명도 들리지 않고, 웃음소리도 없고, 싸우는 소리도 없고, 골목대장 노릇 하는 소리도 없고, 노는 소리며 공이 튕기는 소리며 사람을 부르는 소리도 없다. 오로지 고요와 기분 좋은 침묵만 남았다. 침묵은 기대한 만큼 기분 좋지는 않았다. 너무 고요하고, 대가가 너무 비쌌다. 아이들의 소리가 사라진 것은 새들의 노랫소리를 잃어버린 것과 비슷했다. 하지만 이 침묵을 더 좋아하는 사람들도 있었다. 고요하고 침착하고 질서 정연한 어른들의 세상을.

"디트 삼촌, 첫 번째 약속 장소는 어디예요?"

"가보면 알아."

태린은 부잣집이기를 바랐다. 그러면 단 한 번에 500유닛을 얻을 수 있을지 모른다. 그 돈이 생기면 DNA 검사를 받고, 혈액 샘플을 통해 DNA 정보를 얻을 수 있다. 그런 다음 국립 DNA 보관소에 있는 다른 사람들의 정보 가운데 태린의 것과 일치하는 것을 찾아내면….

태린의 가족, 엄마와 아빠가 아직 살아 있을지 모른다. 아직까지도 희망을 버리지 않고 태린을 찾고 있을지 모른다. 어쩌면.

태린은 한 가닥 희망을 품고 있었다. 삶이 있는 곳에 희망이 있다면, 기나긴 삶이 있는 곳에는 기나긴 희망도 있을 것이다.

"꼬맹이, 갈 준비 됐냐?"

"네."

"아직 햄버거를 다 안 먹었잖아."

"사실 배가 안 고파요."

"수영을 그렇게 열심히 했는데?"

"수영장에서 물을 좀 먹었더니 배불러요."

"감자튀김도 아직 안 먹었네. 맛이 없어?"

"실은, 감자튀김에 물렸어요."

"감자튀김에 물려? 감자튀김이 싫어졌다는 아이 얘기는 난생처음 들어본다."

"아무튼, 물렸어요."

"오늘 밤엔 피자를 먹자꾸나."

"그래요."

"그게 좋겠지?"

"네, 좋아요."

"자, 봐, 내가 널 보살피고 있잖아. 꼬맹이, 안 그래? 응?"

"그래요."

"널 수영장에 데려가고, 너한테 햄버거랑 피자를 사주는 것도 나잖아."

"그럼요."

"널 보살피고 있는 건 나다."

"네."

"한데 뭐가 문제야? 말 좀 해봐."

"삼촌이 날 보살피고 있는 거 맞아요."

"바로 그거야, 꼬맹이. 내가 하는 일이 바로 그거야. 이제 그만 우리 일하러 갈까? 우리한테는 시간이 돈이야."

태린은 '우리'라는 말을 들으면 어찌할 바를 몰랐다. 이제껏 내내 그랬고, 앞으로도 계속 그럴 것이다. '우리'가 일하러 간다고? 디트가 무슨 일을 하는데?

태린은 버릇없이 굴기 싫었지만 냉담하고 냉정한 눈빛, 그러니까 디트는 기생충에 지나지 않는다는 눈빛으로 디트를 쳐다봤다. 디트는 어마어마하게 큰 벼룩에 지나지 않았다. 태린을 자기 베개로 삼고, 세상 사람들을 자기 침대로 삼아온 커다란 빈대에 지나지 않았다.

5
생일 선물

현관문을 두들겼는데 아무도 나오지 않았다. 디트와 태린은 문 앞에 서서 가만히 기다렸다.

"꼬맹이, 여기 돈 좀 들였구나."

디트가 고개를 끄덕이면서 현관이며 꽃밭, 나무들, 잔디밭, 테니스장, 틀림없이 안뜰에 수영장까지 갖추고 있을 그 집 건물을 한눈에 둘러봤다.

"돈이 어마어마하게 들어갔어."

디트가 다시 고개를 끄덕였다. 자기가 남의 재산을 알아보는 무슨 전문가, 즉 재산 감정사라도 되는 것처럼. 디트는 그 집을 마치 포도주처럼 입에 넣고 천천히 맛보는 것 같았다.

그 집은 커다란 단독주택으로, 조경이 잘 된 정원 한가운데 우뚝 서 있었다.

"없는 게 없군. 그렇지, 없는 게 없어."

이제 디트의 부러운 마음은 잘난 척하는 마음으로 바뀌었다. 이 집에 사는 사람들이 아무리 부유해도 자기가 가진 한 가지는 갖지 못했다는 은밀한 만족감에서였다.

"그래, 이 사람들은 없는 게 없어. 단 한 가지만 빼고."

태린은 디트가 보내는 신호를 알아챘다.

"그게 뭔데요?"

"꼬맹이, 너. 어린애 말이다. 그래서 우리가 여기에 온 것이고."

하지만 현관문이 열리자 디트는 입을 딱 벌리고 깜짝 놀란 표정을 지었다. 현관문을 연 사람은 옷을 잘 차려입은 늘씬한 여자였다. 분명 한참 전부터 노화 방지 약을 먹었을 것 같았다. 그 여자는 피부가 차가워 보였는데, 물이 얼 때 생기는 광택마저 감돌았다. 또 얼굴은 약간 부자연스러운 느낌이 들었는데, 숙련된 성형외과 의사가 수술을 잘 하긴 했지만 수술한 사실까지 감추지는 못한 듯했다.

그 여자의 나이는 마흔다섯 살로도, 백 살로도 보였다. 유명 디자이너가 만든 평상복을 완벽하게 차려입었고, 비싼 향수 냄새를 풍겼다. 그리고 옆에 아이가 서 있었다. 태린의 나이쯤 되어 보이는 남자아이.

"디트 씨…."

디트는 너무 놀라서 자기를 부르는 호칭도 고쳐주지 못했다. '디트 씨'가 아니라 그냥 간단히 '디트'라고 부르라는 말을 하지 못한 것이다. 디트는 잠시 멍하니 그 여자를 바라보면서 냉정을 되찾으려 애썼다.

"아, 안녕하세요, 부인. 성함이…."

디트는 전화번호와 약속 내용이 적힌 수첩을 펼쳤다.

"위버 부인, 맞죠?"

"맞아요."

그러고 나서 디트는 이렇게 말하지 않을 수 없었다.

"이미 아들이 있으시군요."

아이를 둘이나 원해서는 안 된다는 말처럼 들렸을 것이다. 그 여자는 이렇게 대꾸했다.

"그래요, 있어요. 우리 애는 폴이에요. 그런데 이 애는…?"

남자아이 둘은 서로를 뚫어지게 쳐다보고 있었다. 둘은 나이와 키, 몸집이 거의 똑같아 보였다. 다만 폴은 금발에 옷을 더 잘 차려입었다. 그리고 정원과 집, 집주인에게 배어 있는 돈의 냄새가 폴에게도 배어 있는 것 같았다. 그 집 전체에서 풍요로움과 안전감이 느껴졌다.

"이 애는…."

"태린이라고 합니다."

태린이 직접 위버 부인의 궁금증을 풀어줬다.

폴이 약간 차갑고 적대적이고 심술궂기까지 한 표정으로 태린을 쳐다봤다.

"태린이라고? 이름이 멋지구나. 자, 이쪽은 폴이란다. 폴, 이 애는 태린이라는구나."

"안녕."

태린이 먼저 인사를 건넸다.

"안녕."

폴도 툴툴대는 목소리로 답례했다. 양손을 주머니에 꼭 찔러 넣은 채.

"디트 씨, 안으로 들어오실래요?"

"아, 저는… 그러니까 제 방식은 대개 아이만 맡겨놓고 가는 겁니다. 저기… 음… 약속한 시간 동안 밖에 나가 있다가 나중에 아이를 데리러 오지요."

"우리 집은 약간 외진 곳에 있어요. 근처에 가 있을 만한 데가 없을 것 같은데요."

사실 디트도 아까 택시에서 내릴 때 그런 생각을 했었다. 근처에 시간을 때울 만한 도박장도, 찻집이나 식당도 보이지 않았다. 찻집이나 식당에 가면 여종업원에게 예쁘고 잠재력이 있어 보이니 연예계에 진출해야 한다고 수작 부리며 한 시간을 때울 수 있을 텐데 말이다.(정확히 말하진 않지만, 자기가 매니저나 영화 제작자나 영화감독이라는 인상을 풍기는 것이다.)

"아, 부인, 친절도 하셔라."

"괜찮다면 요리사와 함께 주방에서 기다리세요. 요리사가 시간을 빨리 보낼 방법을 찾아줄 거예요."

디트는 이 말에 화가 났다. 그 집에서 일하는 막일꾼이나 하인 같은 취급을 받는 것 같아서였다. 디트는 능력 있는 판매업자이자 공급업자인 자신이 다른 사람들보다 위에 있다고 여겼다. 하지만 아무려면 어때? 디트는 이번만은 자존심을 버릴 수 있었다. 위버 부인 말대로 하면 공짜 커피랑 케이크를 얻어먹을 수 있을 테니까.

"참 친절하시네요. 그럼 부인 말씀대로 하겠습니다."

"그렇게 하세요."

집 안으로 들어선 태린은 현관 복도에 리본과 풍선이 걸려 있고, 복도 탁자와 창턱에 여러 장의 축하 카드가 세워져 있는 걸 발견했다. 위층에는 낱말 카드가 한 줄에 꿰여 걸려 있었다. 낱말 카드를 연결해보니 '폴의 생일을 축하합니다!'라는 글이었다.

'이거였군' 하고 태린은 생각했다. 오늘은 폴의 생일이고, 태린은 생일 선물인 것이다.

디트도 그 낱말 카드를 보고 물었다.

"부인, 축하 파티인가요? 생일 축하 파티로군요?"

"네, 그래요, 디트 씨. 제 남편이 예약할 때 말하지 않았나요?"

"바깥주인이 깜빡 잊고 말을 안 했거나 제가 신경 써서 듣지 않은 모양입니다."

디트는 이렇게 말하면서 다시 평소처럼 으스댔다.

"하지만 어느 쪽이든 상관없습니다. 우린 지금 부인을 위해 여기 와 있고, 지금부터 한 시간은 부인의 것입니다. 그러니 무엇이든 원하는 대로 하세요."

위버 부인이 디트를 빤히 쳐다봤다.

"두 시간인데요."

디트의 얼굴이 창백해졌다.

"두 시간이라고요?"

"네, 두 시간요. 예약할 때 그렇게 말했잖아요."

디트는 수첩을 꺼내 예약 내용을 확인했다.

"한 시간이라고 되어 있는데요, 부인."

"우리가 특별히 두 시간을 부탁했어요. 한 시간으론 충분치 않을 것 같아서요. 이 애들이 서로 친해지고 어울려 놀려면…."

"정말 그렇네요, 부인. 그건 당연해요. 다만…."

"디트 씨, 우리 기대를 저버리지 마세요."

그때 위버 부인이 복도 탁자의 서랍에서 봉투를 꺼냈는데, 디트가 보기에 현금이 든 것 같았다. 디트가 좋아하는 바로 그것이었다. 수표가 아니라 기록에 남지 않으므로 세무서에 갖다 바칠 게 없었다.

“그럼요, 부인. 전혀 걱정하지 마세요. 부인이 두 시간을 원하시면 두 시간인 거지요.”

태린은 간청하는 눈빛으로 디트를 쳐다봤다. *두 시간은 안 돼요. 한 시간이면 충분해요.*

오래전부터 태린은 다른 아이와 어울려 놀고 싶었다. 그런데 이상하게도 막상 그 꿈이 이루어지려 하자 가능하면 빨리 이곳을 벗어나고 싶은 마음밖에 들지 않았다. 태린은 폴의 눈빛이 조금도 마음에 들지 않았다. 그리고 갑자기 마음이 불안해지고 숨이 막히는 것 같았다. 태린은 자기가 생일 선물로 이곳에 왔다는 사실이 싫었다. 폴한테 두 시간쯤 같이 놀 상대가 필요해서 자기가 이곳에 왔다는 사실이 싫었다.

태린은 동등한 조건에서 다른 아이와 어울리고 싶었다. 다른 아이를 재미있게 해주고, 하인처럼 다른 아이의 분부를 따르려고 불려오는 것은 원치 않았다.

그래서 태린은 디트한테 나직이 말했다.

“몸이 별로 안 좋아요. 돌아가고 싶어요.”

하지만 디트는 태린을 일부러 못 본 체하고, 위버 부인에게 말을 걸었다.

“사실 한 시간 뒤에 다른 고객과 예약이 되어 있습니다. 하지만 주방에서 기다리는 동안 제가 핸드폰으로 연락해서 다른 고객들과 약속을 조정해보겠습니다. 그럼 전혀 문제없을 겁니다, 부인.”

그렇게 합의를 보자, 위버 부인이 디트한테 봉투를 건네줬다. 그리고 요리사이자 가정부인 마리아를 불러 디트를 주방으로 데려가 커피와 특제 케이크를 대접하라고 했다.

마리아를 따라 주방으로 향하면서 디트가 말했다.

"얘들아, 재미있게 놀아라."

그러고는 태린한테 약간 신경질을 내며 이렇게 덧붙였다.

"이제 제대로 놀아봐."

디트의 눈빛은 '꼬맹이, 일을 망치기만 해봐' 하고 말하고 있었다. 태린은 그 눈빛의 의미를 잘 알았지만 아무것도 모르는 척하며 멍한 표정을 지어 보였다.

마리아를 따라 주방으로 간 디트는 위버 부인의 시야에서 벗어나자마자 엄지손가락으로 봉투를 슬쩍 열었다. 그리고 마리아가 커피와 케이크를 준비하는 동안 몰래 돈을 세어봤다. 받기로 약속한 돈에 얼마가 더 들어 있었다. 기분이 좋아진 디트는 봉투를 안주머니에 넣었다.

"케이크가 정말 맛있네요. 커피도 훌륭하고요."

평소라면 디트는 마리아에게 평생의 진로를 잘못 선택했다느니, 연예계에 몸을 담았어야 했다느니 하고 계속 수작을 걸었을 것이다. 하지만 마리아의 겉모습은 영화배우 지망생과 아주 거리가 멀었다. 그래서 다른 얘기를 꺼냈다.

"저 애는 부인이 낳았나요? 밖에 있는 저 남자애 말입니다."

디트의 물음에 마리아가 싱긋 웃으며 고개를 저었다.

"샀어요."

"최근에요? 아니면 오래전에?"

마리아가 고개를 끄덕였다.

"갓난아기 때요."

"갓난아기를요? 애 엄마가 판 건가요?"

마리아가 이번에는 그저 어깨만 으쓱했다.

마리아의 침묵으로 충분했다. 마리아가 사실을 알 수도 있고 모를 수도 있지만, 사실을 안다 해도 절대 말하지 않을 것이다. '그렇다면 유괴범한테서 아이를 샀다는 말이군' 하고 디트는 생각했다. 위버 부부는 그 많은 돈과 크나큰 집을 가졌어도 자신과 별다를 게 없어 보였다. 아무리 멋진 옷을 입고 좋은 향수를 뿌려도 위버 부인 역시 더러운 손을 갖고 있는 것이다.

"집도 멋지고, 커피도 맛있고, 케이크도 맛있네요."

"다행이네요. 좀 더 드릴까요?"

디트는 배고프지 않았다. 오히려 배부른 상태였다. 하지만 마리아한테 잘 보이고 싶어서 접시를 내밀었다.

"더 주세요. 너무 맛있어서 거절할 수가 없네요."

마리아가 미소를 짓더니 케이크를 큼직하게 잘라 줬다.

그때 한쪽 선반에 놓여 있는 또 다른 케이크가 디트의 눈에 띄었다. 그 케이크는 아직 자르지 않은 상태였고, 위에 파란색 아이싱으로 폴의 이름과 나이가 쓰여 있었다.

여자아이는 분홍, 남자아이는 파랑.

사람들은 꼭 이렇게 할 필요가 없다면서도 대체로 이렇게 했다. 왜 남자아이는 분홍색이 안 되고, 여자아이는 파란색이 안 되는지 명확한 이유가 없는데도 사람들 대부분이 이 관습을 그대로 따랐다. 아무리 자유롭고 개화된 사람처럼 행동해도 마찬가지였다.

우리 할머니는 말씀하시곤 했지.
당신의 케케묵은 방식으로
여자아이는 분홍이고
남자아이는 파랑이라고.

디트는 혼자 빙긋 웃었다. 그에게도 좋았던 시절, 순수했던 시절에 대한 추억이 있었다. 그도 한때는 이런저런 일들에 신경 쓰지 않고, 커서 어떤 사람이 될지 따윈 생각하지 않고 그저 놀기만 했던 남자아이였다.

"위버 부부가 저 애를 얼마에 샀는지… 모르시죠?"

마리아가 놀라고 화난 표정으로 디트를 쳐다봤다.

"당연히 저는 몰라요. 그걸 왜 묻는 거죠?"

"나쁜 뜻은 없습니다. 그냥 궁금해서 물어본 거예요."

이제 디트는 오래도록 고민해오던 계획을 어떻게 실행할지 알 것 같았다. 사람들은 흔히 케이크는 먹으면 없어진다고 한다. 하지만 케이크가 두 개, 즉 내 것과 다른 사람의 것 두 개가 있다면 그렇지 않을 수도 있다. 하나는 먹고, 나머지 하나는 갖고 있으면 되는 것이다. 하지만 다른 사람이 케이크를 순순히 주지 않으면 어떻게 그 케이크를 손에 넣을 것인가?

방법은 오직 하나다.

오직 하나.

디트는 어떻게 돈을 구할지 좋은 생각이 떠올랐다. 피피 이식에 필요한 돈 말이다. 그 돈만 구하면 태린한테 피피 이식을 시켜서 앞으로 영원히 돈을 벌게 할 수 있다.

디트는 손바닥에 돈벌레가 기어 다녀 가렵기라도 한 것처럼 두 손을 마주 비볐다.

"마리아, 실례가 안 된다면 커피 한 잔 더 줄래요?"

마리아가 커피를 한 잔 더 따라줬다.

"자… 이제 너희 둘은 뭘 할 거니?"

위버 부인과 폴, 태린은 응접실에 있었다. 태린은 얌전한 아이 같은 표정을 짓고서 소파에 불편하게 걸터앉아 있었다. 폴은 창가에 서서 태린과 자기 엄마를 무섭게 노려보고 있었다. 이 일은 자기가 계획한 게 아니고, 원한 것도 아니며, 다 엄마가 꾸민 거라고 항의하는 것 같았다.

'저 애는 분명 두려운 거야' 하고 태린은 생각했다. 저 애는 혼자 있는 것에 익숙해져서 내가 여기에 온 게 싫은 거야. 그래서 지금 두렵고 불안하고, 내가 미운 거야. 위버 부부는 다른 아이와 놀아보라고 설득했을 것이고, 폴은 좋다고 대답했을 것이다. 하지만 막상 태린이 나타나자 태린이 마음에 들지 않고, 갑자기 다른 아이와 전혀 놀고 싶지 않은 것이다.

하지만 이미 두 시간을 예약했고, 비용도 지불했다. 어떻게든 두 시간을 함께 보내야만 한다.

"자아…."

위버 부인의 미소에서 생기가 사라지기 시작했다. 위버 부인은 두 아이가 재미있게 노는 모습을 상상했을 테지만 상황은 다르게 돌아가고 있었다.

"좋은 수가 있어!"

위버 부인에게 좋은 생각이 났다니, 태린은 기뻤다.

"우리, 정원에 나가서 놀자!"

여기서 '우리'는 부모가 쓰는 '우리'였다. 왕실에서 쓰는 '우리'가 있는데, 왕이나 왕비가 "우리가 즐겁지 않구나"라고 말할 때는 '난 그게 재미없다'라는 뜻이다. 왕실에서 쓰는 '우리'는 '나'라는 뜻인 것이다. 반면에 부모가 쓰는 '우리'는 '너'라는 뜻인 경우가 많다. "우리, 정원에 나가서 놀자"는 '너희는 정원에 나가서 놀아라. 그동안 난 여기 앉아서 뭔가 다른 걸 하겠다'라는 뜻이다.

태린은 즐겁고 신이 난 것처럼 보이려 애쓰며 이렇게 말했다.

"좋아요. 폴, 우리 정원에서 놀까?"

폴은 간단히 대꾸했다.

"그래."

위버 부인이 두 아이에게 말했다.

"날씨가 정말 좋구나. 잠깐 밖에서 놀고 케이크를 자르자."

"그래요."

생일을 맞은 폴은 집 안 가득 축하 카드와 선물을 쌓아놓고도 별로 행복해 보이지 않았다.

"정원에는 이것저것 많이 있단다. 그네랑 미끄럼틀이 있고… 테니스도 하고 농구도 할 수 있어. 아니면 물총을 갖고 놀아도 되고."

"좋아요. 폴, 우리 나가서 놀자, 응?"

"그래."

위버 부인이 두 아이를 테라스 밖으로 이끌었다.

"좋았어! 난 여기 앉아서 너희가 노는 걸 지켜볼 거야. 아, 잠깐만… 너희끼리 알아서 놀고 있어. 난 들어가서 비디오카메라를 가져올게. 폴, 우린 나중에 이 시간을 다시 떠올리고 싶을 거야, 그렇지? 추억거리가 될 거란 말이지."

위버 부인이 집 안으로 들어가자 정원에는 아이 둘만 남았다.

태린은 어쩐지 불편했다. 이 집도 싫고, 폴도 싫고, 폴이 자기를 쳐다보는 눈빛도 싫었다. 이 자리를 벗어나고만 싶었다. 하지만 디트의 표정이 떠올랐다.

꼬맹이, 일을 망치기만 해봐.

이 일을 망치면 디트가 화를 낼 것이고, 디트가 화를 완전히 누그러뜨릴 때까지 생활이 고달파질 것이다.

"폴, 농구 할래?"

"너 좋을 대로 해."

"오늘은 네 생일이잖아."

"너 좋을 대로 하라니까."

"알았어. 그럼 우리, 농구공 던지기 할까? 교대로 돌아가면서?"

폴이 싫다고 하지 않자, 태린은 농구공을 테라스 바닥에 몇 번 튕긴 뒤 차고 벽에 설치된 링을 향해 던졌다. 공이 링 안으로 들어가 그물망 안에서 출렁이다가 밑으로 빠져나왔다.

"너무 가까워."

"뭐라고?"

폴이 얼굴을 찌푸린 채 태린을 노려보고 있었다.

"너무 가까이에서 던졌다고!"

"그래?"

"그래."

"그럼 어디서 던져야 하는데?"

“저기.”

폴이 한쪽에 있는 선을 가리켰다.

공을 집어든 태린은 선이 있는 데로 갔다.

“네 차례 아니잖아.”

“미안. 내가 다시 던지길 바라는 줄 알았어.”

“내 차례야.”

“미안, 폴. 공 여기 있어.”

태린은 폴한테 공을 던져줬다. 하지만 폴은 공을 잡지 않고 옆으로 흘려보냈다.

“왜 그래?”

“공을 나한테 던졌어야지.”

“너한테 던졌어.”

“그랬어?”

“뭘 어떻게 해주길 바라는 거야? 네 손에 공을 쥐여줄까?”

폴은 대답하지 않았다.

태린은 공을 주워서 폴한테 건네줬다.

“자, 여기. 됐냐?”

폴은 아무 말 없이 내키지 않는 몸짓으로 링을 향해 공을 던졌다. 공은 빗나갔다.

“저런, 운이 안 좋군.”

태린이 공을 집어 들자, 폴이 소리쳤다.

“너, 지금 뭐 하는 거야?”

“내 차례 아냐?”

“아니, 내 차례야. 내가 한 번 더 던질 거야.”

"야."

"뭐라고?"

"그렇게 해."

태린은 폴한테 공을 건네줬다.

폴이 공을 받아들더니 링 가까이로 몇 걸음 다가갔다.

"잠깐만, 폴."

"뭐?"

"너, 선을 넘은 것 같은데."

"뭐라고?"

"네가 선 뒤에서 던져야 한다고 그랬잖아. 네가 그 선을 넘은 것 같아."

"아니, 난 안 넘었어."

폴이 공을 높이 던졌다. 이번에는 공이 링 안으로 들어갔다.

"오, 잘했다."

"이제 이거 하기 싫어."

"하기 싫다고?"

"응."

태린은 공을 잡아 바닥에 몇 번 튕긴 다음 링을 향해 겨누었다.

"내가 하기 싫다고 했잖아!"

태린은 공을 던졌다. 공이 링 안으로 들어갔다.

"내가 하기 싫다고 말했잖아! 그럼 너도 하면 안 돼!"

"무슨 일 있니?"

어느새 위버 부인이 돌아와 있었다. 비디오카메라가 손에 들려 있었다.

"폴, 무슨 일 있니?"

"얘가 속임수를 쓰고 있어요."

"뭐라고?"

"얘가 속임수를 쓰고 있다고요."

"그건 내가 아닌 것 같은데…."

"너 맞아! 내 말에 토 달지 마! 넌 빌려온 애일 뿐이야! 여긴 우리 집이고!"

태린의 얼굴이 벌게졌다. 손에 저절로 힘이 들어가 주먹이 쥐어졌다. 태린은 폴 쪽으로 몸을 바싹 갖다 댔다. 두 아이의 얼굴이 가까워지면서 태린의 입이 폴의 귀에 닿을락 말락 했다.

"나한테 그런 식으로 말하지 마. 한 번만 더 그런 식으로 말하면 널 죽여버릴 거야."

태린이 나직이 속삭여서 위버 부인은 듣지 못했다. 폴이 태린을 째려봤다. 태린은 문득 폴이 자기 얼굴에 침을 뱉을 것 같았다.

"나한테 침을 뱉으면 나도 너한테 똑같이 침을 뱉어줄 거야."

"얘들아, 무슨 문제 있니?"

위버 부인이 미소를 지으며 다가왔다. 이제껏 아이들끼리 싸우는 걸 한 번도 겪어보지 못한 터라 이런 경우에 어떻게 해야 할지 난감했다.

"얘들아, 다른 놀이를 하는 게 어때? 정글짐이나 미끄럼틀은 어떠니? 폴, 태린한테 정글짐에 올라가는 법을 가르쳐줘."

태린은 작게 중얼거렸다.

"나도 정글짐에 올라갈 줄 알아."

"뭐라고?"

"아무것도 아니야. 그거 재밌겠다."

"폴, 해봐. 올라가봐."

폴이 솜씨를 뽐내며 날쌔게 정글짐에 올라갔다. 폴이 먼저 올라가는 동안, 위버 부인은 비디오카메라로 그 모습을 촬영했다. 그런데 뒤이어 태린이 손쉽게 정글짐에 올라오자, 폴은 자기 솜씨가 그리 대단하게 여겨지지 않았다. 이제껏 (그 동네에서 유일하게 아이를 둔) 부모님의 칭찬 덕분에 자기가 아주 특별한 재능을 갖고 있다고 믿었는데 말이다.

정글짐에서 내려온 뒤, 태린과 폴은 멀찌감치 떨어져 공을 주고받는 놀이를 했다. 위버 부인이 지켜보는 동안은 괜찮았다. 여하튼 두 아이는 참아냈다. 하지만 위버 부인이 케이크를 자를 준비가 되었는지 알아보러 집 안으로 들어가자, 놀이는 곧바로 끝났다.

"공 안 던질 거야?"

태린의 물음에 폴은 대꾸도 하지 않았다. 대신 테니스 라켓을 집어 들더니 담벼락에 대고 공을 치기 시작했다. 잠시 그 모습을 지켜보던 태린도 라켓을 집어 들었다.

"내가 언제 너한테 테니스 치라고 했어?"

그 말에 태린은 라켓을 바닥에 내던졌다.

"그거 비싼 거야."

"그래서?"

"집어 들어."

태린은 움직이지 않았다.

"집어 들으라니까."

태린은 아예 팔짱을 꼈다.

"내 말 안 들어? 빌려온 애 주제에. 넌 내 거야. 두 시간 동안. 그러니까 그거 집어."

"너나 집어."

폴이 라켓을 치켜들더니 태린의 머리를 세게 쳤다. 태린은 귀와 옆얼굴이 얼얼했다.

"앗!"

태린은 잠시 생각할 새도 없이 분을 참지 못하고 폴을 주먹으로 때렸다. 자기가 맞은 데랑 똑같이 귀 밑 턱을.

"아악!"

폴이 과장되게 소리 지르며 얼굴을 싸쥐고 바닥에 쓰러졌다.

"아아! 아아!"

위버 부인이 집 안에서 뛰쳐나왔다.

"폴, 무슨 일이니? 이게 무슨 일이야?"

"재가 때렸어요. 빌려온 저 애가 때렸어요!"

위버 부인은 하마터면 비디오카메라를 떨어뜨릴 뻔했다. 태린이 갑자기 사나워진 개라도 되는 것처럼 가만히 쳐다보더니, 잠시 후 집 쪽으로 뒷걸음질을 쳤다.

"디트 씨! 디트 씨! 빨리 나와보세요! 당신 아들을 좀 보세요!"

디트가 금세 나타났다. 입가에 케이크 부스러기를 묻힌 채 그때까지도 입을 오물거리고 있었다.

"부인, 무슨 일입니까? 무슨 일이에요?"

"당신 아들이 우리 애를 때렸어요! 당신 아들이 우리 애를 때렸다고요!"

디트는 뭘 어떻게 해야 할지 알 수 없었다.

"때렸다고요? 왜 그런 짓을 했을까요?"

"저, 괜찮아요."

그렇게 말한 사람은 폴이었다. 모두가 다음에 나올 말을 궁금해하며 폴을 쳐다봤다. 무슨 화나는 일이 있었던 걸까?

"제가 먼저 때렸어요."

폴은 스스로가 자랑스러운 모양이었다. 싸움을 먼저 건 것도 자랑스럽고, 자기가 때린 만큼 맞은 것도 자랑스러운 모양이었다. 폴은 모두에게 싱긋 웃어 보이기까지 했다.

"제가 먼저 얘를 때렸어요. 태린, 맞지?"

위버 부인이나, 디트만큼이나 깜짝 놀란 태린은 고개를 끄덕이면서도 무슨 함정이 있지 않을까 의심스러웠다.

"맞아요. 그랬어요."

"우린 그냥 놀고 있었어요. 태린, 맞지? 그러다 약간 흥분한 거예요."

"그래요."

"두 분을 불러내서 미안해요. 아무것도 아닌 일로 걱정 끼쳐서."

"하지만 네 머리가…."

"엄마, 전 괜찮아요. 태린도 괜찮아요. 태린, 그렇지?"

"그럼요. 저도 괜찮아요."

"디트 씨, 도무지 무슨 일인지 모르겠네요."

"부인, 남자애들이잖아요. 남자애들은 늘 저렇답니다. 남자애들을 한군데 모아두면 곧바로 장난치고 야단법석을 떨죠. 제가 보기엔 그냥 장난인 것 같네요. 일종의 생일빵이겠죠."

디트는 말은 이렇게 하면서도 태린을 매서운 눈길로 쳐다봤다.

"글쎄요, 전 잘 모르겠네요…."

"부인, 남자애들은 다 그렇답니다. 제 말을 믿으세요."

"엄마, 우린 괜찮아요. 태린, 테니스 할래?"

태린은 나직이 말했다.

"내가 이길지도 몰라. 그럼 어쩔 거야?"

"넌 날 못 이겨. 나, 테니스 잘하거든."

폴의 말이 맞았다. 태린은 폴을 이기지 못했다. 경기는 무승부로 끝났다. 하지만 이제 더는 이기거나 지는 것이 중요하지 않았다. 그 싸움 덕분에 둘 사이의 서먹했던 분위기가 깨졌다. 이제 중요한 것은 노는 것뿐이었다.

디트가 먼저 주방으로 돌아갔고, 위버 부인은 비디오카메라로 테니스 경기를 찍은 뒤 두 아이를 주방으로 데려갔다. 모두 모여서 케이크를 자르고, 생일 축하 노래를 불렀다.

드디어 돌아갈 시간이 되었을 때, 태린은 화장실을 써도 되는지 물었고 위층에 있는 화장실을 쓰라는 대답을 들었다. 볼일을 마치고 손을 씻은 태린이 아래층으로 내려오려는데, 때마침 어느 방문 하나가 열려 있는 게 눈에 띄었다.

그 방 안에 태린의 마음을 끄는 것이 있었다.

그것은 위버 부인의 가방이었다. 열린 가방 안에 지갑이 들어 있었고, 그 안에 든 지폐 뭉치가 훤히 보였다. 위버 부인은 저 지폐 뭉치에서 얼마를 떼어 디트한테 줬을 것이다. 태린을 빌린 대가로.

태린은 망설였다. 돈을 훔치고 싶지 않았지만 다른 선택의 여지가 없었다. DNA 검사에 드는 돈을 어떻게 달리 마련할 수 있겠는가?

이 집 주인은 돈이 많다. 무척이나.

한편 태린이 필요한 돈은 500유닛이 전부였다.

태린은 그 방으로 들어갔다. 아래층에서 사람들 소리가 들렸다. 위버 부인은 비디오카메라에 멋진 장면을 담았다며 언젠가 다시 이런 시간을 가질 거라고 했고, 디트는 돈을 더 벌 수 있으므로 당연히 찬성했다.

태린은 침대로 다가가서 지갑을 빼냈다. 지갑에는 돌돌 말린 500유닛짜리 지폐가 여덟 장인지, 열 장인지 들어 있었다. 한 장이라도 없어지면 위버 부인이 금방 알아챌 것이다. 단 한 장이라도.

태린은 지폐 한 장을 빼낸 뒤 지폐 뭉치를 지갑에 도로 넣었다. 그리고 훔친 돈을 주머니 깊숙이 찔러 넣었다.

아래층에서 디트가 태린을 불렀다.

"꼬맹이, 거기서 뭘 하고 있냐? 목욕이라도 하는 거야?"

태린이 서둘러 방에서 나와 복도를 따라 걷는데, 때마침 마리아가 세탁물 바구니를 끼고 위층으로 올라왔다. 자기가 그 방에서 나오는 걸 마리아가 봤는지 알 수 없었지만, 태린은 태연하게 아래층으로 내려갔다.

"저기, 내려오네요. 우린 이제 그만 가는 게 좋겠네요. 자, 태린, 갈까?"

"고맙습니다, 아주머니. 저를 불러주셔서 고맙습니다."

"천만에. 고마운 건 우리란다."

태린과 폴은 악수하지 않고 대신 서로 고개를 끄덕여 보였다.

"잘 있어, 폴."

"잘 가."

"귀는 어때?"

"괜찮아. 나중에 또 보자."

"응, 좋아. 생일 축하해."

"고마워."

집 앞 도로로 나오자마자 디트가 택시를 잡으려고 주위를 두리번거렸다.

"자, 꼬맹이, 늦었다. 위버 부인이 두 시간을 요구할 줄 몰랐어. 그 때문에 약속이 다 엉망이 됐어. 아무튼 약속은 다시 조정했다. 오늘은 우리가 저녁 일곱 시까지 일해야 할 거야."

우리라고요? 우리가 일을 할 거라고요?

"저기 택시 온다. 택시!"

두 사람은 택시에 올라탔다. 디트가 택시 기사에게 다음 약속 장소를 알려주고는 자세를 고쳐 편하게 앉았다.

"그런데 그 애를 왜 때린 거냐?"

"그 애가 먼저 때렸으니까요. 아까 그 애가 하는 말 들었잖아요. 난 내 몸을 지킨 것뿐이에요."

"다음번에는 보복하지 마. 그건 우리 일에 좋지 않아. 그냥 자리를 피하거나, 아니면 예수님이 말한 대로 다른 쪽 뺨을 내밀어."

태린은 아무 말 없이 지나가는 차들을 내다봤다. 그리고 500유닛이 잘 있는지 확인하려고 주머니에 슬그머니 손을 넣었다. 돈은 그대로 있었다. 태린은 그 돈을 꺼내 보고 싶었다. 하지만 그러면 디트가 보고 그 돈이 어디서 났는지 물을 테고, 태린이 말하지 않아도 진실이 밝혀질 것이다.

택시가 시내 번화가를 가로질러 가는 동안, 태린은 계속해서 폴의 생활과 집, 가족, 안전하고 안정적인 환경이 떠올랐다. 폴과 자기 처지를 비교하지 않을 수 없었다.

디트가 태린한테 몸을 숙이더니 은밀히 속삭였다.

"꼬맹이, 내가 널 늘 지켜보고 있는 거 알지?"

"그럼요, 알죠."

"하지만 난 현재 상태에 절대 만족하지 않아. 꼬맹이, 너도 알지?"

"네."

"난 늘 계획을 세우고 일을 꾸미고, 늘 두 발 앞서 생각하고 있어."

"그래요."

"꼬맹이, 내가 지금 하고 있는 일이 바로 그거야. 미래를 위한 계획. 내가 지금 고민하는 건 네 미래야. 무엇보다 네 앞날이 고민이다. 네가 나이 들어 더는 아이가 아니게 될 때 넌 어떻게 될까? 그래서 계획, 계획, 계획을 세워야 해."

"알았어요."

"꼬맹이, 믿음을 가져야 한다. 아무리 상황이 이상하게 돌아가고, 뜻밖의 일들이 벌어지더라도 이 디트 삼촌을 믿어야 해. 이 삼촌이 널 위해 늘 거기 있을 거니까. 알았지?"

"알았어요."

"너한테 더 많은 걸 말해줘야 하지만 그럴 순 없어. 더 많은 걸 알게 되면 그 사실만으로도 네가 완전히 잘못될 수 있고 위험해질 수 있으니까. 알았지?"

태린은 디트가 지금 무슨 말을 하는지 알 수 없었고, 디트의 말을 믿을 수도 없었다. 디트는 이따금 자기 목소리가 듣기 좋아서 혼자 웅얼웅얼 떠드는 것 같았다.

"꼬맹이, 너도 알게 될 거야. 곧 때가 되면."

그 뒤로 잠시 침묵이 흘렀다.

태린은 무엇보다 먼저 디트한테서 벗어나야 한다는 생각이 들었다. 하지만 어디로 가지? 아이들이 거의 사라진 세상에서 어디로 숨을 수 있을까?

태린은 디트가 세우고 있다는 계획이 미덥지 않았다. 디트의 계획은 오직 한 사람에게만 즐거움과 보상을 안겨줄 테니까. 그 밖에 다른 모든 사람에겐 괴로움과 골칫거리를 안겨줄 테니까.

얼마 뒤 디트가 입을 열었다.

"그래도 넌 그 애를 때릴 필요가 없었어."

그때까지도 그 싸움을 생각하고 있었던 모양이다.

"그 애가 먼저 나를 때렸어요."

"해서는 안 될 일이야. 물론 그 애가 먼저 때렸을 테지만. 꼬맹이, 고객을 때리는 건 일하는 사람답지 않아. 절대로 프로답지 않은 일이야."

6

DNA 검사

그날 저녁 디트는 모텔로 돌아오는 길에 피자를 샀다.

"채소가 든 피자로 샀다. 네 건강을 위해. 자, 꼬맹이."

디트는 더할 나위 없이 대단한 영양학자였다.

디트와 태린은 모텔 방에 앉아 말없이 피자를 먹었다. 태린이 물을 조금 마시는 사이, 디트가 자기 방에 가서 '역사'라는 제목이 붙은 학습지를 들고 돌아왔다.

"오늘은 늦었으니까 공부는 30분 정도만 해. 꼬맹이, 교육은 좋은 거지만 한계가 있어. 나를 봐. 오늘 내가 뭘 했는지 보라고. 난 역사는 잘 몰라. 물리학이나 화학도 몰라. 하지만 내가 아는 걸 말해줄 수 있지. 그건 빵의 어느 쪽에 버터가 발라져 있느냐 거야. 이걸 알기만 하면 괜찮아. 빵의 어느 쪽에 버터가 발라져 있는지, 빵에 잼을 어떻게 바르는지 알아야 해. 세상엔 온갖 교육을 받고, 온갖 희한한 걸 만들어내는 사람들이 많아. 하지만 그자들은 돈을 벌 줄은 모르지. 가치 있는 일은 돈 버는 것뿐인데 말이야. 딴소리를 하는 사람이 있다면, 그자한테 돈 없이 어떻게 살아갈 거냐고 물어봐. 그러니 이제부터 이 디트 삼촌 말을 잘 들어. 삼촌 말이 곧

교육이라는 걸 알게 될 거야."

아무렴요. 하지만 태린은 내내 딴생각을 하고 있었다.

태린은 내내 주머니에 들어 있는 돈을 생각하고 있었다. 돈에서 저절로 열이 나기라도 하는 것 같았다. 갑자기 주머니에서 돈이 삐져나오거나, 아니면 자기가 실수로 돈을 꺼낼까 봐 두려웠다. 디트의 핸드폰이 울렸는데 전화 건 사람이 위버 부인이면 더욱 심각할 터였다. "디트 씨, 전화해서 미안해요. 제 말을 절대 오해하지 않으셨으면 해요. 디트 씨하고 태린이 떠난 뒤 제 방에 가서 지갑을 열었는데 돈이 좀 없어진 것 같아요. 그런데 태린이 잠시 혼자 위층에 있었던 게 생각났고, 태린이 방문 앞에 서 있는 걸 마침 마리아가 봤다고 하기에 그냥 좀 궁금해서…."

다행히도 디트의 핸드폰은 잠잠했다.

나가요, 디트 삼촌.

태린은 디트가 외출하기를 바랐다.

디트 삼촌, 나가요. 언제나처럼 손으로 입술을 톡톡 치면서 말하세요. "오늘 밤은 입이 좀 마르는 것 같네. 휘파람 소리도 좀 갈라지는 것 같고. 나가서 잠깐 목을 축여야겠어. 넌 문 꼭 잠그고 얌전히 있어. 누구한테도 문을 열어줘선 안 돼. 문구멍 밖으로 점잖은 사람이 보여도 말이야. 그런 사람들도 유괴범일 수 있거든. 내 말 알아들었어?" 그렇게 말하고 그만 나가요.

그때 태린의 소망에 꼭 맞춰 응답하듯이 디트가 자리에서 일어섰다. 그리고 손으로 입술을 톡톡 쳤다.

"꼬맹이, 오늘 밤은 입이 좀 마르는 것 같네…."

디트가 샤워하고 외출 준비를 마치는 데 10분이 걸렸다.

"꼬맹이, 문 잠그는 거 잊지 마."

"알아요. 유괴범."

"그놈들이 이 근처에 있어. 정말이야. 그놈들이 언제나 유괴범처럼 보이진 않지. 그래도 언제나 근처에 있다는 걸 명심해."

마침내 디트가 나갔다.

태린은 기다렸다. 하나, 둘, 셋… 5분을 기다렸다. 디트는 돌아오지 않았다. 태린은 주머니에서 돈을 꺼내 불빛에 비춰 봤다.

500유닛. 이 돈이면 모든 비용을 감당할 수 있겠지. 혈액이나 타액 검사도 하고, DNA 검사도 하고, 다른 사람들의 DNA 정보와 내 정보를 비교해 비슷한 것을 찾아볼 수도 있겠지. 그러면 가족의 이름과 주소, 행방, 그리고 고향을 알 수 있겠지.

지금 태린에겐 많은 돈보다 지식과 정보가 더 소중했다.

디트 삼촌, 돈이 전부는 아니에요. 돈이 가장 중요한 건 아니에요.

드디어 날이 어두워졌다. 이제껏 태린은 밤에 혼자 밖으로 나가본 적이 없었다. 혼자 밤에 외출해서는 절대로 안 되었다.

조심해, 조심해.
사방에 유괴범들이 돌아다니고 있어.

유괴범들이 있다고? 정말일까? 아니면 어른들이 아이들한테 겁주려고 그러는 게 아닐까?

이를 알아낼 방법은 오직 하나.

태린은 운동화 끈을 단단히 동여맨 다음 방문 열쇠를 집어 들었다. 열쇠는 두 개인데, 나머지 하나는 디트가 갖고 있었다.

내가 돌아오기 전에 디트가 먼저 돌아오면 어떻게 하지? 아니, 디트는 몇 시간이 지나야 돌아올 것이다. 지금은 당구대 옆에 돈을 올려놓고 공을 치는 사람들을 구경하고 있을 것이다. 그중에 이긴 사람과 한 판 겨루려고. 아니면 술집에서 여종업원을 붙들고 얘기를 나누고 있을 것이다.

그런데 디트가 뭔가를 잊어버리고 안 가져갔다면? 그래서 바로 돌아온다면?

태린은 다시 5분을 기다렸다. 디트는 돌아오지 않았다. 태린은 도어체인을 풀고 문을 열어 복도를 살펴봤다. 아무도 없었다. 태린은 조용히 문을 닫은 뒤 모텔을 빠져나와 슬그머니 밤거리로 들어갔다.

키네인은 자리에서 일어나 기지개를 켜고 창가로 갔다. 밤공기가 상쾌하고 따뜻했다.

키네인은 밖에 나가 바람을 쐬기로 했다. 잠시 산책을 하고 나서 자그마한 이탈리아 식당에 찾아가 저녁을 먹기로 했다. 키네인은 늘 이탈리아 음식을 먹었다. 그리 맵지 않고 언제 먹어도 맛있어서 이탈리아 음식을 좋아했다.

그날은 수확이 없었다. 키네인은 도시의 길거리를 돌아다니고 근교까지 헤매고 다녔다. 천천히 걸어 다니는 동안 아이들을 몇 명 보긴 했다. 하지만 그 아이들은 철저히 감시받고 있었고, 아무튼 적당하지 않았다. 모두 여자아이들로, 키네인이 찾고 있는 아이가 아니었다.

이 일은 시간이 오래 걸린다. 무익하고 공허한 시간을 견뎌내려면 인내심과 저축해둔 돈이 있어야 한다. 어느 순간 원하던 것을 찾았다고 여겨질 때가 있지만 곧바로 원하던 것이 아니라는 걸 알아챈다. 그러면 계속해서 더 넓은 그물을 더 멀리 치면서 조만간 원하는 것이 걸려들 거라고 믿는다. 이 일은 적당한 것이 나타나야 비로소 보람도 생긴다. 이 일에는 가격을 매길 수도 없다. 적당한 아이를 찾아야만 돈을 받으니까.

당연히 다른 사람들도 찾고 있다. 경쟁자들보다 한 걸음 앞서 가야 한다. 적들보다는 한 걸음 앞서, 먹잇감보다는 한 걸음 뒤에. 적들보다 뛰어난 반사 신경과 본능을 가져야 한다.

아무튼 이제 밤이 깊었다. 키네인은 내일 일을 다시 시작하기 전까지 잠시 일을 멈추고 긴장을 풀 수 있게 되었다. 이런 밤 시간에는 아이가 돌아다니지 않는다. 혼자서는, 보호자 없이는 돌아다니지 않는다. 오늘 밤 어떤 아이가 밖에 나와 있다면 그 아이 옆에는 분명 힘센 보모가 붙어 있을 것이고, 그 아이의 손목은 보모의 손목과 수갑으로 엮여 있을 것이다.

키네인은 거울을 보면서 눈에 거슬리는 게 있는지 확인했다. 그리고 주머니에 지갑이 들어 있는지 살핀 다음, 방에서 나와 길거리로 들어섰다.

태린은 DNA 연구소의 주소를 갖고 있었다. 그곳은 별로 멀지 않지만, 밤에 길거리에 나와 있다는 사실만으로도 태린은 몹시 긴장되었다. 누군가 붙잡아 가려 하면 어떻게 하지? 우연히 디트와 마주치면?

곧 태린은 디트를 발견했다. 바로 저기, 길 건너 술집에 디트가 보였다. 디트는 등받이 없는 의자에 어중간하게 걸터앉아 옆자리의 여자와 얘기하고 있었는데, 두 사람은 이제 막 인사를 나누고 서로 알게 되어 즐거워하고 있는 것 같았다. 디트가 가까이 다가가 여자의 귀에 대고 뭐라고 속삭였다. 여자가 웃음을 터뜨리자 디트도 따라서 웃음을 터뜨렸다.

태린이 가만히 서서 그 모습을 지켜보는데, 남녀 한 쌍이 팔짱을 끼고 옆을 지나갔다. 공연장이나 극장에 가는 길인 것 같았다.

"봐, 아이가 혼자 있어."

남자가 그렇게 말하자, 여자가 혀를 끌끌 차며 부모가 이러쿵저러쿵 하는 말을 했다. 그리고 언젠가 운 좋게 아이를 갖게 된다면 이렇게 어둡고 위험한 밤에는 절대로 아이 혼자 밖에 내보내지 않을 거라고 했다.

디트가 손짓으로 바텐더를 부르더니 새 여자친구와 마실 술을 새로 주문했다. 디트가 지폐 한 장을 꺼내 테이블 위에 내려놓는 동안, 새 여자친구는 디트의 손에 들린 돈뭉치를 슬쩍 내려다보더니 디트한테 바싹 다가앉아 디트의 팔을 살짝 어루만졌다.

디트는 왜 돈을 한 푼도 모으지 않는 걸까? 태린은 궁금했다. 디트가 돈을 모았다면 지금쯤 집을, 가정을, 부인을 가졌을 것이다. 하지만 디트는 씀씀이가 헤펐고, 태생이 여기저기 계속 굴러다니는 돌멩이 같아서 이끼 한 조각 끼지 않았다.

태린은 발길을 돌려 서둘러 길을 따라 걸었다. 첫 번째, 두 번째, 세 번째 교차로까지 간 다음 오른쪽으로 방향을 틀었다. 자그마한 이탈리아 음식점 옆을 지나치는데 음식 냄새가 풍겨왔다. 바질과 마늘, 갓 끓인 토마토소스 냄새였다. 그 달콤한 냄새에 군침이 돌았다.

DNA 연구소까지 가려면 아직 400미터를 더 가야 했다. 도로 옆에 길게 이어진 상점들은 그때까지도 대부분 문을 닫지 않고 있었다. 밤새도록 문을 여는 식료품점에 이슬람 율법에 따라 도축한 고기를 파는 상점이 있는가 하면 바로 옆에는 유대교 율법에 따라 도축한 고기를 파는 상점도 있었다. 또 채식주의자들을 위한 음식점과 세탁기에 동전을 넣고 빨래하는 빨래방도 있었다.

사람들이 서둘러 걷는 태린을 빤히 쳐다봤다.

"얘, 너 괜찮니?"

"네, 괜찮아요."

"부모님은 어디 있어?"

"저는 괜찮아요."

"집에 얼른 들어가."

"네, 그럴게요."

"주위에 유괴범들이 있을 수도 있어."

"알아요. 조심할게요."

태린은 빠르게 걸으면서 위버 부인의 지갑에서 훔친 돈을 손으로 꼭 말아 쥐었다.

언젠가 꼭 갚을게요. 될 수 있는 대로 빨리 갚을게요. 디트 삼촌 수첩에서 부인의 집 주소를 알아내 돈을 봉투에 넣어 부칠게요. 이건 훔친 게 아니라 빌린 거예요. 빌려줄 수 있는지 먼저 묻지 못했지만 이건 정말 빌린 거예요. 저는 이 돈이 꼭 필요했어요. 다른 방법이 없었어요. 이 돈은 부인보다 저한테 더 필요했어요.

이제 다음 모퉁이가 나오면 그곳에 DNA 연구소가 있을 것이다. 하지만 태린은 더 빨리 걷는 대신 그 자리에 멈춰 섰다. 미스 버지니아의 일생과 재능이 녹아 있는 극장 앞이었기 때문이다.

극장은 낮에 봤을 때보다 더욱 마음을 설레게 했다. 네온사인 불빛이 번쩍이고, 광고판에 붙은 사진들은 집중 조명을 받아 화려하게 빛났다. 예쁜 의상을 입고 멋지게 춤추는 미스 버지니아의 모습을 찍은 것들이었다. 그중에는 인조 다이아몬드와 모피를 두르고 할리우드 영화배우처럼 찍은 사진도 있었다. 어른으로 분장한 모습이라 좀 낯설어 보였다.

태린은 가만히 서서 그 사진들을 쳐다봤다. 번쩍거리는 액정 화면에 이런 글이 떴다.

미스 버지니아,

55세의 아이가 여전히 춤을 추고 있다.

모두가 좋아하는 소녀.

태린은 주머니 속 돈을 손가락으로 만지작거렸다. 티켓을 사서 극장 안으로 들어가보고 싶은 마음이 간절했다. 피피 이식을 받은 미스 버지니아가 어떻게 생겼는지 직접 보고 싶었다. 피피 이식은 낯설고도 으스스한 매력으로 태린의 마음을 끌었다. 태린은 영원히 아이로 살아간다는 생각이 끔찍이 싫으면서도 다른 한편으로 마음이 끌렸다.

태린은 문득 피피 이식이 '피터 팬'뿐만 아니라 뭔가 다른 것, 즉 '피리 부는 사나이(Pied Piper)'를 뜻할 거라는 생각이 들었다. 하멜른의 쥐들을 모두 없앴지만 마을 사람들이 약속한 보수를 주지 않자 피리 소리로 마을 아이들을 최면에 걸리게 해 마을 밖으로 꾀어낸 그 사나이 말이다. 그 사나이는 다시는 마을에 나타나지 않았다.

'피터 팬'은 멋지고 다정한 인물로, 따뜻하고 행복한 이상향, 최고의 유년기, 책임 없는 자유를 뜻한다. 하지만 '피리 부는 사나이'는 이와 다르다. 납치당한 아이들과, 자식을 빼앗겨 자식이 자라는 모습을 볼 수 없게 된 부모들을 뜻한다. 피피 이식은 부모들에게서 그런 기회를 빼앗는 대신에 미스 버지니아가 지닌 그런 부자연스러움을 남긴다. 병 속에 든 피클이나 다름없는 부자연스러운 젊음을.

'그래, 미스 버지니아는 결국 춤추는 양파 피클과 같은 거야' 하고 태린은 생각했다.

타닥-타닥-탁.

어디선가 미스 버지니아가 춤추는 소리가 들렸다. 태린은 소리가 나는 곳을 찾아 주위를 둘러봤다. 극장 벽에 설치된 환기구가 열렸다 닫혔다 하는 게 보였다.

타닥-타닥-탁. 환기구가 닫히자 소리가 사라졌고, 다시 환기구가 열리자 *타닥-타닥-탁* 하고 소리가 났다.

그 소리가 돈을 내고 안으로 들어오라고 태린을 유혹했다. 경쾌하고 빠른 탭댄스 소리는 미스 버지니아의 겉모습만큼이나 멋졌다. 그리고 뒤이어 노랫소리가 이어졌다. 태린은 환기구에 귀를 바짝 갖다 댔다.

"맛있는 사탕 비행기 타고…."

한동안 태린은 노랫소리에 귀를 기울였다. 한 소절을 듣고 나니 환기구가 닫혔다. 잠시 후 환기구가 다시 열리자 또 한 소절이 들렸고, 마침내 박수 소리가 들렸다. 박수 소리에 섞여 휘파람 소리, "앵콜!" 하고 외치는 소리가 들렸다.

그런 반응에 미스 버지니아는 아주 사랑스러운 표정을 지었을 것이다. 미스 버지니아는 태린이 늘 원했지만 결코 가지지 못한 모두였다. 엄마이자 누나이자 옆집에 사는 예쁜 여자아이, 어쩐지 이 모두가 합쳐진 사람 같았다. 미스 버지니아 덕분에 태린은 마음이 따뜻해지고 자기가 쓸모 있는 사람이 된 것 같았다.

그러면서도 태린은 미스 버지니아가 지독히 싫었다.

55세의 나이에 여전히 춤을 추는 여자.

55세가 되어서도 얼굴과 몸은 어린 여자아이 같은 사람.

소름이 끼치고 역겨웠다. 태린은 자기는 결코, 절대로 피피 이식을 받지 않겠다고 다짐했다. 피피 이식을 받느니 차라리 늙고 싶었다. 차라리 죽고 싶었다.

태린은 발걸음을 옮겨 계속 걸었다. 길모퉁이에 이르러 다시 한 번 우회전을 하자, 눈앞에 DNA 연구소가 나타났다.

DNA 연구소는 아직 문을 닫지 않았다. 태린은 이미 알고 있었다. 도시 중심부에 있는 모든 관청에는 '하루 24시간 개방, 연중무휴'라고 적힌 네온사인 광고가 걸려 있다. 1년 내내 문을 닫지 않고 정부에서 모든 일을 지원한다는 뜻이다. 그래서 밤늦은 시간에도 DNA 검사뿐만 아니라 일반적인 건강 검진, 처방약 조제, 혈액 검사, 콜레스테롤 수치 측정, 시력 검사, 청력 검사 같은 것을 모두 받을 수 있다.

태린은 DNA 연구소 문을 열고 안으로 들어갔다. 다른 손님은 보이지 않고, 계산대 뒤에 젊은 여자만 보였다. 친절해 보이는 그 여자는 안경을 끼고 흰색 실험 가운을 입고 있었다.

"어서 오세요."

"안녕하세요?"

태린은 인사를 건네며 여자를 올려다봤다. 그녀가 겉모습처럼 실제로도 젊은지, 아니면 다른 사람들처럼 노화 방지 약을 먹는지 궁금했다.

여자는 노화 방지 약을 먹는 것 같아 보이지 않았다. 진짜로 젊었다. 스무 살쯤?

"안녕. 밤에 혼자 나온 거니?"

"음… 네."

여자는 태린이 그런 질문을 좋아하지 않는다는 걸 알아챘다.

"그래, 뭘 도와줄까?"

"DNA 정보를 알고 싶어서 왔어요."

"네 DNA?"

"네. 제 DNA 정보를 찾고, 또 제 것과 비슷한 다른 사람을 찾아보려고요."

"검사 비용이 500유닛이라는 거 알고 있니?"

"네, 알아요."

태린은 계산대 위에 돈을 꺼내놓았다. 쭈글쭈글 구겨진 돈을 보자 몹시 부끄러웠다. 자기도 모르는 사이에 손으로 돈을 꽉 말아 쥐고 있었던 모양이다.

태린은 구겨진 돈을 반듯하게 펴려고 얼른 문질렀다.

"죄송해요."

"괜찮아."

여자가 돈을 집어 계산대 서랍에 넣었다.

"자, 이제 네 손을 이리 줘봐."

태린은 손바닥이 위로 가도록 해서 계산대 위에 손을 얹었다.

"집게손가락, 괜찮지?"

"네."

여자가 수술용 장갑을 끼더니 소독솜으로 태린의 손가락을 닦았다. 그런 뒤 끝이 뾰족한 금속으로 된 작은 기구를 태린의 손가락 끝에 갖다 댔다.

"잠깐 따끔할 거야."

여자가 기구의 한쪽 끝을 누르자 짤깍 소리가 났다. 뾰족한 끝이 태린의 손가락을 콕 쏘는가 싶더니 눈 깜짝할 사이에 피가 한 방울 흘러나왔다.

"이걸로 충분할까요?"

"물론이지. 충분해."

여자가 미소를 지으며 스포이트로 피를 빨아 올려 시험관으로 옮겼다.

"됐다. 손에 반창고를 붙이기만 하면 돼."

여자가 태린의 손가락 끝에 일회용 반창고를 붙여줬다.

"이제 앉아서 기다리기만 하면 돼."

"오래 걸릴까요?"

"잠깐이면 돼."

여자가 태린의 피가 든 시험관에 무슨 용액을 넣더니 크고 하얀 기계에 시험관을 넣었다. 그리고 기계를 작동시키자, 기계가 윙 하는 소리를 내며 움직였다. 태린은 이제 기다리는 것 외에는 달리 할 게 없었다.

여자가 계산대에 팔꿈치를 괴고 태린을 건너다보며 미소를 지었다. 태린은 그제야 실험 가운에 달린 명찰을 발견했다. 이름이 줄리아였다.

"가족을 찾으려는 거니?" 줄리아가 물었다.

"비슷해요."

"지금 엄마랑 아빠랑 함께 사는 거 아니니?"

"아뇨. 저는 디트 삼촌이랑 살아요."

"디트 삼촌이 누군데?"

"카드놀이에서 저를 딴 사람이에요."

줄리아가 웃음을 터뜨렸다.

"농담이지?"

"농담 아니에요. 디트 삼촌이 저를 땄대요. 삼촌이 그렇게 말했어요."

줄리아는 더는 웃지 않았다.

"끔찍하구나. 정말 안됐어. 그래서 집에 못 가는 거니?"

"저는 집이 어딘지 몰라요. 디트 삼촌이 저를 땄을 때 제가 몇 살이었는지도 모르고, 저한테 가족이 있는지 없는지도 몰라요. 아무것도 몰라요. 그래서 여기에 온 거예요."

"아동국에 가보지 그러니?"

"거기서는 아무것도 못 해줘요. 디트 삼촌이 정식 서류를 갖고 있고, 제 법적 후견인이에요. 그래서 아동국에서도 도와줄 수 없어요."

"아, 정말 안됐구나."

기계에서 핑 소리가 나더니 곧바로 작동이 멈췄다. 기계에 연결된 프린터에서 태린의 DNA 정보가 인쇄된 종이가 천천히 나왔다.

줄리아가 그 종이를 집어 들었다.

"이게 너야. 네 고유의 유전자 지문. 이걸 보면 네가 어떻게 유일무이하고, 왜 유일무이한지 알 수 있지. 이 세상에 너와 똑같은 사람은 한 명도 없어."

"제 DNA와 비슷한 사람을 찾을 수 있어요? 여기 보관돼 있는 자료에서요."

"물론이지. 얼마나 가까운 사람을 찾고 싶니?"

"가장 가까운 사람요."

"알았다. 부모님과 형제, 고모나 이모, 삼촌을 찾아볼게."

태린은 고개를 끄덕이면서도 마음이 초조했다. 혹시 나쁜 일이 생길까 봐 불안했다.

"됐다. 이제 시작할게."

줄리아가 DNA 정보를 컴퓨터 기억장치로 옮기는 분석기에 태린의 DNA 정보를 입력했다. 그런 뒤 찾으려는 가족의 범위를 지정하고 검색 버튼을 눌렀다. 이제 결과를 찾는 동안 기다리는 일만 남았다.

태린은 자리에서 일어나 계산대 위로 몸을 기울였다.

"결과가 나왔어요?"

줄리아가 고개를 저었다.

"가족의 범위를 좀 더 넓혀볼게. 네 DNA와 맞는 사람이 나올 때까지 계속 넓힐 거야."

줄리아가 다시 검색 버튼을 눌렀다. 그리고 다시 한 번 눌렀다.

"어때요? 결과가 나왔어요?"

줄리아가 고개를 끄덕였다. 하지만 기뻐하는 것 같지 않았다. 줄리아의 얼굴이 굳어졌고 약간 슬퍼 보이기도 했다.

"뭐가 잘못됐어요?"

"아니. 꼭 그런 건 아니야."

"그럼 뭐예요?"

"아니, 아니야…."

"지금 결과가 나오고 있는 거예요?"

"그래, 나오고 있어."

"그럼 그 사람들을 찾은 거예요? 우리 가족, 거기, 우리 가족이 나오나요? 제발, 그런 거예요? 우리 엄마랑 아빠를 찾았어요?"

줄리아의 눈에 눈물이 고였다. 그녀의 눈빛이 흐려졌다.

"뭐가 잘못됐어요? 설마 뭐가 잘못된 거예요?"

"기다려. 잠깐만 기다려봐."

"검색 결과가 안 나왔어요? 제 DNA와 비슷한 사람이 아무도 없는 거예요? 그거 제 DNA 맞아요? 어떻게 된 거예요?"

"잠깐만 기다려. 이제 멈췄어. 이걸 인쇄해줄게. 그럼 너도 볼 수 있을 거야. 기다려봐."

줄리아가 컴퓨터를 조작해 검색 결과 파일을 인쇄했다. 프린터가 움직이기 시작했다. 태린은 프린터에서 나오는 종이를 가만히 지켜봤다. 종이에 이름이 나오고… 이름이 나오고… 이름… 소재지… 고향… 최근 주소… 아마 전화번호도… 아마… 사진도….

종이에 이름이 나왔다! 그래, 이름이었다. 태린의 유전자, 태린의 족보에서 뻗어 나온 잎사귀와 가지와 줄기를 나눠 가진 누군가의 이름이었다.

하지만 그때 태린은 줄리아가 왜 그렇게 슬퍼했는지 알았다.

그 이름 밑에 다른 이름이 나오고, 그 이름 밑에 또 다른 이름이 나왔기 때문이다. 그리고 또 다른 이름들이 그 페이지의 맨 아래까지 인쇄되어 나왔다. 그 페이지 다음에는 또 다른 페이지, 또 다른 페이지, 이번에도 또 다른 페이지, 한 장 더, 한 장 더, 한 장 더.

"인쇄를 멈춰요! 너무 많잖아요. 인쇄가 안 멈추나요?"

"이거 전부 인쇄하고 싶지 않니?"

"그렇게 많아선 안 돼요. 그래선 안 돼요!"

하지만 이름이 줄줄이 인쇄된 종이가 끊임없이 나오고 있었다.

"기계가 고장 났어요. 제 유전자와 맞는 사람을 못 찾아주잖아요. 기계가 고장 난 거예요."

"미안하다. 정말 미안해."

"아, 이제 어떻게 하죠?"

마침내 프린터가 멈췄다. 인쇄된 종이가 백 장은 되는 것 같았다. 게다가 종이마다 수많은 이름이 인쇄되어 있었다. 수백, 수천 명의 사람들. 수만 명의 사람들.

"이게 전부가 아니라 더 있어. 내가 중간에 인쇄를 멈춘 거야."

"얼마나 더 있는데요?"

"꽤 많아."

"이걸 좁힐 수 없나요? 검색 조건을 좁히면 안 되나요?"

"이게 최대로 좁힌 거란다."

"이 많은 사람들이… 어떻게 제 유전자와 비슷할 수 있죠?"

"우리 유전자가 다 그렇단다. 틀림없이 우린 저마다 완전히 유일무이하고 서로 다르지만, 그건 DNA의 100퍼센트일 때 그런 거야. DNA의 99퍼센트 이상은 다른 사람들과 공유하지. 아, 90퍼센트는 다른 동물들과도 공유하고. 여기 종이에 나와 있는 이름이 네 DNA와 가장 비슷한 사람들이야."

태린은 실망감에 가슴이 답답해졌다.

"하지만 이 모든 사람들과 어떻게 연락하죠? 제가 어떻게 해요? 도저히 할 수 없는 일이에요."

"아무나 골라서… 연락해보면 어떨까…."

하지만 태린은 가만히 서 있기만 했다. 깊은 절망에 빠져서 줄리아의 말이 귀에 들어오지 않았다.

이건 사기였다. 광고에는 유전자 검사를 하면 가족을 찾을 수 있다고 했다. 분명히 그렇게 광고했다. 자기 유전자와 비슷한 사람을 찾으면 가족을 찾을 수 있다고. 하지만 광고에서는 사이가면 친척들이 이렇게 셀 수 없이 많을 거라고는 하지 않았다. 이건 완전히 사기였다.

"미안하다. 정말 기대했을 텐데…."

너무 많이, 그래, 너무 많이 기대했다.

"나도 네 기대가 이뤄지길 바랐어. 몇 사람만 나오길. 가끔 두세 장에 그칠 때도 있거든."

태린은 몸을 돌려 길거리를 내다봤다.

"상관없어요. 아무래도 상관없어요."

"미안하다."

태린은 눈물을 참으려고 애썼다.

"상관없어요. 이제 다시는 가족을 찾지 않을 거예요. 절대로."

태린은 사실 줄리아에게 말하는 게 아니라 엉겁결에 혼잣말을 하고 있었다.

"이젠 절대 가족을 못 찾을 거예요. 가족을 찾지도 못하고, 알지도 못하고, 보지도 못할 거예요. 내가 어디서 태어났는지도 모를 거예요. 난 이 세상이 싫어요. 사람들이 이 세상에 한 일이 싫어요. 오래 살기만 바라고 절대 죽고 싶어 하지 않는 사람들이 싫어요. 다른 사람이 타고난 삶을 살지 못하게 하는 사람들이 싫어요. 왜 모든 사람이 그토록 오래 살아야 하는 거예요? 왜 다른 사람한테 기회를 주지 않는 거예요? 왜?"

줄리아가 계산대 뒤에서 나오더니 태린 옆에 서서 함께 창밖을 내다봤다. 태린은 창문에 비친 줄리아와 자기 모습을 바라봤다.

"죽고 싶어 하는 사람은 아무도 없는 것 같아. 죽을 때가 돼도 말이야. 아무도 죽고 싶어 하지 않지. 게다가 요즘은 오래도록 죽지도 않고."

"그래서 아무도 안 태어나는 거예요… 이 세상의 복수죠."

"뭐?"

"이 세상의 복수라고요. 그런데 이 세상이 왜 저한테 복수하는 걸까요? 저는 아무 짓도 안 했어요. 제가 바라는 건 집에 가는 것뿐이에요. 하지만 집이 어딘지도 모르는데 어떻게 가겠어요!"

줄리아가 할 수 있는 일은 다 했다. 이제 할 수 있는 거라곤 태린 옆에 가만히 서서 함께 밤거리를 내다보는 것뿐이었다.

태린은 소맷자락으로 얼굴에 흘러내린 눈물을 닦았다.

"그만 돌아가야겠어요. 디트 삼촌이 돌아왔을지도 몰라요."

줄리아가 이름이 가득 인쇄된 종이 뭉치를 가리키며 물었다.

"이거 가지고 갈래?"

"가져가봤자 무슨 소용이 있겠어요? 아무 소용 없어요."

태린은 문을 열고 그곳을 빠져나왔다.

줄리아는 그대로 창가에 서서 태린이 총총거리며 사라지는 모습을 지켜봤다.

태린은 재빨리 어둠 속으로 들어갔다. 디트가 돌아오기 전에 돌아가야만 했다. 모텔에 돌아온 디트가 방이 텅 빈 걸 보면 어떻게 반응할지 알 수 없었다. 디트는 최악의 상황을 생각할 것이다. 태린이 유괴된 것으로, 평생의 수입원이 사라진 것으로. 그래서 태린을 찾으러 나서는데 때마침 자신의 평생 수입원이 방문을 열고 들어온다면, 글쎄, 디트는 안도와 감사의 눈물을 흘릴지 모른다. 아니면, 반대로 화산처럼 폭발할 수도 있다.

디트는 이제껏 태린을 때린 적이 없었다. 단 한 번도. 술에 잔뜩 취했을 때도 태린을 때리지 않았다. 술에 취하면 성격이 온순해지고, 슬픔에 빠지고, 감상적으로 변했다. 디트는 돈을 헤프게 쓰긴 해도 폭력을 쓰지는 않았다. 하지만 아무리 온순한 사람이라도 자신의 수입원이 없어졌을 때는 무슨 일을 벌일지 모른다.

그때 어둠 속에서 누군가 태린한테 말을 걸었다.

"이봐, 꼬맹이. 혼자 밖에서 뭘 하고 있는 거야? 꼬맹이, 너 말이야, 너."

태린은 지나온 길을 빠르게 되짚어 갔다. 어느새 미스 버지니아의 활동 무대인 네온 불빛 번쩍이는 극장에 이르렀다. 다시 미스 버지니아의 노랫소리가 들렸다.

"수프 속에 들어 있는 동물 과자들…."

태린은 계속 걸으면서 누가 쫓아오는지 확인했다. 다행히 쫓아오는 사람은 없었다. 그리고 디트는 아직 돌아오지 않았을 것이다. 아직 술집에서 술을 마시고 있을 것이다. 태린은 손목시계를 살폈다. 디트가 이렇게 일찍 돌아온 적은 한 번도 없었다. 단 한 번도.

태린이 길을 되짚어 가는데 아까 지나온 상점들이 나왔다. 한 상점 주인은 밖에 진열했던 과일을 안으로 들이고 있었다. 곧 문을 닫으려는 것이다. 태린은 자그마한 이탈리아 식당도 빠르게 지나쳤다.

태린은 창가에 앉아 밤거리를 내다보는 남자를 보지 못했다. 그 남자는 식사를 마치고 아주 진한 커피를 홀짝이고 있었다.

창밖으로 지나가는 태린을 보자마자, 남자는 남은 커피를 한 입에 털어 넣은 뒤 계산서를 달라는 말도 하지 않고 탁자에 돈을 얼마 내던졌다. 그리고 누군가 잘 가라는 인사를 하기도 전에 음식점에서 나왔다.

"얘야, 잠깐만 서봐. 그렇게 서두르지 말고. 할 말이 좀 있다."

그 말을 듣고 태린이 몸을 돌려 보니, 어떤 남자가 따라오고 있었다. 태린은 고개를 푹 수그리고 더 빠르게 걸어갔다.

"잠깐만 기다려줄래? 잠깐 할 얘기가 있어. 널 해치려는 게 아니야."

물론 그렇겠지. 유괴범들은 절대 해치지 않는다. 걸음을 멈추기 전까지는 해치지 않는다. 그러다가 걸음을 멈추면 슬며시 붙잡아

클로로포름을 묻힌 손수건을 입과 코에 덮어 기절시킨다. 정신을 차렸을 때는 무슨 일이 있었는지 아무것도 기억하지 못한다.

태린은 더 빨리 걸었다. 그 남자는 계속 쫓아왔지만 더 가까이 다가오지는 않았다.

디트. 그래, 디트가 도와줄 것이다. 술집으로 가서 유리문을 쾅쾅 두드리면 된다. 자기가 모텔 방에서 왜 나왔는지는 나중에 설명하면 된다. 그때까지 변명거리를 생각해내면 된다. 지금 그런 건 아무래도 상관없다. 디트가 저 남자를 쫓아버릴 것이다. 지금 앞뒤에 악당이 한 명씩 버티고 서 있지만, 디트가 그중 덜 나쁜 악당이다.

"자, 얘야. 너랑 얘기 좀 하고 싶은 것뿐이야. 네 얼굴을 보고 싶은 것뿐이란다."

키네인은 바로 그 자리에서 태린을 붙잡을 수도 있었지만 주위에 사람들이 너무 많았다. 그랬다간 몇몇 사람이 영웅처럼 범죄를 막으려 끼어들 것이고, 순식간에 경찰이 도착할 것이다. 아이가 혼자 있을 때 붙잡아야 한다.

교차로에 이르자, 태린은 신호를 무시하고 길을 건넜다. 경적이 요란하게 울리고 운전자들이 소리를 질렀다.

"야, 너 뭐 하는 거야? 죽으려고 그래?"

뒤따르던 키네인도 뛰어서 길을 건넜다. 하지만 아이는 이미 저만큼 멀어져 있었다.

아이가 몇 백 미터를 있는 힘껏 달리는가 싶더니 잠시 후 어느 술집 앞에 멈춰 섰다. 그리고 술집 안을 들여다봤는데, 찾는 것이 안 보이는지 아이가 다시 달리기 시작했다.

키네인도 속도를 내서 아이가 멈춰 섰던 술집 앞에 이르렀다. 호기심이 일어 술집 안을 슬쩍 들여다보며 아이가 무엇을 찾았을지 생각해봤다. 하지만 특별히 눈에 띄는 게 하나도 없었다. 다른 술집과 똑같은 술집이었다.

키네인이 다시 길거리로 고개를 돌려 보니…

아이가 보이지 않았다.

사라졌다.

눈 깜짝할 사이에. 키네인이 슬쩍 술집을 들여다보는 사이에.

키네인은 앞으로 달려갔다. 골목길이 보이자 입구에 서서 눈으로 골목길을 죽 훑어봤다. 막다른 골목이었다. 아이는 그곳에 없었다. 키네인은 다시 큰길로 나왔다. 이번에는 천천히 걸었다. 아이가 길가 어디쯤 숨었다면 찾을 수 있을 것이다. 하지만 아이가 정말로 멀리 달아났다면 더는 따라잡지 못할 것이다.

아무래도 상관없었다. 키네인은 그 아이를 봤다. 중요한 건 그것이었다. 여하튼 이제 어디를 찾아봐야 할지 안 것이다.

키네인은 혼자서 가만히 속삭였다.

"얘야, 잘 가라. 내일은 널 잡을지도 몰라. 당분간 네가 근처에 있을 테니까 찾아낼 거야."

키네인은 기나긴 시간을 기다릴 줄 아는 사람이었다.

7

다른 도시로

태린이 열쇠로 문을 열고 방으로 들어서는데 무시무시한 두려움이 밀려들었다. 디트의 질책을 피할 수 없을 거라고 각오하고 있었다. *"도대체 어디 갔다 오는 거야?"*

그런데 물음이 없었다. 디트는 술집에도 없었지만 아직 모텔에도 돌아오지 않은 것이다. 어딘가 다른 데로 간 게 분명했다.

태린은 재빨리 옷을 벗었다. 그리고 욕실에 들어가 이를 닦자마자 침대에 누워 불을 껐다. 하지만 잠이 오지 않았다. 또 다른 사람이 생각나서였다. 그 낯선 사람, 자기 뒤를 쫓아왔던 사람. *"자, 얘야. 너랑 얘기 좀 하고 싶은 것뿐이야. 네 얼굴을 보고 싶은 것뿐이란다."* 다정하게 말하던 그 남자의 목소리가 떠올랐다.

태린은 이제껏 한 번도 유괴범을 본 적이 없었다. 유괴범을 조심하라는 훈계를 기억할 수도 없을 만큼 많이 들었지만, 유괴범과 실제로 마주침으로써 위협적인 훈계가 현실로 바뀐 것은 이번이 처음이었다. 그 유괴범을 보고 가장 놀란 것은 그가 무척 인간답다는 점이었다. 전혀 괴물처럼 보이지 않았다. 물론 그것이 함정이고 교묘한 미끼이고 속임수인지도 모르지만.

다른 한편, 태린은 실망감 때문에도 잠이 오지 않았다. 이제 가족을 찾을 수 있다는 기대가 사라졌다. 이름이 줄줄이 인쇄된 종이를 계속 뱉어내던 프린터가 생각났다. 태린은 순진하게도 이름이 두어 개쯤 나올 거라고 예상했다. 부모님 이름을 간단히 알아낼 수 있을 줄 알았다. 부모님이 현재 살고 있는 곳의 주소와 전화번호, 아니면 적어도 자기가 태어난 날짜와 장소 정도는 알아낼 줄 알았다.

그때 DNA 연구소에서 본 뭔가가 떠올랐다. 그것을 생각하니 웃지 않을 수 없었다. 그 뜻밖의 발견으로 마음이 몹시 괴롭고 슬프면서도 거꾸로 재미있기도 했다.

어떤 이름 때문이었다. 태린은 프린터에서 미끄러져 나온 종이에서 그 이름을 봤다.

그 이름은 디트였다.

찰스 랜돌프 디트.

태린은 디트라는 이름을 지닌 누군가와 DNA를 일부 공유한 것이다.

웃어야 할지, 울어야 할지 알 수 없었다. 태린은 그 사실을 믿을 수 없었다. 그 사람이 진짜 디트라면 어떡하지? 하나의 큰 족보에서 뻗어 나온 두 개의 가지 끝에 매달린 잎사귀.

디트한테 그 얘기를 하면 뭐라고 할까?

"꼬맹이, 난 알고 있었다. 우리가 하나로 묶여 있다는 걸 말이야. 그래서 내가 늘 아빠처럼 널 돌볼 거라고 말한 거야."

그래, 그 얘기를 하면 디트는 태린을 좀 더 이용해 먹기 좋은 기회로 여길 것이다.

"꼬맹이, 우린 하나로 뭉쳐야 해. 진짜 동업자로 끝까지 함께 가

야 해. 말하자면 '가족 사업'인 거잖아. 당연히 피피 이식도 받아야지. 그럼 우린 평생 넉넉히 살 수 있을 거야."

그때 복도에서 목소리가 들렸다. 태린은 가만히 귀를 기울였다. 디트가 나직이 뭐라고 말하자, 뒤이어 어떤 여자의 목소리가 들렸다. 그 여자는 디트가 말할 때마다 조용히 웃음을 터뜨렸다.

곧이어 디트의 방문이 열리는 소리가 들리고, 두 사람이 작게 속삭이는 소리가 들렸다. 사람들이 애써서 조용히 하려고 할 때 나는 그런 소리가 들렸다.

태린과 디트의 방 사이에 있는 문 틈새로 불빛이 새어 들어왔다.

"꼬맹이를 좀 확인해봐야겠어. 자기 방에 잘 있는지, 유괴범을 따라나선 건 아닌지 말이야."

문이 살짝 열리더니 디트의 머리가 불쑥 나타났다. 태린은 눈을 꼭 감고 숨소리를 작고 느리게 냈다.

잠시 후 문이 짤깍 하고 닫히는 소리가 났다.

"꼬맹이는 잘 있어. 갓난아기처럼. 이제 보니… 당신이야말로 꼭 아기 같군."

"아아, 디트, 당신은 너무 매력적이에요. 당신은 정말… 그러니까… 신사예요."

태린은 놀라서 하마터면 벌떡 일어날 뻔했다. 디트가 매력적이라고? 게다가 신사라고? 두 사람 다 많이 취한 게 분명했다.

태린은 눈을 감고 손가락으로 귀를 막았다. 잠시 후 손가락을 떼니, 디트의 방에서는 아무 소리도 나지 않았다. 그제야 태린은 피곤이 느껴졌다. 유괴범에 대한 두려움과 DNA 검사 결과에 대한 실망감으로 지칠 대로 지친 것이다.

이젠 부모님을 못 찾을 거야. 태린은 다시 혼자만의 생각에 빠졌다. 절대로 찾지 못할 거야.

태린은 잠 속으로 빠져들었다. 꿈속에 다시 초록빛 들판과 긴 시골길이 나왔다. 하얀 울타리, 바람에 살랑거리는 나뭇가지, 구름과 파란 하늘도 보였다. 곤충들이 왱왱거리는 소리도 들리고, 따스한 햇살이 얼굴에 내리쬐는 것도 느껴졌다. 잠시 후 누군가가 자기를 안고 살살 흔드는 것 같았다. 상큼한 향기가 풍기고 어떤 여자의 노랫소리가 들려왔다.

머나먼 푸른 들판으로
언젠가 돌아가리

언젠가.

태린은 깊이 잠들었다.

다음 날 디트가 커튼을 열어 햇빛이 비쳐 들자, 그제야 태린은 눈을 떴다.

"잠꾸러기 꼬맹이, 잘 잤냐? 아홉 시다. 아침 먹으러 가자."

태린은 일어나 앉아 눈을 비볐다.

"디트 삼촌…."

"응?"

"누구 다른 사람이 와 있어요?"

디트가 긴장한 눈초리로 태린을 보더니 이내 긴장을 풀었다.

"아니. 우리뿐이야. 왜?"

"밤에 다른 사람 목소리가 들린 것 같아서요."

"우리 때문에 깼었구나? 친구가 잠깐 커피 마시러 들렀다."

"아, 네."

"지금은 가고 없어."

"아, 알았어요."

그제야 태린은 디트가 여행 가방에 짐을 싸고 있는 걸 알아챘다.

"디트 삼촌, 뭘 하는 거예요?"

"꼬맹이, 이제 우린 다른 데로 갈 거야. 다른 도시로."

"또요? 하지만…."

"여기선 일을 다 봤어. 언젠가 다시 돌아오겠지만 지금은 일을 다 봤어."

"하지만…."

"하지만 뭐?"

"또 딴 데로 가는 건 싫어요. 계속 옮겨 다니고 있잖아요."

"왜 싫어? 여기나 거기나 다 똑같은데. 일단 가보자. 게다가…."

"뭐요?"

"더 괜찮은 일이 있을 거야."

"그게 무슨 말이에요?"

"내가 늘 말했지? 내가 널 돌볼 거고, 나한테 계획이 있다고. 그래, 계획대로 잘될 거야. 너도 곧 알게 될 거다."

"하지만…."

"자, 꼬맹이."

디트가 태린의 옷을 침대 위로 던졌다.

"씻고, 옷 입고, 짐 싸고, 아침 먹고, 그다음에 떠나는 거다."

"하지만…."

"뭐?"

태린은 디트한테 어젯밤 일을, 즉 자기를 쫓아온 그 유괴범에 대해 말해야 할지 고민이 되었다. 하지만 그걸 말하면 자기가 밤에 외출한 사실을 실토해야 하고, 왜 외출했는지 설명해야 할 것이다. 디트가 외출한 사이에 유괴범이 방으로 찾아왔다고, 아니면 창문으로 방 안을 들여다봤다고 거짓말을 꾸며내지 않는 한 말이다.

태린이 옷을 입고 있는데 옆방에서 디트의 핸드폰이 울렸다. 전화를 받은 디트의 목소리가 점점 커지며 화난 목소리로 바뀌었다.

"부인, 말도 안 돼요! 말도 안 돼! 부인 말투가 마음에 안 드네요. 부인 말투가 거슬린다고요! 저런, 마음대로 하세요. 네. 그러세요."

디트가 전화를 끊고 태린의 방으로 돌아왔다.

"꼬맹이, 들었지? 우릴 도둑으로 고소할 거란다! 자기 가방에서 500유닛이 없어졌는데, 그걸 우리가 훔쳤다는구나. 이런 말 하기 싫지만 정말 넌더리가 난다. 사람들은 그런 식으로 돈을 쉽게 벌려고 한다니까. 이미 셀 수조차 없이 많은 돈을 가졌으면서."

태린은 그 말이 디트한테도 똑같이 해당된다고 생각했지만 아무 대꾸도 하지 않았다.

"단돈 500유닛을 가지고 이 소동을 벌이다니. 분명히 돈은 옷장 뒤 어딘가에 떨어졌겠지. 그런데도 성실히 일해서 먹고사는 가난한 사람을 고소나 하고 말이야."

태린은 '성실히'라는 말에도 별로 믿음이 안 갔다.

"그래서 내가 그 여자한테 말했다. 고소하라고 했어!"

태린은 죄책감이 들면서도 다른 한편으로 마음이 놓였다. 디트가 자기를 감싸주고 의심을 하지 않으니까. 디트는 절대 고객의 돈을 훔치지 않을 사람이다. 디트가 고객에게 바가지를 씌우거나 속임수로 돈을 뜯어내거나 거짓말을 할 수는 있다. 하지만 대놓고 도둑질은 안 한다. 그것은 디트한테 너무 위험한 일이다. 영원히 신용을 잃고 동시에 고객을 모두 잃는 일이니까.

"그 여자한테 고소하라고 했다. 그렇게 말했어!"

디트는 여행 가방에 옷을 몇 벌 더 넣고 나서 방을 나섰다.

그날 아침 눈을 떴을 때, 키네인은 옷도 입고 부츠도 신은 채 누워 있었다. 키네인은 새로 돋은 턱수염을 쓰다듬어봤지만 귀찮아서 면도는 하지 않기로 했다. 곧바로 밖으로 나가 어젯밤 그 아이를 마지막으로 봤던 곳을 찾아가봤다. 그리고 조심스럽게 아이가 지나간 길을 되밟았다. 키네인은 한동안 그렇게 어슬렁거리면서 주변 도로를 샅샅이 살폈다.

어젯밤 아이가 멈춰 서서 들여다봤던 술집은 문이 닫혀 있었다. 한참 돌아다니던 키네인이 포기하려 할 때쯤, 어느 모퉁이에서 래피드 링크 모텔을 발견했다. 다른 도시들에서 묵어본 적이 있는 모텔 체인점이었다. 래피드 링크는 싸고 깨끗하고 편리한 데다 손님에게 아무것도 묻지 않았다. 그리고 일부 모텔은 완전히 자동화돼서 신용카드로 숙박 절차를 밟고, 카드식 열쇠를 이용하고, 아침에 포장해서 배달해주는 음식을 먹고(아니면 직접 갖다 먹을 수도 있고), 다음 날 아무도 만나지 않고도 모텔을 떠날 수 있었다.

계산대 근처에서 자루걸레로 타일 바닥을 밀고 있던 남자가 인사를 건넸다.

"안녕하세요?"

"네, 안녕하세요?"

"방을 빌리시려고요?"

"아뇨. 그냥 누구를 찾고 있습니다."

"아, 그래요?"

"여기에 빌릴 수 있는 아이가 있다고 들었습니다만."

청소부가 걸레질을 멈추더니 손수건을 꺼내 이마를 훔쳤다.

"빌릴 수 있는 아이라고요?"

그냥 추측일 뿐이었다. 키네인은 알 도리가 없었다. 하지만 진짜 부모라면 그렇게 늦은 시간에 아이 혼자 밖에 나가게 하지 않았을 것이다.(바로 키네인 같은 사람들 때문에.) 따라서 그 아이는 다른 사람에게 빌려주는 아이일 것이고, 부모가 아닌 다른 사람이 소유하고 있을 것이다. 자기 자식을 빌려주는 부모는 없을 테니까. 그리고 그 말은 그 아이가 여기저기 옮겨 다닌다는 뜻이고, 모텔에 숙박한다는 뜻이고, 또….

"아이를 빌리고 싶으세요?"

청소부의 물음에 키네인은 이렇게 답했다.

"제 아내가 빌리고 싶어 한답니다."

"그렇군요."

"오늘이 결혼기념일인데 우린 아이를 가질 수 없어서…."

"요즘 아이를 가질 수 있는 사람이 어디 있나요?"

청소부가 손수건을 주머니에 넣고 자루걸레에 몸을 기댔다. 일을 멈추고 잠깐 쉴 핑계가 생겨 즐거운 모양이었다.

"그래서 멋진 깜짝 선물을 준비하려는 겁니다."

"아, 우리 모텔에 어떤 남자랑 아이가 묵었는데 오늘 아침에 떠났어요. 그 남자는 자기가 그 아이 아빠라고 하더라고요."

제기랄. 순간 키네인은 화가 나고 짜증이 났다. 엉뚱한 데를 찾아다니느라 시간을 허비한 것이다. 한두 시간 전에 여기 왔어야 했는데.

"전화번호는 모르시죠?"

"네, 몰라요…."

청소부가 계산대 뒤로 갔다.

"아, 아니, 알아요. 여기 있어요. 그 남자가 명함을 남겼거든요. 전화번호가 있네요. 디트라는 이름도."

"옮겨 적어도 될까요?"

"그냥 명함을 가지세요. 계산을 끝냈으니 여긴 필요 없거든요."

"고맙습니다."

"별말씀을."

키네인은 명함을 챙겨 모텔에서 나왔다. 곧바로 숙소로 돌아와 짐을 꾸리고 숙박비를 지불한 다음 지하 주차장에 세워놓은 자동차에 올라탔다.

키네인은 도시 밖으로 차를 몰아 몇 킬로미터 떨어진 시골로 갔다. 지대가 높고 나무가 없는 지역으로. 여기라면 전화 연결이 잘 될 것이다.

키네인은 차 안에 앉아 기다렸다. 그들이 목적지에 도착할 때까지 잠시 기다렸다가 전화하자. 명함에 있는 그 번호로 자주 전화하거나 너무 빨리 전화하면 의심을 불러일으킬 것이다. 키네인은 그러고 싶지 않았다.

키네인은 라디오를 켜고 음악을 들었다. 그러다 마음이 차츰 불안해지자 밖으로 나가 들판 쪽으로 발걸음을 옮겼다. 잠시 후 키네인은 걸음을 멈추고 기지개를 켠 다음 주위를 둘러봤다. 어딘가 생각나는 데가 있었다. 그 들판, 새로 갈아놓은 땅, 쟁기 날이 땅속 깊숙이 파고들어 생긴 고랑, 나란히 줄지어 있는 고랑. 키네인은 기하학무늬 같은 이랑과 고랑이 어쩐지 마음에 들었다.

키네인은 주위 들판을 빙 둘러봤다. 갈아놓은 두둑이 똑바르고 일정했다. 트랙터가 방향을 틀어야 하는 귀퉁이에서도 두둑이 매끄럽게 구부러져 있었다. 키네인은 언덕 꼭대기까지 갔다. 그런데 언덕 너머에 또 다른 언덕이 나타났다. 더 나은 경치를 보여주겠다고 약속하듯. 그래서 키네인은 계속 걸어갔다.

키네인은 몇 시간을 그렇게 걸었다. 차로 돌아오니 배가 고프고 목이 말랐다. 그래서 마을로 차를 몰고 가서 상점을 찾아 먹을거리와 음료수를 좀 샀다. 그리고 또 다른 언덕 꼭대기로 차를 몰았는데, 그곳에도 고압선용 철탑이나 통신용 철탑이나 나무 같은 것이 하나도 없었다. 키네인은 핸드폰을 꺼내 위성통신용 거치대 위에 올려놓았다. 이 장비를 사는 데 수천 유닛이 들었다.

드디어 키네인은 모텔 청소부에게서 받은 명함을 꺼내 거기에 나와 있는 번호로 전화를 걸었다. 디트의 핸드폰이 울리기를 기다렸다. 하지만 울리지 않았다. 핸드폰이 꺼져 있었다.

“대도시군. 대도시야.”

그곳이 큰 도시라는 것이 너무나 분명한데도 디트는 쓸데없이 이렇게 말했다.

기차 안에서 태린은 창문에 머리를 기대고 밖을 내다봤다. 평소 디트는 지방의 작은 도시를 더 좋아했다. 자기 같은 물고기에겐 작은 연못이 더 어울린다면서. 태린은 디트가 왜 그런 작은 연못을 떠나 아스팔트, 벽돌, 콘크리트, 번쩍이는 유리창으로 뒤덮인 이 거대한 바다로 왔는지 궁금했다.

"꼬맹이, 장소를 적당히 이용하는 게 좋아. 한곳에 너무 오래 머물면 환영을 받기 어려워져. 반면에 새로운 곳에 가면 네가 새로운 사람이 되는 거야. 한곳에 오래 머물면 더는 새로운 사람이 아니게 되잖아. 그래서 최선의 방법은 계속 옮겨 다니는 거야."

하지만 대도시로 옮겨 온 것은 디트답지 않았다. 디트는 이곳에 오니 매우 긴장된다며 혼잣말처럼 이렇게 말했다.

"꼬맹이, 안 올 수가 없었다. 돈과 기회가 있는 곳이니까. 거래가 이루어지는 곳이니까. 거물들이 활개 치고 다니는 곳이니까."

드디어 두 사람은 기차역에 도착했고, 디트는 곧바로 택시를 잡아타고 래피드 링크 모텔로 가달라고 했다. 그 모텔은 엄청나게 비싼 유흥가에서 그리 멀지 않은 곳에 있었다.

"꼬맹이, 대도시 시세라는 게 있단다. 대도시에서 지내려면 여기 시세대로 돈을 내야 해. 로마에 가면 로마인처럼 돈을 내라…."

모텔에 짐을 풀자마자, 디트가 태린한테 새 옷을 사주겠다며 밖으로 나가자고 했다. 두 사람은 경전철을 타고 유명 디자이너들의 상점이 모여 있는 시내 중심가로 갔다. 그리고 어린이옷을 전문으로 판매하는 상점을 찾아갔다. 그곳의 옷은 품질이 뛰어날 뿐만 아니라 가격도 비쌌다. 하지만 디트에겐 지금 돈을 쓸 이유가 분명히 있었다.

그후 다섯 시쯤 되어 햄버거를 먹으러 갔는데, 그 자리에서 디트가 저녁에 약속이 있다고 통보했다.

"꼬맹이, 조금 있다가 누굴 만나러 갈 거야. 어떤 사람한테서 소개받았는데, 그 사람들이 널 만나고 싶대. 그 사람들 앞에서 점잖게 행동하면 좋겠다. 우린 백만장자들이 모여 사는 동네에 갈 거야. 거기선 양탄자에 과자 부스러기를 떨어뜨려도 안 되고, 식탁에 팔꿈치를 올려놔도 안 돼. 내 말 알아들었어?"

"정확히는 모르겠어요."

"꼬맹이, 이건 대단한 기회야. 한데 너한테 더는 말할 수 없구나. 무슨 일이 있어도 이 디트 삼촌을 믿어야 한다는 것만 잊지 마."

디트가 태린한테 윙크하고 다시 말을 이었다.

"내 말 듣고 있는 거지?"

"듣고 있어요. 하지만…."

"꼬맹이, 이것만 기억해둬. 지금 난 네 먼 미래를 고민하고 있어. 그러니 오늘 밤 무슨 일이 생기더라도 이 말만 꼭 기억해둬. 이 디트 삼촌이 널 저버리는 일은 없다는 걸. 알았니? 그곳에 내가 없어도 여전히 난 그곳에 있을 거야. 내 말 알아들었지?"

태린은 가끔 디트가 왜 할 말을 간단히 해버리지 않는지 궁금했다. 자기 말을 알아들었냐고 묻는 대신에 말이다. 규칙을 어기는데 너무 익숙해져서 이젠 솔직히 말할 수 없게 되었는지 모른다. 그래서인지 디트는 자기 속마음을 있는 그대로 밝히는 대신, 넌지시 내비치거나 모호하게 윙크나 고갯짓으로 나타냈다.

"꼬맹이, 그것만 꼭 기억해둬. 알았지? 이 디트 삼촌은 너를 포기하지 않을 거야. 지금 난 시간이 오래 걸리는 게임을 하고 있어.

계획대로 하고 있는 거야. 오늘 저녁에 무슨 일이 벌어지든 이 말을 명심해."

"뭐가 어떻게 되는 거예요? 우리가 어디 가는데요? 무슨 일이 벌어지는 거예요?"

"꼬맹이, 우린 그냥 지켜볼 거야. 그냥 지켜봐야 해. 너한테 언질이나 약속 같은 건 하고 싶지 않다. 말한 대로 안 될 수도 있으니까. 꼬맹이, 그냥 믿어. 우린 지켜보기만 할 거야. 자, 가자."

두 사람은 모텔로 돌아왔다. 디트는 태린한테 목욕하고 새로 산 옷으로 갈아입으라고 했다. 그리고 자기도 면도와 목욕을 하고 특별한 날에 입는 잿빛 양복으로 갈아입었다.

"꼬맹이, 작은 여행 가방도 챙겨라. 하룻밤 자고 올 수 있으니까 칫솔 같은 걸 챙겨 넣어."

디트는 여행 가방을 챙기지 않았다. 태린은 약간 이상하다는 생각이 들었다. 하지만 디트가 하는 일에 그런 생각이 들 때가 많아서 놀라지는 않았다.

저녁 7시가 다 되어 두 사람은 모텔에서 나왔다. 디트가 택시 기사에게 주소를 말했다. 퇴근 시간이라 도로가 꽉 막혀서 두 사람은 뒷자리에 가만히 앉아 그 시간을 견뎌야 했다. 물론 태린보다는 디트가 더 견디기 힘들었다. 디트의 눈은 요금이 계속 올라가는 미터기만 향하고 있었다.

디트가 주머니에서 핸드폰을 꺼냈다.

"꺼져 있군. 내가 언제 껐지?"

디트는 핸드폰을 켜고 음성과 문자 메시지를 확인한 뒤 다시 주머니에 넣었다.

드디어 택시가 호화로운 상류층 지역으로 들어섰다. '백만장자들이 모여 사는 동네'에 갈 거라던 디트의 말은 빈말이 아니었다. 그곳의 집들은 여러 층으로 되어 있는데 각 층이 높고, 지붕에는 빗물이 흐르는 홈통이 달려 있으며, 벽에는 우아한 내리닫이 창이 달려 있었다.

"꼬맹이, 여기 있는 집을 사려면, 글쎄, 돈으로 계산할 수 없을 만큼 큰 재산이 필요할 거다. 기사 양반, 18번지요."

택시가 멈춰 섰다. 디트가 택시 요금을 치르고 앞장서서 몇 걸음 걷더니 18번지라고 쓰인 문 앞에 섰다. 그 집도 다른 집들처럼 으리으리하고 창문이 벽에서 튀어나와 있었다. 디트가 문을 두들기자, 곧바로 안에서 발소리가 들렸다. 계단을 서둘러 내려오는 소리 같았다.

그때 전화벨이 울렸다. 디트가 핸드폰을 꺼내 들었다.

"이게 뭐야… 잘됐어! 때마침 아주 잘됐어!"

전화 건 사람의 번호를 확인하려고 액정 화면을 들여다봤지만 아무것도 뜨지 않았다. 발신자 번호 표시가 제한된 번호였다.

"여보세요? 누구세요?"

그런데 디트가 전화를 받자마자 전화가 끊겼다.

"이게 뭐야…."

그때 현관문이 열렸다. 디트는 서둘러 핸드폰을 주머니에 쑤셔 넣으며 태린한테 속삭였다.

"점잖게 굴어라, 꼬맹이. 점잖게 굴어야 해."

현관문이 열리자 어떤 남자가 나타났다.

"디트 씨, 맞습니까?"

남자는 그 집의 하인이거나 개인 비서인 듯했다.

“그냥 간단히… 네… 그래요. 저는 디트라고 하고… 여긴 제 아들입니다.”

“디트 씨, 어서 오세요. 하팅어 씨와 부인이 기다리고 계십니다.”

“그 말을 들으니 기쁘네요. 얘야, 들어가자. 집 안에 들어가기 전엔 신발을 털어야지.”

태린은 디트의 말대로 신발을 털고 안으로 들어갔다.

전화 통화는 짧았지만, 키네인이 디트의 핸드폰 위치를 알아내기엔 충분한 시간이었다. 위성통신용 장비 덕분에 디트의 핸드폰 위치를 위도와 경도로 정확히 알 수 있었다. 위치가 틀려봐야 몇 미터 안쪽이었다.

키네인은 그곳의 위도와 경도 좌표를 받아 적은 뒤 자동차 내비게이션에 입력했다. 가야 할 곳이 대도시라는 것을 알고 키네인은 가슴이 설레고 두근거렸다.

키네인은 시동을 걸고 천천히 출발했다. 그런데 얼마 뒤 도로를 가로질러 가는 소 떼 때문에 잠시 차를 세워야 했다. 소 떼는 들판에서 길 건너 농장의 착유장으로 향하고 있었다. 키네인은 가만히 앉아 소 떼가 지나가는 모습을 지켜봤다. 바둑무늬로 얼룩덜룩한 소들이 젖통을 흔들며 천천히 지나갔다. 모든 소가 귀에 식별 번호가 적힌 노란색 플라스틱 귀걸이를 달고 있었다.

“우리 마님들, 안녕하신가?”

차를 쳐다보는 호기심 가득한 소들의 얼굴과 큰 눈을 보며 키네인은 미소를 지었다.

창문을 내리자, 소 냄새가 차 안으로 밀려들었다. 뜨듯하고 코를 찌르는 가축 냄새가 여름풀의 향내와 뒤섞여 들어왔다. 하지만 소 특유의 냄새가 싫지는 않았다.

소 떼를 몰고 가던 주인이 차를 세워 미안하다고 사과했다.

"괜찮습니다. 서두를 것 없어요. 천천히 지나가게 하세요."

키네인은 정말로 전혀 개의치 않았다. 이제 자기가 어디로 갈지 알았으므로, 5분쯤 늦어도 상관없었다.

"가축 농사는 좀 어떤가요?"

"꽤 잘됐어요."

"유전자 변형 소인가요?"

"아니요. 순종이랍니다."

"겉보기에도 좋은 소들이네요."

"고맙소."

"이 소들을 보니 집 생각이 나네요."

"농부인가요?"

"오래전에는 그랬습니다. 아주 오래전에."

소 주인이 호기심에 가득 차 물었다.

"지금은 뭘 하는데요?"

"뭔가를 찾고 있습니다."

"그 일로 돈을 버나요?"

"돈이 될 거라고 봅니다."

"그럼 찾고 있는 걸 꼭 찾기 바랍니다."

그때 맨 마지막 소가 착유장 안으로 들어갔고, 소 주인이 문을 닫았다.

키네인은 고개를 끄덕였다.

"아무렴요. 꼭 찾아야죠."

키네인은 다시 차를 출발시켰다. 20분이 채 지나지 않아 5차선 고속도로가 나왔다. 키네인은 수많은 다른 차들과 함께 고속도로를 달렸다.

어느 다리 아래를 지나가는데, 과속 단속 카메라에서 불빛이 번쩍했다.

카메라에 찍힌 것은 키네인의 차가 아니었다. 추월 차선에 있던 다른 차였다. 그 운전자는 어리석게도 시속 140킬로미터가 넘는 속도로 질주하고 있었다.

키네인은 제한 속도를 엄격히 지켰다. 다른 사람들이 왜 제한 속도를 어겨서 말썽을 일으키는지 이해할 수 없었다. 키네인은 속도를 지키는 면에서는 준법 시민이었다. 토끼와 거북이의 경주에서 결국 목적지에 도착하는 방법은 꾸준히 가는 것이다. 여하튼 흔들림 없이 꾸준히 가는 것이다.

키네인은 흔들림 없이 꾸준히 동쪽으로 차를 몰았다. 해 질 녘이면 대도시에 도착할 것이다. 이제 키네인은 어디로 가야 하는지 정확히 알고 있었다.

이번에는, 그래, 이번에는, 운이 따를지 모른다.

애완용 아이

그 방은 널찍하고 천장도 높았다. 긴 소파가 두 개나 놓여 있고, 폭신한 안락의자도 여럿 있고, 창가 구석 자리에는 그랜드피아노가 놓여 있었다.

디트가 감탄의 눈빛으로 사방을 둘러봤다.

"꼬맹이, 돈 많이 들였구나."

그렇게 태린한테 속삭이고는 부유함을 나타내는 온갖 상징물들을 계속 살펴봤다. 값비싼 가구들이며 벽에 걸린 그림들, 두툼한 양탄자, 폭신하고 편안한 소파 등등.

태린은 그랜드피아노를 보러 다가갔다.

"꼬맹이, 아무것도 만지지 마라."

디트가 쓸데없이 주의를 줬다. 태린은 어떤 것도 만질 생각이 없는데 말이다. 태린은 남의 집에 가면 어떻게 행동해야 하는지 잘 알고 있었다. 이미 남의 집에 가볼 만큼 가봤으니까.

그랜드피아노 위에 놓인 악보에 눈길이 갔다. 겉장에 '왈츠와 전주곡'이라는 제목과 함께 '리처드 하팅어 지음'이라고 쓰여 있었다.

태린은 피아노 곁을 떠나 이번에는 책장을 살펴봤다. 책장은 바닥에서 천장까지 한쪽 벽을 가득 메우고 있었다. 책장 앞에는 맨 위 칸의 책을 꺼낼 수 있도록 사닥다리가 세워져 있었다.

태린은 자기 눈높이와 비슷한 칸에 가지런히 꽂혀 있는 책들을 살펴봤다. R. 하팅어라는 지은이 이름이 눈에 띄었다. 태린은 그가 '왈츠와 전주곡'을 지은 하팅어와 같은 사람인지 궁금했고, 이 집의 주인이자 자기들이 기다리고 있는 하팅어 씨와도 같은 사람인지 궁금했다.

태린은 벽에 걸린 그림을 보려고 걸음을 옮겼다. 추상화도 있고 전통적인 풍경화와 초상화도 있었는데, 그 그림들도 모두 R. 하팅어가 그린 것이었다.

잠시 후 태린은 디트를 쳐다보며 디트가 지금 무슨 생각을 하고 있을지 추측해봤다. 디트는 소파 끄트머리에 걸터앉아 있었다. 푹신한 소파에 깊숙이 앉아 편안함을 만끽할 수도 있을 텐데 말이다. 그리고 양손을 한데 모으고, 한쪽 엄지손톱으로 다른 쪽 손톱을 만지작거리고 있었다. 긴장되고 초조한 것 같았다. 하지만 달리 생각해보면 그것은 디트의 평상시 모습이기도 했다.

디트가 자기를 바라보는 태린을 발견하고 윙크를 했다. 그리고 나직이 속삭였다.

"꼬맹이, 이번 일이 우리에겐 큰 행운이 될 거야. 그러니까 아무것도 걱정하지 마. 그저 이 디트 삼촌을 믿고, 이 삼촌이 늘 널 지켜보고 있다는 것만 명심해. 알았지?"

태린은 고개를 끄덕인 뒤 디트가 앉아 있는 소파의 다른 쪽 끄트머리로 가 앉았다. 디트 바로 옆에 앉을 수도 있지만 그러고 싶지 않았다.

"이 집엔 몇 시간이나 있어야 해요?"

태린의 질문에 디트가 살짝 미소를 지었다.

"중요한 질문이구나. 아주 중요한 질문이야."

"한 시간요?"

디트가 웃었지만, 그게 왜 웃기는지는 말해주지 않았다.

"아마도."

"더 길어요?"

"그래, 더 길어질 수도 있어. 두고 보자."

"저녁 내내 있어야 해요?"

"어쩌면."

"작은 여행 가방은 왜 가져오라고 했어요?"

"만일을 위해서야. 그게 다야."

"이 사람들이 먼저 연락했어요?"

"꼬맹이, 더는 묻지 마라. 지금 일이 착착 진행되고 있어. 걱정할 것 없다."

"디트 삼촌…."

"뭐?"

태린은 마음을 바꾸었다.

"아무것도 아니에요."

그제야 태린은 이 도시에 도착하자마자 고객이 생긴 게 이상하다는 생각이 들었다. 정확히 말하면 오늘 저녁 이곳 사람들과 약속이 있어서 디트가 자기를 이 도시로 데려온 것 같았다.

태린은 불안해졌다. 새 옷이 몸에 꽉 죄는 것 같았다. 양손도 기분 나쁘게 축축해졌다.

드디어 문이 열리더니 어떤 남자와 여자가 들어왔다. 둘 다 키가 크고, 옷을 잘 차려입어 세련되어 보였다. 그리고 둘 다 노화 방지약을 먹고 있어서 정확한 나이는 알 수 없었다. 쉰 살쯤일 수도 있고, 그보다 백 살 더 많을지도 모른다.

"디트 씨…."

"하팅어 씨… 안녕하십니까?"

디트가 자리에서 일어나 바지에 손을 닦은 다음 하팅어 씨에게 손을 내밀었다.

"디트 씨, 만나서 반갑습니다."

말은 그렇게 했지만 하팅어 씨는 말과는 전혀 다른 표정과 몸짓을 보여줬다.

디트가 이번에는 하팅어 부인에게 손을 내밀었다.

"이쪽은 사모님이 틀림없지요?"

하팅어 부인이 디트의 손을 잡자마자 바로 놓고 중얼거렸다.

"디트 씨…."

그때 하팅어 씨가 끼어들었다.

"마실 걸 드릴까요?"

디트는 맥주를 달라고 할까 하다가 어쩐지 적절치 않은 요구 같아서 자리에 앉으며 그냥 이렇게 말했다.

"우린 괜찮습니다."

하팅어 씨가 태린을 바라봤다.

"이쪽은…?"

그제야 디트는 자기가 소개를 제대로 하지 않은 걸 알아채고 다시 자리에서 일어섰다.

"네, 그 아이입니다. 얘야, 일어나라."

태린은 아까부터 서 있었다.

"이쪽은 하팅어 씨와 하팅어 부인이란다."

"네가 태린이구나?" 하팅어 부인이 말했다.

"네."

"태린, 만나서 반갑구나."

하팅어 부인이 손을 내밀었다. 태린은 머뭇머뭇하며 그 손을 잡았다. 두 사람의 손가락이 닿았고, 잠시 후 하팅어 부인이 손을 빼냈다.

하팅어 씨가 태린을 향해 고개를 끄덕였다.

"그만 앉거라. 태린, 마실 걸 좀 줄까?"

태린이 레모네이드를 달라고 하자, 디트가 태린을 뚫어지게 쳐다봤다. 하지만 태린은 목이 말랐고, 하팅어 씨가 마실 것을 권하지 않았는가.

하팅어 씨가 태린한테 레모네이드를 따라준 다음, 부인과 자기 잔에도 음료수를 따랐다. 그리고 디트와 태린의 맞은편 소파에 앉았다. 네 사람이 앉은 자리가 정사각형 꼴이 되었다.

"제가 뭘 해드릴까요?" 태린이 물었다.

태린은 방 안의 침묵과 자기를 빤히 쳐다보는 하팅어 부부의 눈빛 때문에 숨이 막혔다.

"뭘 한다고?" 하팅어 씨가 물었다.

"네."

"우리한테 보여줄 장기라도 있니?"

"장기라뇨?"

그때 하팅어 부인이 웃으며 끼어들었다.

"우린 너한테 뭘 하라고 하지 않을 거야. 어쨌든 고맙구나. 넌 가만히 있으면 돼. 한데 왜 그렇게 물은 거니? 보통 뭘 하니?"

태린이 도움을 청하려고 디트를 쳐다봤지만, 디트는 아무 반응이 없었다. 태린은 창피해서 얼굴이 빨개진 걸 느꼈지만 자기가 무엇 때문에 창피한지는 알 수 없었다.

"가끔 사람들이 저한테 뭔가를 하라고 하거든요."

"뭘 하라고 하는데?" 하팅어 씨가 물었다.

"남자애가 할 법한 일들요."

"그게 뭔데?"

"뛰어 다니며 놀기. 정원에 나가서 놀기. 나무에 올라타기. 옷 더럽히기."

"옷 더럽히기라니!"

하팅어 부인이 웃음을 터뜨리면서 남편과 재미있다는 눈빛을 주고받았다.

"옷 더럽히기라니! 말도 안 돼. 옷을 더럽히라고 사람들이 돈을 준단 말이지?"

디트는 대화가 그런 식으로 흐르는 게 싫었다. 자기만 따돌림 당하는 것 같았다. 자기도 대화에 끼고 싶었다.

"태린은 옷을 잘 더럽히지 않는답니다."

"아, 괜찮아요, 디트 씨. 이 애가 옷을 얼마나 더럽히든 우린 신경 안 써요. 나중에 씻으면 되잖아요. 우린 그저… 그런 생각을 하다니!"

그러자 디트가 설명을 덧붙였다.

"부인, 그건 사람들이 좋아하는 것이고, 어떤 면에서는 기대하는 것이랍니다. 옛날 책에 남자애는 장난칠 궁리만 하고, 나무에 올라타고 옷을 더럽히기 좋아한다고 쓰여 있잖아요. 사람들이 옛날 책을 보고 그런 기대를 하는 거지요. 그래서 저는 태린한테 '고객들이 원하는 걸 해. 우린 고객을 즐겁게 해주러 온 거니까. 고객들이 네가 옷을 더럽히길 원하면 완전히 더럽혀' 하고 말한답니다."

"음, 그럼 여자애들은 어떤가요?"

"여자애들한테는 그런 걸 기대하지 않습니다. 여자애들한테는 아주 깔끔하게 놀기를 기대하지요. 저한테는 여자애가 없지만, 이쪽 업계 사람들을 알고 있어서 잘 압니다. 사람들이 여자애한테 기대하는 건 옷을 예쁘게 차려입거나 빵을 굽거나 자잘한 집안일을 하거나 인형을 가지고 노는 것이랍니다."

"참 희한하네요. 저는 어렸을 때 나무 오르는 걸 좋아했는데."

"부인, 사람들은 있는 그대로의 아이를 원하지 않는답니다. 아이가 옛날의 자기처럼 행동하길 원하거나, 자기가 하고 싶었는데 하지 못했던 일을 하길 원하지요."

"사람들은 진짜 아이를 원치 않는 것 같구먼." 하팅어 씨가 대꾸했다.

"그 말에 일리가 있는 것 같습니다, 나리."

디트는 고객을 '나리'라고 불러서 손해 날 일은 전혀 없다고 봤다.

"사람들은 진짜 아이를 원치 않는 것 같습니다. 진짜 아이는 골칫거리에 걱정거리니까요. 사람들은 그저 오후의 아이를 원할 뿐이지요. 옛날 이야기책에 나오는 대로 행동하다가 몇 시간 뒤 떠나는 그런 오후의 아이 말입니다."

"저런, 우린 그런 아이를 원하지 않아요."

"부인, 알고 있습니다. 여기 오기 전부터 이 애한테 말했습니다. 두 분은 고귀하고 품위 있는 분들이고, 오후의 아이를 바라는 게 아니라고요."

태린은 디트를 쳐다봤다. 디트는 그런 말을 하지 않았다.

"디트 씨, 이 애도 알고 있나요? 이 애한테 말해줬어요?"

"부인, 있는 그대로 말해주지는 않았습니다. 있는 그대로는 아닙니다. 저는 먼저 우리가 얘기를 나눠보고, 우리 모두 서로를 얼마나 좋아하는지 알아본 다음에 일을 진행하는 게 최선이라고 생각했습니다."

잠시 어색한 침묵이 흘렀다. 태린은 불안감에 마음이 몹시 괴로워졌다. 자기한테 무엇을 말하지 않은 걸까? 무슨 일이 벌어지고 있는 걸까? 지금 디트가 무슨 일을 꾸미고 있는 걸까?

하팅어 부인이 유쾌하게 말했다.

"태린, 괜찮다. 그렇게 걱정하지 않아도 돼. 우린 네가 찬성하지 않는 일은 절대 안 할 거야. 이 일은 너한테도 즐거운 일이어야 하니까."

"저기…."

태린은 목소리가 갈라지는 것 같아 부끄러웠다. 그래서 헛기침을 하고 다시 입을 열었다.

"그게… 정확히 무슨 뜻이에요?"

하팅어 부인이 남편을 건너다봤다. 태린도 하팅어 씨를 쳐다봤다. 하팅어 씨의 얼굴을 보니, 어떻게 음악을 작곡할 뿐 아니라 그 많은 책을 쓰고, 그림을 그릴 시간과 재능을 얻었는지 궁금했다.

드디어 하팅어 씨가 입을 열었다.

“태린, 우린 아들을 찾고 있단다.”

“아니면 딸.” 하팅어 부인이 덧붙였다.

“그래, 아이. 단순한 오후의 아이가 아니란다. 아이가 비싸긴 하지만, 글쎄, 우린 돈이 있고, 필요한 것이며 갖고 싶은 게 모두 있지. 그래서 돈을 달리 쓸 데가 없고… 해서 우린… 아이를 생각했단다….”

그때 하팅어 부인이 끼어들었고, 부부가 번갈아 가며 말했다.

“우린 여러 명의 아이를 만나봤단다.”

“그중 몇몇은 잘될 것 같았지.”

“한데 우리가 찾는 아이는 아니었어.”

“그래서 결정을 못 내렸지.”

“그후 여기저기 알아보고 있는 중에 디트 씨에 대해 들었단다. 물론 너에 대해서도. 그래서 디트 씨에게 와달라고 한 거야.”

태린은 등골이 오싹해졌다. 하팅어 부부가 말하는 방식 때문이었다. 부부는 태린이 이 자리에 없는 것처럼, 태린이 그저 하나의 물건인 것처럼 말했다. 하팅어 부부가 사려고 고민하는 수많은 사치품 가운데 자기가 맨 끝에 있는 물건이 된 것 같았다.

하팅어 부부는 지금 구입할 물건을 둘러보고 있는 중이었다. 이 모델을 살까, 아니면 저걸 살까? 어떤 색깔로 살까? 자기들끼리 이렇게 묻고 있는 것 같았다.

디트 삼촌이 나를 팔까?

소름이 끼쳤다. 태린은 디트를 빤히 쳐다봤다. 이해하기 어렵고 궁금하다는 뜻으로 눈을 치켜뜬 채.

말 좀 해봐요!

태린은 이해가 되지 않았다. 디트는 늘 자기를 가리켜 황금알을 낳는 거위라고 했다. 황금알을 낳는 거위는 팔지 않는다고 했다. 그런데 왜 마음을 바꿨을까? 상의 한 마디 없이 왜?

태린이 계속 자라고 있기 때문이다. 앞으로 겨우 몇 년만 지나면 태린은 다른 사람들과 똑같아질 것이다. 그래서 지금 태린을 팔려는 것이다. 태린이 아직 좋은 가격을 받을 수 있을 때.

태린은 방을 빙 둘러봤다. 하팅어 부부와 디트의 이야기가 태린에겐 더 이상 들리지 않았다. 태린은 가구들이며 실내장식, 골동품, 자잘한 장식품을 살펴봤다. 모든 것이 완벽했다. 모든 것이 멋있었다.

그때 한구석의 안락의자 위에 잠들어 있는 페르시아고양이가 눈에 들어왔다. 몸집이 크고 털이 복슬복슬한 고양이였다. 내내 그곳에 있었을 테지만 숨소리가 거의 들리지 않아 눈에 띄지 않은 것이다.

갑자기 고양이가 눈을 뜨고 몸을 쭉 펴더니 일어서서 등을 동그랗게 구부렸다. 털이 매끈하게 잘 다듬어져 있었다.

나도 저 고양이 같은 신세가 될 거야.

태린은 하팅어 부부를 쳐다봤다. 하팅어 부부는 고양이를 한 마리 더 원하고 있다. 하팅어 부부는 진짜 아이를 원한다고 하지만 진짜 아이가 어떤지는 모른다. 진짜 아이에겐 먹을거리와 따뜻한 옷과 집 이상의 것이 필요하다. 물론 먹을거리가 필요하지만 그건 일부에 지나지 않는다. 진짜 아이에게 필요한 것은 그보다 훨씬 더 복잡하다.

페르시아고양이가 의자에서 사뿐히 뛰어 내리더니 방을 가로질러 하팅어 부인의 무릎 위로 기어 올라갔다. 하팅어 부인이 털을 쓰다듬어주자 고양이는 기쁨에 겨워 그르렁거리기 시작했다.

하팅어 부부는 나한테도 그르렁거리기를 기대할 거야. 내가 그르렁거리지 않으면 실망하겠지.

디트 삼촌! 난 여기가 싫어요! 디트!

하지만 디트는 계속 잡담만 나누고 있었다.

디트 삼촌, 난 한 번에 한두 시간은 사람들이 원하는 모습으로 지낼 수 있지만 언제나 그렇게 지내진 못해요. 하루 24시간 내내 그렇게 지내진 못해요. 난 본래의 나로 지내야 해요.

여하튼 디트와 함께 있으면 태린은 본래의 자신이 될 수 있었다. 그날 해야 할 일을 끝내기만 하면 본래의 자신으로 돌아올 수 있었다.

디트 삼촌, 난 이 사람들과 함께 살 수 없어요. 난 이 사람들이 원하는 모습으로 살 수 없어요. 착하고, 깨끗하고, 단정하고, 점잖고, 말썽 피우지 않고, 쓰다듬어주면 가르랑거리고, 배고프면 야옹거리는 그런 모습으로 살 수 없어요. 난 애완동물이 아니에요. 애완동물이 아니라고요.

태린이 이런저런 생각에 빠져 있는데 디트의 목소리가 머릿속으로 밀고 들어왔다.

"그럼, 서로를 잘 알 수 있도록 잠시 시간을 드려야겠군요."

디트 삼촌, 안 돼요, 가지 마요.

문득 디트한테서 벗어나고 싶었던, 도망치고 싶었던 순간들이 떠올랐다. 디트가 갑자기 고꾸라져 죽기를 바랐던 시간들이 떠올랐다. 하지만 지금은 디트한테 착 달라붙어 있고 싶었다. 이 집에서 멀리 떠나 모텔 생활로 돌아가고 싶었다. 학습지로 공부하고, 햄버거를 먹고, 오후에 한 시간씩 아이 노릇을 하고, 늘 이리저리 옮겨 다니는 생활로 돌아가고 싶었다.

"디트 씨, 이곳을 편하게 생각하세요. 태린한테 집 구경을 시켜주는 동안 음료수도 따라 드시고요."

디트는 기쁜 마음으로 진열장을 훑어봤다. 고급 위스키가 잘 갖춰져 있었다. 직접 사려면 돈이 많이 드는 것들이었다.

"괜찮으시다면 그러겠습니다."

"당연히 괜찮죠. 태린, 넌 우리랑 집을 한 바퀴 둘러볼까?"

태린은 하팅어 부부가 기대하는 대로 고개를 끄덕이고 자리에서 일어났다.

하팅어 부부는 태린의 양쪽에 서서 태린을 응접실 밖으로 데려갔다. 맨 먼저 보여준 곳은 지하실에 있는 포도주 저장고와 고풍스러운 물건들이었다. 그런 다음 위층으로 데려갔다. 위층으로 올라가는 동안 태린 옆에서 하팅어 부인의 팔이 대롱거렸다. 태린은 하팅어 부인이 자기 손을 잡아주길 바란다는 걸 알았다. 엄마 손을 잡는 아들을 생각하면서.

하지만 태린은 그 손을 잡기 싫었다. 디트가 늘 말하는 '만지면 안 된다'는 규칙 때문만은 아니었다. 아무튼 하팅어 부인은 태린의 엄마가 아니고, 이 사실은 두 사람이 손을 잡는다 해도 바뀌지 않을 테니까.

태린이 내키지 않아 하는 걸 눈치챘는지 하팅어 부인이 바로 팔을 치웠다.

"여긴 네 방이 될 거야."

하팅어 부부가 문을 여니 모든 것이 갖춰진 방이 나타났다. 장난감이며 책, 컴퓨터, 텔레비전이 가득 차 있었다.

"마음에 드니?"

"네, 멋지네요. 아주 좋아요."

인형의 집처럼 좋고, 호화로운 감옥처럼 좋은 방.

세 사람은 복도를 지나 다시 응접실로 돌아왔다. 이제 디트는 위스키가 반쯤 채워진 큰 유리잔을 들고 소파에 푹 파묻혀 있었다. 아주 편안해 보였다.

세 사람이 응접실에 들어서자, 디트가 유리잔을 들어 보였다.

"나리, 말씀하신 대로 했습니다."

디트가 "건배!" 하고 외치기라도 하듯 유리잔을 들어 흔들더니 남은 위스키를 들이켰다. 그리고 빈 잔을 작은 탁자에 조심스레 올려놓았다.

"그럼 이제 얼마나 친해졌습니까?"

"아주 놀랄 만큼 친해진 것 같은데요. 태린, 그렇지?"

하팅어 씨가 이렇게 말하자 하팅어 부인이 고개를 끄덕였다.

태린이 뭐라고 할 수 있을까? 하팅어 부부는 분명 좋은 사람들이다. 하지만 태린은 모텔로 돌아가고 싶었다. 이 집은 너무 깨끗하고 단정하다. 병원 입원실이나 무균실 같다. 태린은 약간 지저분하고 더러운 곳, 디트가 마신 맥주 캔이 굴러다니는 그런 곳에 가고 싶었다.

"네, 친해졌어요. 그리고 이 집이 아주 멋져요."

"디트 씨, 우리도 태린이 마음에 들어요. 태린은 정말 괜찮은 아이 같아요. 점잖고, 예의 바르고, 전혀 시끄럽지 않고, 깔끔하고…."

이걸로 살게요.

한 번 시험으로 몰아봤는데 마음에 드네요. 그러니 이 자동차로 하지요!

정말로 그게 다일까? 태린은 사고파는 물건에 불과한 걸까?

페르시아고양이가 다가오더니 태린의 무릎 위로 뛰어 오르려 했다. 태린은 팔짱을 끼고 몸을 옆으로 살짝 틀었다. 고양이가 소리 없이 멀어지더니 디트의 무릎 위로 뛰어 올라갔다.

"어이! 예쁜 야옹이!"

그때 태린은 작은 여행 가방이 생각났다. 디트가 그 가방을 현관 복도에 내려놓았다. *"꼬맹이, 작은 여행 가방도 챙겨라. 만일을 위해."* 하지만 태린만이었다. 디트는 여행 가방을 챙기지 않았다.

디트는 오늘 밤 이 집에 태린을 남겨두기로 작정한 걸까? 이 모든 일이 이렇게 빨리, 이렇게 갑자기 벌어질 수는 없지 않나.

"그런데 디트 씨, 우리끼리 먼저 의논을 해보고 싶은데요."

"부인, 당연히 그래야지요. 다만 한마디 말씀드리자면, 고민은 그리 길게 하지 않으시는 게 좋을 겁니다. 아이한테 관심을 보이는 사람들이 또 있거든요."

디트는 또 거짓말을 하고 있었다. 가격을 올리고, 결정을 빨리 내리게 하려고 거짓말을 하고 있었다.

하지만 하팅어 부부는 디트의 속마음을 꿰뚫어봤다. 부부는 너무 많이 알고, 너무 부유하고, 너무 노련했다. 디트 같은 사람에게 속아 돈을 쓸 사람들이 아니었다.

"저런, 이미 다른 사람과 약속이 되어 있다면…."

그러자 디트가 흠칫했다.

"아니, 아니, 그런 말이 아닙니다. 그런 말이 아니라…."

디트가 자리에서 일어섰다.

"이 문제를 생각할 시간을 달라고 하셨지요? 하룻밤 주무시면서 생각하신다고요?"

"그래요. 그렇게 합시다."

태린은 처형되기로 한 날 밤에 집행 유예를 받은 것 같았다.

"두 분께 제 전화번호가 있지요?"

"그래요. 내일 연락하겠소."

"참, 태린, 넌 어떠냐? 궁금한 게 있니?"

"네. 하팅어 씨가 직접 이 모든 책을 쓰고, 음악을 작곡하고, 그림도 그렸나요?"

"그렇단다."

"어떻게요?"

"인생은 길단다. 긴 인생은 무엇으로든 채워져야 하지. 난 처음 50년 동안은 음악을 작곡했고, 그다음엔 책을 썼고, 지금은 그림을 그린단다."

"그걸 모두 배웠나요?"

"너도 시간이 충분하면 무엇이든 배울 수 있을 거야. 사실 우린 시간이 충분하잖아."

태린과 디트는 하팅어 부부의 개인 비서, 즉 집사의 배웅을 받고 그 집을 나왔다. 태린은 잊지 않고 현관 복도에 놓아둔 여행 가방을 챙겼다.

이제 디트는 택시 요금으로 돈을 더 쓰고 싶지 않아서 이렇게 말했다.

“갈 때는 경전철을 타자. 그전에 햄버거부터 먹고.”

두 사람은 햄버거 가게를 찾아 1킬로미터 넘게 걸었다. 하팅어 부부가 사는 동네에는 햄버거 가게가 한 곳도 없었다. 한적한 포도주 전문 술집과 최고급 음식점뿐이었다.

햄버거 가게에서 디트와 태린은 작은 탁자를 사이에 두고 앉았다. 태린은 별로 배고프지 않아 음식을 깨작이기만 했다.

“꼬맹이, 왜 그래?”

“나를 팔 거예요? 그 사람들한테?”

디트는 화가 난 것 같았다.

“널 팔아? 내가 널? 이제껏 함께 살아온 널 팔아? 내가 아들 같은 널 팔 것 같냐?”

“그럼 안 팔 거예요?”

“꼬맹이, 중요한 건 너를 팔고 안 팔고의 문제가 아니야. 더 중요한 건 이제 너한테 좋은 가정을 찾아주는 거야. 넌 계속 떠돌아다니는 이런 삶보다 더 나은 삶을 누릴 때가 됐어.”

“하지만 내가 떠나면 혼자 어떻게 살려고요?”

“난 괜찮을 거야.”

디트는 그 문제에 대해 더 말하기 싫어하는 것 같았지만, 태린은 계속 물고 늘어졌다.

“황금알을 낳는 거위는 어떡할 거예요?”

“그래, 꼬맹이, 솔직히 말하마. 네가 얼마나 더 갈 거 같냐? 앞으로 몇 년은 최고의 인기를 누리겠지만 그다음엔 아무도 너를 원치 않을 거야. 넌 더 이상 귀엽지 않을 거야. 키도 몸집도 너무 커지겠지. 그렇다면 우린 어떻게 해야 할까? 그래, 피피 이식을 받게 해서 너를 영원히 아이로 남게 할 수 있지만, 이식을 받는 데 필요한 돈이 없지. 그렇다면 어떻게 해야 할까? 너한테 좋은 가정을 찾아주든지, 아니면 네가 다 자랄 때까지 계속 사람들한테 너를 빌려주든지 둘 중 하나일 거야. 네가 다 자라면 어떻게 될까?"

"어떻게 되는데요?"

"따로 제 갈 길을 가야지. 네가 한 푼도 벌지 않으면 난 너를 먹여 살릴 수 없어. 난 자선사업가가 아니거든. 네가 다 자라서 사람들이 더 이상 너를 원치 않으면, 휴우, 그때는 네가 스스로를 돌봐야 해."

"어떻게요?"

"일자리를 찾아야지. 우리처럼."

"내가 무슨 일을 하죠?"

디트가 어깨를 으쓱했다.

"피피 이식을 받으면 넌 돈을 계속 벌 수 있어."

"그래도 아이로 영원히 사는 건 싫어요."

"그렇다면 넌 어른으로서 세상과 마주해야겠지. 내가 하팅어 씨 집에 너를 들여놓으면, 넌 남보다 유리한 위치에 서게 돼. 하팅어 부부는 늙었어. 노화 방지 약을 먹어도 영원히 살지는 못하잖아. 그렇다면 그 부부는 재산을 누구한테 남길까? 그 부부가 너를 좋아하게 해봐. 아직 어릴 때 귀염과 애교를 한껏 부려보란 말이야. 그럼 네가 커도 그 부부는 너를 계속 옆에 둘 거야. 음, 그건 어미 고양이와 새끼 고양이 같은 거야."

태린은 손도 대지 않은 자기 몫의 햄버거를 내려다봤다. 자라서 어른이 된다는 게 약간 겁이 났다. 어떻게 해야 할까? 디트는 태린한테 아이 노릇을 하는 법 외엔 아무것도 가르쳐주지 않았다. 누가 나를 도와줄까? 나는 어디로 가야 할까?

결국 하팅어 부부를 선택하는 게 나쁘지 않을지도 모른다. 하팅어 부부는 훌륭하고 점잖고 친절하고 부유하고 너그러워 보였다. 태린은 그 집에서 평생토록 살 수 있을지 모른다.

그래, 고양이가 되는 게 나쁘지 않을지도 모른다.

"꼬맹이, 내가 염려하는 건 바로 너야. 한시라도 이걸 잊지 마. 그 감자튀김은 안 먹을 거야?"

"배가 안 고파요."

"그래도 좀 먹어둬. 기운 떨어지니까."

"오늘 밤은 배가 안 고파요."

디트가 태린 몫의 감자튀김을 먹었다.

"디트 삼촌…."

"왜?"

"앞으로 어떻게 할 거예요?"

"나?"

"네."

"그게 무슨 말이냐?"

"내가 떠나면요."

태린이 떠나면 디트는 직업을 잃게 된다.

"음, 그럭저럭 살아갈 거야."

"어떻게요?"

디트가 이를 드러내고 싱긋 웃었다.

"아, 뭔가 할 일이 생각나겠지."

그러고는 태린 쪽으로 몸을 숙이더니 빙그레 웃으며 속내를 털어놓았다.

"이봐, 꼬맹이, 더 이상은 말해줄 수 없어. 더 말해주고 싶지만, 네가 실수로 비밀을 털어놓을 수 있으니까. 다만 이 디트 삼촌이 계속 너를 지켜보고 있다는 걸 잊지 마. 앞으로 하팅어 부부 집에서 살게 되면, 거기서 무슨 일이 벌어져도 놀라지 마. 알았지?"

"무슨 일요? 무슨 일이 벌어지는데요?"

"말해줄 수 없어. 그래도 꼬맹이, 이것만은 명심해라. 이 디트 삼촌이 너를 지켜보고 있다는 걸. 내가 너를 잊어버렸다고 생각될 때가 있을 거야. 하지만 내가 그곳에 없는 것 같아도 난 여전히 그곳에 있을 거야. 알았어?"

태린은 알 수 없었지만 디트의 말을 끊으려고 고개를 끄덕이며 이렇게 말했다.

"그럼요. 알았어요."

두 사람은 모텔로 돌아왔고, 디트가 샤워하고 옷을 갈아입는 동안 태린은 공부를 조금 했다.

태린의 방에 들른 디트가 잠시 외출할 거라고 말했다. 밤마다 있는 일이었다.

"꼬맹이, 문 꼭 잠가라. 누가 와서 문을 두들겨도 절대 열어주지 마."

"알아요."

"꼬맹이, 유괴범들을 조심해."

"그럼요."

디트가 밖으로 나가서 조심스럽게 방문을 닫았다. 디트의 발소리가 복도를 따라 멀어져갔다.

태린은 곧장 욕실로 들어가 뜨거운 비눗물에 몸을 담그고 천장을 올려다봤다. 디트가 자기를 얼마에 팔지 궁금했다. 하팅어 부부가 자기를 가지려고 얼마를 낼지 궁금했다. 태린은 양쪽이 옥신각신하며 흥정하는 모습을 그려봤다. 디트는 보통보다 높은 가격을 요구하며 흥정하려 들 것이고, 하팅어 부부는 이를 냉담히 거절하고 좀 더 상식적인 가격을 제시할 것이다.

태린은 아직은 자기가 큰돈이 된다는 사실에, 희한하게도 기분이 좋아져 싱긋 웃음이 났다.

은밀한 거래

키네인은 차를 세우고 주위를 둘러봤다. 그곳은 부자 동네라서 보안등과 감시 카메라, 경찰서와 연결된 경보 장치가 잘 갖춰져 있었다. 래피드 링크 모텔에 묵으면서 아이를 빌려주는 일로 먹고사는 디트라는 남자가 있을 만한 곳이 아니었다.

키네인은 위성통신용 장비가 알려준 위도와 경도 위치를 다시 확인했다. 분명 디트가 키네인의 전화를 받은 장소가 맞았다. 위성통신용 장비에서 보내는 위치는 오차가 5미터 이내로 대체로 정확했다. 그 아이를 다시 빌려주는 중이겠지. 키네인은 차창 밖을 유심히 살피면서 어느 집에서 아이를 빌렸을지 생각해봤다.

그 아이는 값이 얼마나 할까? 키네인은 재빨리 계산을 해봤다. 최소한 100만 유닛은 받을 것이다. 아니 150만, 아니 아이가 빨리 자라지 않으면 200만 유닛도 받을 것이다.

200만이라. 그 가격이면 다른 사람도 그 아이를 뒤쫓고 있을 게 분명했다. 키네인 혼자서만 쫓고 있을 리 없었다.

키네인은 백미러로 도로 뒤쪽을 살폈다. 차 한 대가 차폭등만 켠 채 천천히 다가오고 있었다.

역시, 키네인 혼자서만 쫓고 있을 리 없었다. 200만이라면.

그 차가 다가오더니 운전자가 키네인 쪽을 슬쩍 쳐다봤다. 왜 키네인이 차를 세우고 어둠 속에 있는지 궁금했을 것이다.

키네인 옆을 지나친 차가 직진하더니 도로 끝에 이르러 좌회전했다. 그 운전자는 순진해 보이긴 했지만 그런 건 상관없지 않은가? 유괴범은 아무나 될 수 있다. 꿀단지에 꼬이는 파리들. 꽃에 날아드는 벌들. 그 아이를 뒤쫓는 다른 사람이 틀림없이 있을 것이다.

키네인은 바로 맞은편에 있는 으리으리한 집을 쳐다보며 아이를 데려간 집이 저 집이 아닐까 하고 생각했다. 그렇다면 몰래 들어가기가 엄청나게 어렵겠다는 생각이 들었다. 저런 집에 어떻게 들어가겠는가? 더욱 중요한 건, 저런 집에서 순순히 따라오기 싫어하는 아이를 어떻게 데리고 나오겠는가? 힘차게 발로 차고 입으로 물어뜯는 아이를 어떻게 데리고 나온단 말인가? 고래고래 소리도 지를 텐데.

집에 들어가지 못한다면 길거리에서 아이를 붙잡을 수도 있다. 아이가 집 밖으로 나올 때나, 외출했다가 집으로 돌아갈 때. 그게 아니면 아이를 밖으로 꾀어낼 수도 있다.

그래, 새끼 고양이. 예전에 성공한 적이 있으니 이번에도 성공할지 모른다. 새끼 고양이를 데려와 집 밖에 두면 된다. 아이가 고양이 울음소리를 듣고 밖으로 나오도록 꾀는 것이다.

아이가 나와서 고양이를 잡을 때, 아이가 상황을 알아채기도 전에 차 트렁크에 실으면 된다. 가엾은 새끼 고양이는 계속해서 야옹야옹 울어댈 것이고, 마침내 누군가 뛰쳐나와 이렇게 소리칠 것이다. "아이가 어디로 갔지?!"

그래, 새끼 고양이라면 통할지 모른다. 이 방법은 투박하고 초보적이다. 치밀하지 않다. 하지만 이 방법을 비웃어서는 안 된다. 이 방법은 여전히 통할 수 있다. 누군가에겐 늘 새로우니까. 매순간 아이가 태어나고 있으니까. 아니, 사실 이건 옛날 일이다.

이젠 순진한 사람들이 별로 없다는 생각에 키네인은 씁쓸한 미소를 지었다. 사람들은 기나긴 삶을 살아가면서 점점 약삭빨라지고 더욱 음흉해졌다. 부자는 더욱 부유해지고, 사기꾼은 더욱 악랄해졌다. 대체로 뭔가를 오래 하면 할수록 그 일에 점점 더 능숙해지는 법이다.

귀하고, 소중하고, 순진한 것은 이 세상의 어린이들이다.

옛날에 키네인을 가르쳤던 선생님이 "어린 시절은 귀하고 소중하단다"라고 말한 적이 있었다. 그 선생님은 실상을 아무것도 몰랐다. 아주 일부밖에 알지 못했다. 그런데도 참으로 옳은 말이었다.

키네인은 백미러로 자기 얼굴을 살펴봤다. 주름살이 가득한 피부가 나이를 드러내고 있었다. 키네인은 평균치를 넘는 게 아무것도 없지만 호기심에 찬 눈빛만은 잃지 않고 있었다.

"이봐, 아직 노화 방지 약을 안 먹고 있군? 노화 방지 약을 먹으면 더 늙지 않겠지만 예전의 눈빛을 유지하진 못하겠지. 그래도 가죽만 남기 전에 조만간 노화 방지 약을 먹는 게 좋겠어."

여하튼 노화 방지 약을 먹지 않아 주름살이 너무 많은 사람이 있다면, 사람들이 무례하게 빤히 쳐다보진 않는다 해도 속으로는 이상한 사람으로 여길 것이다. 사실 늙고 주름진 얼굴을 한 사람들은 진짜 젊은 사람들만큼이나 보기가 힘들다. 그리고 그런 모습을 좋아하는 사람도 거의 없다.

"오, 구역질 나! 역겨워! 저것 좀 봐!"

'노인과 어린이 박물관'에서 전시된 사진을 보며 관객들이 수군대던 소리가 떠올랐다. 어느 날 오후, 빈 시간을 보내러 그곳에 갔을 때였다. 박물관에는 예전에 찍은 할머니들과 할아버지들 사진이 전시되어 있었는데, 그분들 얼굴은 바짝 말라서 쩍쩍 갈라진 진흙 같았다. 주름살은 깊게 패어 있고, 눈빛은 희끄무레하고, 피부는 축 늘어져 있었다.

이제 사람들은 160년 전, 그러니까 마흔 살이던 때와 똑같은 얼굴을 하고 죽는다. 한 세기 반이 넘는 시간 동안 수많은 일을 겪으며 살았는데도 사람들에겐 흔적 하나 남지 않는다.

그것이 바로 노화 방지 약이 하는 일이다. 노화 방지 약은 붓끝에서 물감을 빼내고, 연필에서 심을 빼버린다. 그래서 붓과 연필이 종이 위에서 계속 움직여봤자 흔적이 하나도 남지 않는다. 캔버스와 종이가 그대로 백지로 남아 있는 것이다.

키네인은 뭔가 칠해진 얼굴이 더 좋았다. 약간의 화장을 한 얼굴, 시간으로만 할 수 있는 화장을 한 얼굴 말이다.

그때 도로를 순찰하는 경찰차 한 대가 눈에 띄었다. 키네인은 밖에서 보이지 않도록 몸을 더 아래로 미끄러뜨렸다가 다시 몸을 일으켜 경찰차가 모퉁이를 돌아가는 모습을 지켜봤다.

이제 가야 할 시간. 키네인은 차 시동을 걸었다.

이쪽 업계에서는 돈을 벌기까지 시간이 오래 걸린다. 찾으려는 걸 찾지 못하고, 원하는 걸 얻지 못한 채 몇 달이나 몇 년을 흘려보낼 수도 있다.

그러나 다른 한편으로는 유모차에서 낚아채 온 아이가 에누리

없이 꼬박 600만 유닛을 안겨줄 걸 생각하면 인내의 기술, 끈기의 기술, 지켜보며 기다리는 기술은 충분히 배울 만한 가치가 있다.

조용히 떠나는 기술도.

다시 돌아오는 기술도.

디트는 새벽에 돌아온 게 분명했다. 태린은 어젯밤에 디트가 돌아오는 소리를 듣지 못했는데, 아침에 일어나 보니 디트의 코고는 소리가 들렸다.

태린은 까치발로 걸어가 자기 방과 디트의 방을 연결하는 문을 조용히 닫았다. 태린은 더는 하팅어 부부에 대해 생각하기 싫었다. 그래서 텔레비전을 켜고 소리를 줄인 다음 어린이용 만화영화를 봤다. 이젠 이런 만화영화를 볼 아이가 거의 없지만 방송사들은 그와 상관없이 계속 재방송을 내보냈다. 그래서 어른들이 대신 만화영화를 봤다. 게다가 요즘은 어른들이 공원에서 그네를 타거나 회전목마를 타며 어지러워하는 모습도 보였다. 어른들은 무턱대고 회전목마를 빙빙 돌리기도 하고, 이따금 회전목마에서 튕겨 나와 팔꿈치나 무릎이 까지기도 했다.

우리가 어렸을 적에는
말하는 것이나
생각하는 것이나
판단하는 것이나
모두 다 어렸지만
어른이 되어서는

어렸을 적 말이나 생각이나 판단을
모두 다 내버렸습니다.

글쎄, 성서에 나오는 이 말은 성서가 쓰인 그 시절에는 사실이었는지 모른다. 하지만 이제 더는 사실이 아니다.

디트는 한 시간쯤 뒤에 일어났다. 몸을 비틀거리며 태린의 방으로 오더니 면도와 샤워를 하고 셔츠를 갈아입겠다고 했다.

"꼬맹이, 넌 그냥 세수만 해라. 나가서 아침 먹자."

샤워를 하고 다시 나타난 디트는 모습이나 냄새가 조금 나아졌다. 땀이 나는 걸 막아주는 지한제와 로션, 치약 냄새가 한데 섞여서 싸한 소나무 냄새가 났다.

"이제 나가서 음식점을 찾아볼까?"

디트가 앞장서서 길거리로 나섰다. 디트가 말하는 음식점은 공사장 일꾼들이 즐겨 찾는 싸구려 음식점을 뜻했다. 그곳에서는 아침식사로 베이컨을 수북이 주고, 소시지와 달걀, 감자튀김, 버섯튀김, 홍차를 줬다.

"여기서 먹자."

두 사람은 처음 눈에 띈 음식점으로 들어갔다. 디트가 먹고 싶은 것을 묻자 태린은 달걀과 콩 요리를 주문했다. 그때까지도 태린의 머릿속에 하팅어 부부가 들어오려 했지만 억지로 막아냈다.

"오늘 일해요?"

디트가 교활한 눈빛을 지어 보였다.

"아직 아무하고도 약속이 없다."

"왜요?"

"오늘 하루 동안 기다리면서 지켜보기로 했거든."

디트가 여기까지 말하고는 태린한테 윙크를 했다.

"하팅어 부부 말이다. 미끼를 무는지 지켜보자."

태린은 달걀과 콩 요리를 먹고 오렌지 주스를 마셨다.

"저기, 그러니까 내가 번 돈을 몽땅 쓰지 않고 저축했다면…."

디트가 태린의 말을 가로막았다.

"꼬맹이, 네가 돈에 대해 뭘 안다고 떠들어?"

"아니, 내가 말하려는 건…."

"거참, 넌 말할 필요 없어."

"지금쯤 꽤 살림이 넉넉해졌을 거라는 거예요. 우리만의 공간도 가졌을 거예요. 우리만의 집, 진짜 가정, 가족 같은 것 말이에요…."

"넌 이미 가족이 있잖아. 내가 네 가족이야, 안 그래? 그러니까 입 다물어."

태린은 창밖으로 고개를 돌렸다. 이 도시 역시 다른 도시들과 다름없어 보였다. 다른 게 있다면 이곳 사람들은 더 빨리 말하고, 더 급히 움직이고, 성질도 더 급하고, 더 허둥대는 것 같았다.

"디트 삼촌, 저기 좀 봐요."

태린은 길 건너편을 가리켰다. 아직 네온 불빛이 켜지지 않은 커다란 광고판이 보였다. 밤에는 화려하게 살아나지만 낮에는 불이 꺼져 있어 활기가 없는 광고판.

"아하, 놀라운걸! 미스 버지니아한테 경쟁자가 있었네!"

그곳은 나이트클럽이었다. 불 꺼진 네온등 아래에는 형광색으로 인쇄된 포스터가 붙어 있었다.

포스터에는 '미스 다비나 '보보' 핍, 세상에서 가장 귀여운 아이'라고 쓰여 있고, 예쁜 여자아이 사진이 붙어 있었다. 그 아이는 온몸을 리본과 나비매듭으로 장식했는데, 미스 버지니아보다 예뻤다.

"꼬맹이, 적어도 마흔 살은 됐겠다. 순회공연을 하는 모양이네."

태린은 사진을 뚫어지게 쳐다봤다. 사진 속 여자아이가 마흔 살일 거라고는 도무지 믿어지지 않았다. 무척 귀엽고, 무척 예쁘고, 무척 어려 보였다.

"저 사람도 피피 이식을 받은 거예요?"

"틀림없어. 너, 저 애가 벌고 있는 돈을 생각해봐."

하지만 태린이 그 돈을 헤아려보고, 얼마간의 돈이 영원히 아이로 살아갈 만큼의 가치가 있을지를 생각하기도 전에 디트의 새 핸드폰이 울렸다.

"전화 왔어요."

"알아."

"어제 왜 핸드폰을 새로 샀어요?"

"공짜로 업그레이드를 받은 거야."

"그럼 옛날 것은 내가 써도 돼요?"

"아니. 통신회사에서 가져갔다. 그만, 쉿! 전화 받을 거야!"

전화할 사람은 한 명밖에 없었다. 디트가 새 전화번호를 알려준 사람은 딱 한 명뿐일 테니까.

"하팅어 씨, 안녕하세요? 밤새 별일 없으셨지요? 네, 물론이지요. 제가 디트입니다. 아니, 디트 씨가 아닙니다. 그냥 디트예요. 사람들이 수표를 지불할 때도 그냥 디트라고만 적는답니다. 하하! 맞습니다."

태린은 얼굴을 살짝 찡그렸다. 디트가 이렇게 시시한 농담을 하고 아부를 할 때면 늘 진저리가 났다. 디트는 돈 가진 사람들의 호의와 돈을 얻으려고 달콤한 말과 협박을 동시에 사용했다.

"하팅어 씨, 그럼 뭘 도와드릴까요? 단순한 안부 전화는 아닌 것 같은데요. 혹시 어젯밤에 저한테 물어보지 못한 게 있나요? 더 자세히 알고 싶으신 게 있나요?"

디트가 태린한테 윙크를 했는데, "물고기가 걸려들었어. 미끼를 물었다고. 우린 봉 잡은 거야"라고 말하는 것 같았다.

"두 분이 의논하셨습니까? 아아, 그 말을 들으니 반갑네요. 선생님과 사모님이 함께 말이지요? 그래요, 주제 넘는 말입니다만 서로 의논해 결정하는 게 현명하지요. 화목하게 지내려면 앞으로 생길 충돌을 막아야 한다는 게 평소 제 생각입니다."

디트가 태린한테 또 윙크를 했다.

"그래서 아직 관심 있으신가요? 제안을 하고 싶으시다고요? 아직 그 아이가 가능하면 말이지요? 음… 조금 전에 다른 문의 전화를 받고 있었답니다. 다른 사람들도 제안을 해왔지요. 하지만 하팅어 씨 연락이 오기 전에는 어떤 제안도 받아들이지 않고, 어디에도 서명하지 않겠다고 분명히 말했습니다."

디트가 손으로 핸드폰을 가리고는 아주 기분 좋은 목소리로 태린한테 속삭였다.

"꼬맹이, 이 사람이 네 가격을 더 높일 거야."

태린이 그 일을 기뻐해야 한다는 듯이 디트가 다시 윙크했다. 사람이 높은 가격에 팔리는 게 기뻐할 일인가? 태린은 등골이 오싹했다. 마음속으로 깊은 분노가 느껴졌다.

난 어떻게 되는 거예요? 난 어떻게 되냐고요? 태린은 속으로 소리쳤다. *난 안 갈 거예요. 그 큰 집에서 그 사람들하고 살지 않을 거예요. 난 안 갈 거예요.*

태린은 디트를 쳐다봤다. 한 번도 말끔히 깎은 적 없는 디트의 짧은 턱수염을 보고, 하팅어 씨와 협상하는 디트의 음흉한 표정을 봤다. 태린은 그 집에 가지 않는다면 이제 방법은 이것뿐이라는 생각이 들었다. 그래, 바로 이것이다.

"그래요, 그 가격이면 적당한 것 같습니다…."

디트 삼촌, 난 집에 가고 싶어요. 집에 가면 안 되나요? 우리 집이 어디 있는지 알아요?

태린이 이런 질문을 하면 디트는 늘 화를 냈다. 이봐, 난 몰라. 모른다고. 너를 도와줄 수 없어.

진짜 우리 집은 어디예요?

이 모텔이지. 이 모텔이 뭐가 어때서? 넌 고마워해야 해. 채널이 549개나 있는 텔레비전도 있고, 침대 옆에는 기드온 성서도 있어. 이 방이 뭐가 어때서 그래?

나도 엄마랑 아빠가 있나요?

물론 있었지. 예전에.

부모님한테 무슨 일이 생겼나요?

꼬맹이, 난 모른다.

부모님이 나를 사랑했나요?

물론 그랬겠지.

부모님이 나를 팔았나요? 나를 사랑했다면서 왜 팔았죠?

꼬맹이, 너희 부모님은 가난하게 살았는지 몰라. 누가 알겠어.

너희 부모님이 너를 팔지 않았는지도 몰라. 부모님이 자동차 사고를 당해 네가 고아가 되었는지도 모르지.

부모님은 돌아가셨나요?

꼬맹이, 너를 실망시키기 싫지만, 그걸 누가 알겠냐?

디트 삼촌은 어떻게 나를 만났어요?

꼬맹이, 말했잖아. 카드놀이에서 너를 땄다고.

정말이에요?

그럼. 틀림없다.

그때 난 누구랑 있었어요?

자기가 카드를 잘한다고 생각하는 어떤 부자였다.

우리 아빠는 아니었나요?

네 아빠는 아니었다. 아니었어.

그런데 내가 어떻게 그 남자랑 같이 있게 된 걸까요?

꼬맹이, 그건 나도 모른다.

부모님을 찾아볼 순 없을까요?

꼬맹이, 과거는 지나갔다. 과거는 잊어. 지금 여기를 생각해.

하지만 과거가 지나갔다면 내가 왜 아직까지 그 꿈을 꾸는 걸까요? 나뭇잎 사이로 햇빛이 비치는 꿈. 어떤 여자랑 남자가 나오는 꿈. 갓 베어낸 풀 냄새가 나는 꿈. 들판에서 소들이 음매음매 우는 꿈. 과거가 정말로 지나갔다면 왜 그 꿈이 되풀이되는 걸까요?

기억나요, 기억나요,
내가 태어난 집…

"좋습니다, 하팅어 씨. 드디어 거래가 성사됐군요. 오후에 아이를 데리고 계약을 마무리하러 가겠습니다. 네? 아이가 이 일을 어떻게 생각하냐고요? 무척 좋아한답니다."

디트가 태린을 보고 싱긋 웃으며 윙크하더니 일부러 큰 소리로 말했다.

"얘야, 좋지, 그렇지?"

디트는 시간을 정하고 작별 인사를 하고 전화를 끊었다. 그리고 휴대폰을 탁자 위에 내려놓은 뒤 나이프와 포크를 들고 소시지를 잘랐다. 식어버린 소시지에는 작은 기름방울이 달라붙어 있었다.

"꼬맹이, 다 됐다. 너를 팔았어."

디트가 소시지를 입 안에 쑤셔 넣었다.

태린은 디트의 말이 믿어지지 않아 말없이 가만히 앉아 있었다.

나를 팔았다고? 나를 팔았다고?

나를 팔아서는 안 돼요.

나를 팔아서는 안 돼요. 난 인간이에요. 인간을 팔아서는 안 돼요. 인간은 팔면 안 된다고요.

디트가 소시지를 더 잘라 먹었다.

"음, 훌륭한 소시지군. 내가 딱 좋아하는 맛이야."

나를 팔아서는 안 돼요. 태린은 속으로 계속 되풀이해 소리쳤다. *난 인간이에요. 나를 팔아서는 안 돼요.*

그러나 명백히 태린은 방금 팔렸다.

10
새 부모와 새 집

아침을 먹고 나서 디트는 상점 서너 곳을 돌아다니며 태린한테 새 칫솔과 공책, 펜을 사줬다.

사실 비싼 펜이 아닌데도 디트는 이렇게 티를 냈다.

"꼬맹이, 이걸 보고 나를 기억해라. 가끔 네가 어떻게 지내고, 누가 너를 학대하지 않는지 보러 들를 거야. 하지만 그리 오래 있진 못할 거야. 하팅어 부부는 너랑 얼른 친해지고 싶어서 나 같은 과거의 인물이 자주 들르는 걸 싫어할 거야. 하지만 눈에서 멀어진다고 마음도 꼭 멀어지는 건 아니라는 걸 기억해둬. 난 계속 너를 지켜볼 거야."

그러고는 그 은밀한 윙크를 다시 보냈다. 태린은 디트가 뭔가를 꾀하고 있다고 확신했다. 그게 뭔지 모르겠지만 묻지 않는 게 좋을 것 같았다. 물어보면, 입을 꾹 다물고 아무것도 말해주지 않을 것이다. 반면에 물어보지 않으면, 하팅어 부부의 집에 가기 전에 뭔가를 흘릴지도 모른다.

두 사람은 모텔로 돌아왔고, 태린은 얼마 안 되는 소지품을 쌌다. 지금 상황이 놀랍기도 하고, 앞으로 벌어질 변화가 걱정돼서 정신이 얼떨떨했다. 사실 디트한테 느끼는 감정은 익숙함에 따른 편안함이지, 마음속으로는 한 번도 좋아한 적이 없었다.

"아아, 꼬맹이, 네가 보고 싶을 거다. 오랜 시간 함께하면서 우린 좋은 때를 보냈지. 하지만 가장 친한 친구 사이라도 언젠가는 헤어지는 법이니까. 꼬맹이, 넌 훌륭한 집으로 가는 거야. 돈 많은 집이니까 너를 잘 돌봐줄 거다. 그러니 그 사람들을 실망시키지 마. 난 어떤 불평도 듣기 싫고, 환불해달라는 말도 듣기 싫다. 그냥 물 흐르는 대로 따라가면 기회가 생길 거야. 그러니 이제 얼굴 좀 펴고 큰일을 치르러 가볼까?"

디트가 태린의 어깨를 장난스럽게 툭 쳤다. 그게 끝이었다. 두 사람은 모텔에서 나와 택시를 타고 백만장자들이 모여 사는 동네로 향했다.

디트와 태린은 하팅어 씨 집 건너편에 있는 그 남자를 보지 못했다. 그 남자는 주차된 차 안에서 디트와 태린이 택시에서 내리는 모습을 지켜봤다. 디트와 태린이 어딘가에 묵으러 오는 것처럼 작은 여행 가방을 들고 내리는 모습을 호기심 어린 눈으로 지켜봤다. 하지만 디트와 태린은 그 남자를 보지 못했다.

그 남자는 디트와 태린이 하팅어 씨 집의 현관문 안으로 들어가는 모습을 지켜봤다. 그러고도 그 현관문을 45분 동안 더 지켜봤고, 현관문이 다시 열리더니 디트가 혼자 나오면서 집 안에 있는 사람들에게 작별 인사를 하는 모습을 지켜봤다. 그 집 앞에서 디트가 수표 같은 것을 반듯이 접어 지갑에 집어넣었다. 그리고 한동안 택시를 잡으려고 도로 양쪽을 훑어봤다. 택시가 한 대도 보이지 않자 결국 발걸음을 옮기기 시작했다. 디트가, 그 남자가 앉아 있는 차 바로 옆을 지나갔다. 그 남자는 재빨리 신문을 들어 가렸지만, 디트는 그 남자에게 전혀 신경 쓰지 않았다.

그 남자는 오랫동안 디트가 아이를 데리러 오기를, 혹은 아이가 그 집에서 나오기를 기다렸다. 하지만 마침내 날이 어두워지는데도 디트는 돌아오지 않았다.

키네인은 생각했다. 오지 않을 모양이군. 그자가 아이를 판 거야.

키네인은 어떻게 하면 감시 카메라와 경보 장치로 무장한 그 집에 침입할 수 있을지 고민했다. 어렵긴 하겠지만 불가능한 일은 아니다. 여하튼 상황이 몹시 위급할 때라면 말이다.

작별 인사는 어색하게 형식적으로 치러졌다. 하팅어 부인은 되도록 빨리 디트를 쫓아내고 싶었다. 하지만 예의 없는 사람으로 보이기는 싫었다.

거래와 관련된 문제는 디트와 하팅어 씨가 처리했다. 두 사람은 서재에 자리를 잡았다. 디트는 벽에 걸린 그림을 보고 감탄하는 척하면서 하팅어 씨가 쓰고 있는 수표장을 주의 깊게 살펴봤다.

약속한 수표를 받자 디트는 태린의 서류를 건네줬고, 하팅어 씨와 악수를 나누었다.

"이제 태린은 하팅어 씨 것입니다. 태린한테 훌륭한 가정이 되어줄 거라고 확신합니다."

"그럴 거요, 디트 씨. 그건 안심하셔도 좋소."

"태린에겐 이러는 편이 훨씬 좋을 겁니다. 훌륭한 환경과 따뜻한 보살핌, 교육받은 부모…."

"디트 씨, 우린 아이를 위해 최선을 다할 거요."

"그래서 제가 태린을 이 댁에 보내는 겁니다. 제가 고민하는 건 오직 태린의 미래와 행복이거든요."

하팅어 씨는 디트에게 거짓말을 일삼고 남한테 빌붙어 사는 이기적인 위선자라고 소리치고 싶은 마음이 간절했다. 하지만 문득 자신의 행동에 대해 의심이 들었다. 디트가 아이를 팔 만큼 타락했다면, 그 아이를 산 자신은 어떻단 말인가? 아이에게 더 나은 미래와 더 나은 가정을 제공해줄 수 있다는 구실로 자신의 행동을 변명할 수 있을까?

"이런, 괜찮다면 태린한테 짧게 작별 인사를 해야겠네요."

하팅어 씨는 디트가 작별 인사를 생략하고 그만 돌아가기를 바랐지만 이 요구를 거절할 수 없었다. 그래서 디트의 표현대로라면 하팅어 부인과 태린이 '친해지고 있는' 응접실로 디트를 안내했다.

"꼬맹이, 그래 어떠냐? 새 엄마랑 친해지고 있지? 부인은 훌륭한 분이야. 너를 친자식처럼 사랑하실 거다. 부인, 그렇지요?"

"최선을 다해 태린을 사랑하고 보살필 거예요, 디트 씨."

"그럼, 잘 있거라, 꼬맹이. 넌 분명 행복해질 거야."

"안녕히 가세요."

디트가 몸을 돌리자, 태린은 눈물이 나왔다. 쫓아가서 디트를 붙잡고는 자기를 버리지 말라고 빌고 싶었다.

가지 마요, 디트 삼촌. 제발 가지 마요!

물론 태린이 지금 우는 건 디트한테 진정한 사랑을 느껴서가 아니라, 과거에 대한 상실감과 미래에 대한 두려움 때문이었다.

집사가 들어와 디트를 데리고 나갔다. 잠시 후 현관문이 닫히는 소리가 들렸다.

태린은 창가로 달려가서 디트가 집 앞 도로로 빠져나가는 모습을 봤다. 디트가 수표를 찬찬히 살펴본 뒤 다시 지갑에 넣고, 한 번도 뒤돌아보지 않고 떠나는 모습을 지켜봤다.

태린은 더 이상 슬프지 않았다.

"태린… 태린?"

"죄송해요. 생각 좀 하느라…."

"쉬고 싶니? 네 방에서?"

"네."

"괜찮니?"

"네. 괜찮아요, 아주머니."

"저기, 태린…."

"아주머니, 왜요?"

"이제 난 네 엄마야. 그렇지 않니? 넌 우리 아들이고. 우리를 엄마, 아빠라고 부를 수 있겠니?"

"네, 물론이죠. …엄마."

하팅어 부인이 미소를 지으며 덧붙였다.

"그리고 아빠."

태린도 따라서 미소를 지었다. 그러면서 키가 커 보이도록 몸을 똑바로 세웠다.

당연히 하팅어 부부는 진짜 '엄마와 아빠'가 아니고, 결코 그렇게 되지도 않을 것이다. 하지만 태린은 두 사람을 기쁘게 해주고 싶은 마음이 간절했다. 아주 오랫동안 다른 일을 해본 적이 없으니까. 결국 태린은 고객을 기쁘게 해주려고 이 집에 온 거니까.

처음 며칠 동안 태린은 책 속에 파묻혀 지냈다. 새로 생긴 방에는 책이 가득했다.

디트는 책을 그다지 좋아하지 않았다. "난 책을 믿지 않아." 하지만 영화는 좋아했다.

"난 시각적인 것, 즉 영화가 더 좋아. 카메라가 거짓말을 하지 않는다는 게 아니야. 당연히 영화도 거짓말할 수 있어. 언제든. 하지만 책도 거짓말을 해. 게다가 뭔가를 이야기하는 데 그 온갖 말들이 필요하다면 거기엔 뭔가 의심스러운 게 있다는 뜻이야. 어떤 사람이 거짓말을 하는 데 500쪽이 필요하다면 그 사람은 어떤 거짓말을 하고 있는 걸까? 하지만 영화는 그렇지 않잖아. 영화 속에서 누군가 놀란 표정을 짓는다면 그 행동만으로 우린 그 사람에 대해 많은 것을 알 수 있어. 책에서라면 그 사람을 설명하는 데 3쪽 분량에 수많은 마침표가 필요할 테지만."

태린은 많은 책들을 차곡차곡 읽어나갔다. 가족과 학교 문제를 다룬 책을 읽고, 부모의 이혼을 다룬 책, 가출한 어린이들을 다룬 책을 읽었다. 학교에 다니지 않는 어린이, 가난한 어린이, 착취당하는 어린이, 끔찍한 상황과 불행에 맞서 싸워야 하는 어린이를 다룬 책도 읽었다. 마지막에는 어쨌든 책에 나온 문제들이 모두 잘 해결되었다.

하지만 태린과 같은 주인공은 아무도 없었다. 그게 어쩌면 더 나은지 모른다. 태린은 자기와 같은 처지에 있는 아이 이야기는 읽고 싶지 않았으니까. 태린은 자기 처지를 돌아보는 게 싫었다. 그냥 잊고 싶고, 책으로 가득한 무덤 속으로 잠시나마 사라지고 싶었다.

하팅어 부부는 세련된 사람들이라 처음 며칠 동안은 태린을 귀찮게 하지 않았다. 그저 태린한테 필요한 게 모두 갖춰져 있는지, 태린이 배고프지 않은지, 태린과 충분한 시간을 함께 어울려주고 있는지에 신경 썼다. 그리고 식사 시간에는 식탁에 모여 앉아 태린과 점잖게 대화를 나누었다. 하팅어 부부는 훌륭하고 친절하고 상냥하고 이해심 많고 세련된 사람들이었다.

그렇지만…

태린은 그게 무엇인지 몰랐다. 그것은 건널 수 없는 거대한 깊은 바다였다. 모험 영화에 나오는 깊은 협곡과도 같았다. 곧 끊어질 듯한 낡은 밧줄과, 누구라도 올라서는 순간 부서질 것 같은 널빤지 다리가 가로놓여 있는 그런 협곡 말이다.

그것은 시간이라는 깊은 바다였다.

하팅어 부부는 둘 다 백 살이 넘었다. 어린 시절을 너무 오래전에 지나왔기 때문에 그때를 잘 기억하지 못했고, 진짜로 어리다는 게 어떤 느낌이었는지 기억하지 못했다.

하팅어 부부는 훌륭했다, 매우 훌륭했다. 그런데도 태린은 청회색 페르시아고양이와 마주칠 때마다 자기도 애완동물과 다름없다고 느꼈다. 돈으로 사들인 물건, 꼭 사야 할 물건, 집에 있으면 멋있어 보이는 물건과 다름없었다.

하팅어 부인은 그 고양이를 안을 때마다 "나비야, 자, 엄마한테 와. 엄마한테 와야지" 하고 말했다. 태린은 하팅어 부인이 자기를 엄마라고 부르라고 했던 게 떠올랐다.

태린과 나비. 그래, 둘은 다른 종이지만 집 안에서 키우는 애완동물이라는 점은 같다. 하나는 고양이, 하나는 남자아이.

며칠 동안 태린을 가만히 내버려뒀던 하팅어 부인이 어느 날 태린을 차에 태우고 나갔다. 새 옷을 맞추기 위해서였다.

"아직은 그 희한한 기성복을 입어도 좋아. 하지만 기성복은 입을 만한 게 별로 없으니까 몇 벌 맞추는 게 좋을 것 같구나."

그후 하팅어 부부는 태린을 위해 가정교사를 몇 명 구했다.

"디트 씨랑 살면서 뭔가를 배운 적이 있니?"

"네. 디트 삼촌이 자주 학습지를 사주고, 공부를 해야 한다고 말했어요. 고객들이 돼지 같은 아이, 그러니까 무식한 아이는 오후의 아이로 빌리고 싶어 하지 않을 거라면서요."

"좋아. 그럼 완전히 처음부터 하지 않아도 되겠구나. 그래도 가정교사를 몇 명 부를 거야. 너한테 남아 있는 다듬어지지 않은 부분을 매끄럽게 해주기 위해서라고 할까? 피아노는 칠 줄 아니?"

"아뇨."

"배우고 싶니?"

태린은 생각해보지 않았다.

"어, 네. 그런 것 같아요."

"좋아. 다음 주부터 교습을 시작하자."

"네."

"그리고, 예방주사를 맞아야 할 것 같은데. 디트 씨랑 살 때 예방주사 맞았니?"

"저, 잘 모르겠어요. 그런 것 같기도 하고요."

"아무튼 먼저 건강 검진을 받고, 필요하면 예방주사를 맞자. 아, 그러고 보니 우리 나비도 동물병원에 데려가야겠네. 나비도 예방주사를 맞아야 하거든."

그후 2주에 걸쳐 태린의 일과가 정해졌다. 아침에 일어나면 식사를 하고, 그다음에 가정교사가 와서 특정 과목을 가르치거나 피아노 교사가 와서 교습을 했다.

하팅어 씨는 사무실에 나가서 일을 보거나, 집에 있을 때는 작업실에서 그림을 그리거나 했다. 한편 하팅어 부인은 친구들과 공원으로 말을 타러 갔다. 공원 근처 마구간에 부인 소유의 말이 있었다. 도심 한가운데 마구간이 있다는 게 희한했지만, 아무튼 작은 목장 한구석에 마구간이 있었다. 하팅어 부인은 태린도 몇 번 데려가 그 말을 보여줬다. 태린은 그 말이 마음에 들었다. 마구간 냄새도 좋았다. 그 냄새를 맡고 있으니 꿈속에 보이는 머나먼 푸른 들판이 생각났다.

오후에는 태린 혼자 알아서 시간을 보내거나, 아니면 어디론가 외출했다. 외출할 때는 언제나 하팅어 부부의 개인 비서인 브래들리가 엄격히 감시했다. 하팅어 부부가 태린을 믿지 못해서가 아니라 유괴범들 때문이었다.

하팅어 부부는 태린을 공원이며 옛날 놀이터에 데려갔다. 그리고 자전거를 사주고, 자전거를 타고 강둑을 따라 달리게 했다. 그 옆에서는 브래들리가 나란히 달렸다.

태린은 결코 알지 못했지만, 그동안 내내 누군가의 감시를 받고 있었다. 키네인이 눈에 띄지 않는 안전한 거리에서 쌍안경으로 태린을 지켜보며 기다리고 있었다. 적절한 순간이 오기만을 기다리고 있었다.

이제 저녁마다 하팅어 부부가 태린을 데리고 외출하기 시작했다.

"태린, 오늘 밤은 정장을 하면 어떨까…."

"그럴게요, 엄마."

"착하기도 하지."

하팅어 부인은 자기 말의 갈기를 쓰다듬을 때도 이와 똑같이 말했다. 안락의자에 누워 있는 나비를 들어 올리며 쿠션에서 고양이 발톱을 떼어낼 때도 마찬가지였다.

착하기도 하지. 착하기도 하지.

태린은 옷을 차려입고 하팅어 부부와 함께 음악회나 연극을 보러 갔다. 재미있을 때도 있었지만, 지루할 때도 있었다.

이따금 하팅어 부부는 친구들을 초대해 태린을 자랑했다. 태린은 손님들을 즐겁게 해주지는 못하더라도 여하튼 점잖게 행동할 거라는 기대를 받았고, 결국 그 기대를 저버리지 않았다. 태린은 어른들과 함께 식탁 앞에 앉아 정식 만찬을 즐겼다. 태린의 컵에만 포도주가 아닌 주스나 물이 따라졌다. 태린은 음식이 담긴 접시며 빵이 담긴 바구니를 옆 사람에게 건네주고, 질문을 받으면 거기에 답했다. 어른들보다 일찍 잠자리에 들었지만 늦게까지 깨어 있다가 손님들이 떠나는 소리를 들을 때도 있었다. 가끔은 하팅어 부인이 일부러 과장되게 목소리를 낮춰 "그래, 우리 아이가 어떤 것 같아요?" 하고 묻기도 했다.

"어머, 정말 훌륭해요!" 아니면 "아주 귀엽고, 매력적이네요. 저기, 캐묻는 것 같아 뭐하긴 하지만, 얼마 줬어요?"

그 사람들은 예전에 나비에 대해서도 이와 똑같이 물었을 것이다.

"아주 귀엽고, 매력적이네요. 족보가 있는 고양이인가요? 어디서 구했어요? 얼마 줬어요?"

그런 날이면 태린은 어느 때보다 더한 외로움에 시달리며 잠을 이루지 못했다. 디트가 자기를 데리러 와줬으면, 아니 한번 들러 주기라도 하면 좋겠다는 생각이 들었다. 디트와 함께 지낸 날들이 좋았던 것 같기도 했다. 사실 디트는 태린을 황금알을 낳는 거위로 여긴 것뿐이지, 고양이로 착각하지는 않았으니까.

이따금 태린은 그 집에서 도망칠까 생각했지만 여전히 갈 데가 없었다. 태린은 꿈속에서 본 머나먼 푸른 들판을 계속 떠올렸지만 그곳이 어디인지, 그곳에 어떻게 가는지 알 수 없었다. 틀림없이 그것은 진짜 기억이 아닌 꿈일 것이다. 그저 어둠을 더 잘 견뎌낼 수 있게 태린의 상상력이 꾸며낸 가느다란 희망의 빛에 불과할 것이다.

어느 날 하팅어 부인이 뭘 하고 싶은지 묻자, 태린은 무엇보다 같이 놀 친구가 있으면 좋겠다고 했다.

"친구라… 글쎄… 사실 우린 자식을 가진 친구가 한 명도 없어서…."

갑자기 하팅어 부인이 환한 표정을 짓더니 전화를 걸러 갔다. 잠시 후 돌아와서는 일요일 오후에 어린 친구가 놀러 오기로 했다고 말했다.

태린은 그 주 내내 일요일 오후를 기다렸다. 그런데 마침내 집에 온 '어린 친구'는 예전에 자기가 했던 역할, 즉 오후의 아이라는 것이 밝혀졌다. 아니, 그 아이는 그조차도 아니었다. 진짜 아이가 아니라 피피 이식을 받은 아이였다. 하팅어 부인은 몰랐지만 태린은 아이를 보자마자 알아챘다.

하팅어 부인이 뒤뜰에서 놀라고 내보냈을 때, 태린은 그 아이에게 물었다.

"몇 살이에요?"

그 아이가 무섭게 되받아쳤다.

"그게 왜 알고 싶은데?"

"피피 이식을 받았죠?"

"받았으면 어쩌고 안 받았으면 어쩔 건데?"

그 아이/남자가 이렇게 말하면서 태린을 밀었다. 그래서 태린은 주의를 줬다.

"저 사람들이 지켜보고 있을 거예요. 게다가 기념으로 보관하려고 비디오카메라로 녹화도 하고 있을걸요."

"그게 무슨 상관이야? 그냥 남자애들이라 좀 거칠게 노는구나 생각하겠지. 야, 너, 놀고 싶은 거야, 뭐야?"

"몇 살인지 말해줘요. 말 안 해주면 일부러 넘어져서 무릎을 다친 뒤 아저씨가 그랬다고 이를 거예요. 그럼 아저씨는 돈을 못 받겠죠?"

"야, 난 너를 한 방에 때려눕힐 수 있어."

"몇 살인지만 말해줘요."

그 아이/남자가 한숨을 푹 내쉬었다.

"알았어. 그래, 예순여섯이다. 이제 어쩔래?"

"예순여섯 살요?"

"좋아, 내가 한 살 속였다. 사실 예순일곱이야. 한데 내가 어린애가 아니라는 걸 어떻게 알았지?"

그 아이/남자가 자기 얼굴을 신경질적으로 매만졌다. 피부가 늙는 게 걱정되는 모양이었다.

"피부 때문이 아니에요."

태린의 반응에 그 아이/남자가 마음을 놓는 것 같았다.

"그럼 뭔데?"

"그 모습…."

"어떤 모습?"

"아저씨 눈빛요."

"내 눈빛이 뭐가 어때서? 자, 이제 그만 저 사람들이 원하는 대로 놀아주자. 안 그러면 내가 밥값을 안 한다고 생각할 거 아냐."

그래서 태린은 공을 이리저리 던져댔고, 공을 주고받는 놀이도 했다. 내키지 않았지만 그 아이/남자가 가엾어서였다.

약속한 시간이 끝나기 직전에 태린이 물었다.

"뭐 좀 말해줄 수 있어요?"

"뭘 알고 싶은데?"

"어때요? 아이로 영원히 사는 것 말이에요."

"아주 좋다, 아주 좋아. 세상에서 최고로 멋진 일이지. 됐냐? 이제 만족해?"

그렇게 그날 오후가 지나갔다. 그 아이/남자는 떠나야 했다. 가야 할 곳이 한 군데 더 있다고 했다.

"태린, 친구랑 재미있게 놀았니?"

"네. 아주 재밌었어요."

"함께 사이좋게 놀고, 얘기도 많이 나눴니?"

"네. 그랬어요."

"잘됐구나. 다른 아이를 만나는 게 정말로 좋은가 보구나."

"네, 엄마."

"그럼 다음에 이런 기회를 또 가지자꾸나."

"좋아요."

"혹시 용돈이 필요하면 네 옆에 늘 누군가 대기하고 있다는 걸 잊지 마라."

"알았어요."

"이런, 난 이만 나가서 뭘 좀 사야겠다. 같이 갈래?"

"아뇨. 집에서 책을 읽고 싶어요. 고마워요."

태린은 자기 방으로 올라가서 새 책을 펼쳤다. 그러다 책상을 흘긋 돌아봤는데, 디트가 작별 선물로 준 펜이 눈에 띄었다. 그 펜을 집어서 종이에 글씨를 써보려는데 잘 써지지 않았다. 잉크가 몇 방울 떨어질 뿐 아무것도 써지지 않았다. 손가락에 잉크가 묻었다. 태린은 펜 뚜껑을 닫고 쓰레기통에 던져버렸다. 그리고 욕실에 들어가 손을 씻었다. 디트가 준 선물마저 자기를 더럽히는 것 같았다.

11

갓난아기

어느 날 아침 태린과 하팅어 부인이 브래들리와 함께 집에서 가까운 식료품점까지 걸어가고 있는데, 수많은 사람들이 뭔가를 에워싸고 있었다.

하팅어 부인은 무슨 사고가 났는지 걱정되었다. 물론 그런 사고에는 결코 관련되고 싶지 않았다.

"얘야, 가서 무슨 일인지 보고 와라. 하지만 너무 오래 있지는 마. 무슨 일인지 알아보고만 오렴."

태린이 사람들 사이로 우물쭈물 비집고 들어가자, 브래들리가 시야에서 놓치지 않으려고 재빨리 쫓아갔다. 흥분한 태린은 그 흥분을 약간 부끄러워하면서 사람들을 뚫고 한가운데로 들어갔다. 길거리에 누워 있을 누군가를 더 잘 보려고 말이다. 여기저기 깨져 피를 흘리면서 삐딱하게 누워 있을 시체, 멍한 눈으로 죽음만을 바라보고 있을 시체를 보려고. 그런데 알고 보니 정반대였다. 수많은 사람들의 눈길을 끌고 있는 것은 죽음이 아니었다. 탄생이었다. 생명이었다.

젊은 남자와 젊은 여자가 유모차 옆에 서 있었다. 젊은 여자는 유모차 손잡이를 꽉 쥐고 있었고, 젊은 남자는 긴장되고 불안한 얼굴로 유모차 앞에 서 있었다. 그 남자는 누군가 유모차에 탄 아기한테 너무 가까이 다가오거나, 아기를 들어 올리려 하면 금방이라도 막아설 기세였다.

"제발 여길 빠져나가게 해주세요. 제발 지나가게 해주세요. 여러분은 지금 아기한테 너무 가까이 다가오고 있어요."

"몇 살이에요?"

"며칠이나 됐어요?"

"남자아이예요?"

"아뇨. 여자아이예요. 이제, 제발, 그만 가도 될까요?"

"여자아이래요. 들었어요?"

"그 귀여운 여자아이를 볼 수 있어요?"

"그 아기를 들어 올려봐요."

"진짜 아기예요?"

"팔 건가요?"

"얼마에 팔 거예요? 얼마를 원해요? 얼마예요?"

"저자가 얼마를 제시하든 난 두 배를 내겠소."

"그 두 배에 배를 주겠소!"

"거기에다 10만 유닛을 더하리다."

"제발! 이건 경매가 아니에요."

"아기를 안아봐도 될까요? 부탁이에요. 아기를 한 번 안아봐도 될까요?"

"그 여자한테 아기를 안게 해주시오. 한 번만 기회를 주시오. 나도 아기를 안아보게 해주시오."

아기 엄마는 완전히 겁에 질린 것 같았다. 갓난아기를 밖으로 데리고 나오면 호기심 어린 눈길을 받을 거라고 예상했지만, 이렇게까지 될 줄은 몰랐다.

"여길 지나가게 해주세요. 제발 지나가게 해주세요."

하지만 사람들이 앞으로 몰려들면서 젊은 부부와 아기가 탄 유모차를 더 세게 밀쳤다.

"저 아기를 봐. 우린 아기가 보고 싶은 것뿐이야. 이제껏 한 번도 본 적이 없으니까."

"뭐, 아기라고? 누가 아기를 갖고 있단 말이야? 어디?"

"저기요. 사람들 한가운데 있어요."

연못만 하던 사람들 무리가 이제 호수만 해졌다. 그때 아기가 잠에서 깼는지 눈을 떴다.

"일어났어. 아기가 일어났어."

"아기 이름이 뭐예요?"

"얼마면 되겠소? 당장 내가 수표를 써주리다."

"난 현금을 주겠소!"

"어떻게 해서 아기를 갖게 된 거요? 비결이 뭐요?"

사람들이 완전히 에워싸고 서서 유모차를 뚫어지게 쳐다보며 손을 뻗었다.

"아기를 만져봐도 되나요? 만져봐도 돼요?"

아기 엄마가 공포에 휩싸여 소리쳤다.

"만지지 마요! 우리 아기 만지지 마요! 데이비드!"

아기 아빠가 핸드폰을 찾아 긴급 전화번호를 누르고 경찰에 지금 벌어지고 있는 상황을 설명했다. 그리고 휴대폰을 주머니에 넣은 뒤 자기 딸을 만지려고 달려드는 손들을 밀쳐냈다.

"아기가 몇 살이에요? 몇 살인지만 말해줘요."

"몇 주 됐어요?"

"몇 달, 아니면 몇 년?"

"걸을 수 있어요?"

"말은 할 수 있어요?"

"이는 났어요?"

"우리 아기는 태어난 지 이제 겨우 이틀 됐어요. 이틀밖에 안 됐다고요. 자, 제발, 지나가게 해주세요. 우릴 가만두란 말입니다."

"이틀? 그럼 이는 몇 개나 났어요?"

"하나도 안 났어요. 자…."

아기가 울기 시작했다.

"아기가 지금 뭘 하는 거지?"

"이 소리는 뭐야?"

"뭐가 잘못된 거야?"

"왜 아기를 말리지 않는 거야?"

아기 엄마는 누군가 잡아채 갈까 봐 아기를 유모차에서 꺼내고 싶지 않았다. 하지만 아기를 울게 내버려둘 수 없어서 아기를 들어 품에 안았다.

"아기 엄마가 아기를 들고 있어. 저기 봐. 아기를 들고 있어."

밀치락달치락하던 사람들이 멈춰 섰다. 사람들이 잠잠해졌다. 경건하기까지 한 분위기였다. 교회 예배 때처럼.

"지금 아기 엄마가 뭘 하고 있는 거예요?"

"모르겠어요."

"왜 저러고 있는 거죠?"

바로 그때 태린은 자기 목소리를 들었다. 감탄과 놀람과 경외가 담긴 목소리였다. 태린은 다른 사람이 아니라 자기 자신에게 말하듯 나직이 속삭였다.

"아기한테 젖을 먹이고 있어요. 아기한테 젖을 먹이고 있다고요."

주위에 있던 사람들이 태린의 말을 듣고 다른 사람들에게 그대로 전했다.

"아기 엄마가 아기한테 젖을 먹이고 있대요."

"아기한테 젖을 먹이고 있대요. 설마!"

사람들이 까치발을 하고 목을 길게 뺐다. 대부분 이제껏 아기를 본 적이 한 번도 없었다. 그런데 지금 아기를 실제로 보고 있다니, 그것도 젖을 먹는 아기를 보고 있다니….

드디어 경찰관 둘이 자리를 정돈하려고 다가왔다. 사람들은 항의하지 않고 옆으로 갈라섰다. 그때 아이가 젖 먹기를 잠시 멈추더니 작은 소리로 트림을 했다.

"저건 뭐예요?"

"아기가 뭘 한 거죠?"

"트림을 했어요! 아기가 트림했어요."

"아기가 트림했대요!"

사람들은 미소를 짓고, 웃음을 터뜨리고, 서로 고개를 끄덕이고, 옆 사람의 어깨며 팔을 어루만졌다.

"아기가 트림했대요. 그 소리 들었어요?"

"못 들었어요! 아기가 다시 트림을 할까요?"

아기가 은혜를 베풀었다. 때마침 다시 한 번 트림을 한 것이다.

이번에는 경찰관들마저 마음을 홀딱 빼앗기고 말았다. 두 경찰관은 웃음을 터뜨린 뒤, 모자를 뒤로 젖혀 이마를 긁으면서 주위 사람들을 둘러봤다. 마치 축제라도 벌어진 것 같았다.

"이것 참 굉장하군."

경찰관 중 한 명이 크고 위압적인 목소리로 말했다.

"여러분, 이제 됐습니다! 해산하십시오. 이제 움직입시다. 여러분은 지금 길을 막고 교통을 방해하고 있습니다. 이제 젊은 부부를 놓아줍시다."

그제야 분위기가 바뀌었다. 이제 사람들은 기꺼이 떠나려고 했다. 굉장한 것, 굉장히 멋진 것, 굉장히 놀라운 것을 봤으니까. 사람들은 그것을 핸드폰 카메라로 찍어 가족과 친구들에게 전송했다.

비로소 움직일 수 있게 되자 아기 부모는 기뻐했다.

경찰관 중 한 명이 물었다.

"갈 곳이 먼가요?"

"조금만 가면 됩니다."

"그럼 우리가 데려다드리죠. 더는 이런 곤란을 겪으면 안 되니까요."

그리하여 그들은 함께 걸어갔다. 아기 엄마는 유모차를 밀고, 아기 아빠는 앞에서 길을 안내하고, 건장한 경찰관 둘은 유모차 양쪽에 서서 걸어갔다.

키가 더 크고 몸집도 좋은 경찰관이 젊은 부부에게 말을 걸었다.

"당신들은 운이 좋네요."

"네, 압니다. 우리도 알아요."

"어떻게 아이를 갖게 된 겁니까?"

"모르겠어요. 그냥 운이 좋은 것 같아요."

"충고 한 마디 하자면…."

그때 아기가 경찰관을 보고 웃으면서 콜콜거렸다. 그리고 경찰관의 크고 통통한 손가락을 잡으려고 팔을 뻗었다.

"아기 손을 잡아도 될까요?"

아기 엄마가 미소를 지었다.

"그럼요."

경찰관은 손을 뻗어 아기가 자기 새끼손가락을 잡도록 했다. 아기의 손길이 닿자 전기가 통한 것처럼 온몸이 짜릿했다.

곧 아기의 눈이 감기더니 아기 손에서 힘이 빠졌다. 아기가 잠든 것이다.

"정말 귀여운 아기예요. 하지만 아까 말하려던 충고 한 마디 하자면…."

"경관님, 어서 말씀하세요."

"부인, 여기를 떠나세요. 이 도시를 벗어나 아무도 모르는 어디 시골 같은 데를 찾아가세요. 그곳에 숨어 지내면서 아기를 키우세요. 아기가 튼튼하게 자랄 때까지 아기한테서 눈을 떼지 마세요."

"사실 우린 시골에 살고 있어요. 여긴 잠시 들른 거예요. 친척들한테 아기를 보여주러 왔거든요."

"잘됐네요. 도시는 아기가 있을 곳이 못 돼요. 도시의 유괴범들한테 이 아기가 얼마나 값어치 있는지 아세요? 600만이나 700만, 어쩌면 800만 유닛쯤 할 겁니다. 그러니 아기한테 꼭 달라붙어 있어요. 아기를 꽉 붙잡고 있으란 말입니다."

"경관님, 걱정 마세요. 경관님 말대로 할게요."

드디어 젊은 부부가 목적지에 도착했다.

"고맙습니다. 다시 한 번 감사드려요."

"별말씀을요."

아기와 유모차가 집 안으로 들어가고 문이 닫혔다.

두 경찰관은 계단에서 내려왔다. 그리고 주위에서 잠시 어슬렁거리다가 순찰차를 세워둔 곳으로 돌아왔다.

키가 큰 경찰관이 말했다.

"경찰서에 가서 얼른 얘기해주고 싶군!"

동료 경찰관도 찬성이었다.

"그래. 그러지!"

사람들이 흩어지자, 태린은 하팅어 부인에게 돌아갔다. 되도록 빨리 돌아오기로 했는데 하팅어 부인을 너무 오래 기다리게 했다.

"죄송해요. 아기였어요."

"괜찮아. 나도 여기서 아기를 봤다. 브래들리가 와서 말해주더구나. 우린 바로 네 뒤에 서 있었단다."

"예전에 아기를 본 적 있으세요?"

하팅어 부인이 고개를 끄덕였다.

"음, 아주 오래전에."

"놀랍도록 조그맣죠, 그렇죠?"

하팅어 부인이 야릇한 미소를 지어 보였다.

"그래, 놀랍더구나."

"제 말은, 아주 조그맣게 시작해서 음… 아주… 커진다는 거예요. 우리가 모두 저런 모습으로 시작했다니 놀라워요!"

"그렇구나. 자, 이제 그만 갈까?"

세 사람은 함께 식료품점을 향해 걸어갔다.

정확히 말해, 하팅어 부부가 태린한테 싫증이 난 건 아니었다. 하지만 하팅어 부부와 태린이 서로에게 익숙해진 건 분명했다. 하팅어 부부에게 태린은 더 이상 참신하지 않았다. 페르시아고양이의 참신함이 사라지고, 복도에 걸려 있는 진귀한 피카소 그림을 처음 샀을 때의 참신함이 사라진 것과 마찬가지로. 하팅어 부부가 귀한 물건들을 비롯해 태린을 더는 소중히 여기지 않는다는 뜻이 아니다. 여전히 태린은 소중했다. 다만 처음처럼 곧바로 호기심을 끌어당기거나 마음을 사로잡지는 못하는 것이다.

이제 하팅어 씨는 복도에 걸린 피카소 그림을 쳐다보지도 않을 때가 있다. 아니면 그림을 보더라도 탁자나 전등갓, 우산꽂이를 보듯 무심히 지나칠 때가 있다. 이제 하팅어 씨는 매일 보는 신문에 주의를 더 많이 기울인다.

이와 비슷하게 하팅어 부인도 몸에 두른 다이아몬드가 더는 반짝거리지 않는 것처럼 느껴질 때가 있다. 보석 상자 안에 든 에메랄드와 진주도 마찬가지다. 그리고 전혀 늙지 않아 영원히 아름다울 것 같은 자기 얼굴이 못마땅하게 느껴질 때도 있다. 몸과 마음이 지치고, 이제껏 너무 오래 살아온 것만 같다. 물론 아직 살고 싶은 마음이 간절하고, 죽는 것은 두렵고 싫지만 말이다.

하긴 하팅어 부인은 이제 막 120살을 넘겼다. 그리고 하팅어 씨는 한 살만 더 먹으면 160살이 된다. 하팅어 부인은 이 때문에 자기 남편을 어린 신부를 훔친 도둑놈이라고 부른다. 이것은 이 부부가 즐기는 스스럼없는 농담이다.

태린이나 페르시아고양이, 피카소 그림 같은 것들은 하팅어 부부에게 인생의 흐름을 표시하는 눈금이다. 이것들은 두 사람의 삶에서 매우 중요한 배경이고, 무대장치다. 하지만 늘 새로운 것을 추구하기 마련인 기나긴 삶에서 이것들로는 충분치 않다. 뭔가 새로운 것을 누리고픈 마음이 끊임없이 생겨난다.

그것을 살 여력만 된다면.

하지만, 그렇다 해도, 모든 것을 가진 사람들에게 이제 무엇을 주겠는가? 지금까지 안 가본 곳이 없는 사람들에게 어디에 가라고 하겠는가? 모든 것에 다 도전해본 사람들에게 무엇에 도전하라고 하겠는가? 모든 것을 다 해본 사람들에게 무엇을 하라고 하겠는가?

지루함, 나른함, 의욕 없음. 이것들이 병약함과 질병과 허약함의 자리를 대신 차지했다. 이제 이것들이 두려움의 대상이고, 적들이다.

돈이 있다면 그렇다는 말이다.

가난하면 문제는 덜하다. 이때는 당장 해결해야 할 일들이 걱정거리다. 어떻게 생계를 꾸릴 것인가? 은퇴한 뒤에 남은 삶을 즐기려면 어떻게 돈을 아껴야 하는가? 은퇴 이후 40년, 50년, 60년, 80년, 100년 혹은 그 이상의 시간을 즐기려면.

어느 날 저녁, 식사를 마친 하팅어 부부가 외출해서 오페라를 보고, 친구들과 가볍게 야식을 먹고 올 거라고 했다. 태린은 자기도 데려갈까 봐 걱정했지만 기쁘게도 그날 밤에는 집에 있으라고 했다.

"태린, 원하는 건 무엇이든… 무엇이든 필요한 게 있으면 브래들리한테 말하렴."

태린은 무엇보다도 친구, 자기 또래의 친구를 원했다. 피피가 아닌 아이. 아이 가면 뒤에 60년의 삶을 감추고 아이 흉내를 내는 사람이 아니라 진짜로 살아 있는 또래 친구, 불안과 두려움과 감정을 느끼는 친구 말이다. 태린은 자기를 이해해줄 누군가를 원했다.

하지만 태린은 그런 친구를 부탁하기는커녕 입 밖에 꺼내지도 않았다. 말하면 하팅어 부부의 마음이 언짢아질 테니까. 태린이 느끼는 고립감과 외로움과 소외감에 책임을 느낄 테니까.

"책 읽고, 잠깐 컴퓨터 하고, 영화 볼게요."

"알았다. 내일은 같이 마구간에 가자꾸나. 내일부터 넌 승마 교습을 받게 될 거야. 그럼 머지않아 말을 타고 달릴 수 있을 거다."

"네, 정말 좋아요. …엄마."

"잘 자라, 태린."

"즐겁게 보내세요, 엄마."

하팅어 부인의 입술이 태린의 뺨에 살짝 닿았다.

"좋은 밤 보내세요, 아빠."

하팅어 씨가 태린의 어깨를 꽉 끌어안았다. 아빠답게.

잠시 후, 하팅어 부부가 기다리고 있던 택시에 올라탔다. 브래들리는 택시가 길모퉁이를 돌아 나갈 때까지 지켜보고 있다가 현관문을 닫았다. 하지만 어떤 남자가 주차된 차 안에서 그 집을 지켜보고 있는 걸 알아채지는 못했다. 그 남자는 하팅어 부부가 남자아이를 남겨놓고 외출하는 모습을 보면서 좀처럼 오기 힘든 기회가 왔다고 봤다. 앞으로도 이런 기회는 없을 것이다. 그러니 오늘 밤에 계획을 실행해야 한다.

12
유괴

태린이 초인종 소리를 들었을 수도 있고, 듣지 못했을 수도 있다. 아니면 꿈속에서 초인종 소리를 들었는지 모른다. 태린은 꿈속에서 산들바람이 살랑살랑 부는 밀밭과 옥수수밭을 봤다. 그 밭은 연노랑 물결이 부드럽게 일렁이는 강물 같았다. 그리고 시간을 알리는 종소리가 멀리서 들려왔는데, 아주 살짝 갈라지고 음정이 맞지 않았다. 그 종은 오래된 교회의 부서진 종루에 매달려 있었다. 따라서 태린이 들은 그 소리가 꿈속에서 들린 것일 수도 있고, 아니면 현실에서 들린 것일 수도 있다. 누군가 뭐라고 웅얼거리는 목소리는 분명히 현실에서 들려왔다. 하지만 그 소리는 태린을 그리 성가시게 하지 않았다. 머지않아 실제이건 상상이건 모든 것이 다시 조용해졌다.

색이 짙은 옷을 입은 남자가 재빨리 현관문을 닫더니 정신을 잃고 쓰러진 브래들리를 질질 끌고 가 응접실 바닥에 눕힌다. 응접실 문이 반쯤 닫히고, 발소리가 조심스럽게 위층으로 움직인다. 첫 번째 침실부터 차례대로 문이 열리고, 침묵과 어두움, 내려진 커튼,

희미한 별들 외에는 아무것도 없는 방들이 나타난다.

방문 손잡이가 돌아가고, 문이 버긋이 벌어지는 소리에 이어 발소리가 또 다른 층으로 올라가고, 또다시 첫 번째, 두 번째, 세 번째 문이 차례대로 열리더니…

아이가 있다. 잠자고 있다. 아이가 침대 밖으로 팔을 늘어뜨리고 자고 있는데, 팔이 닿은 방바닥에는 책이 한 권 펼쳐져 있다.

한두 번 발소리가 더 들리고, 아이가 소리치거나 비명을 지르지 않도록 아이의 입을 가로막는 손, 그리고…

아이가 눈을 뜨더니 무섭고 두려워 사납게 노려본다. 두려움은 곧 혼란과 호기심, 당혹감으로 바뀐다.

아이 앞에 서 있는 남자가 자기 입술에 손가락을 갖다 댄다. 그리고 아이의 입을 가리고 있던 다른 손의 힘을 뺀다.

"여, 꼬맹이. 어떻게 지냈냐?"

"디트 삼촌!"

"내가 널 잊어버린 줄 알았지?"

"도대체 이게 어떻게… 지금 여기서 뭘 하고 있는 거예요?"

"꼬맹이, 자세히 말할 시간 없다."

디트가 의자 있는 데로 가서 태린의 옷을 침대 위로 던졌다.

"자, 옷 입어라. 깨끗한 속옷은 어디 있냐?"

태린은 옷장을 쳐다보며 고개를 끄덕였다.

"서랍에요."

"알았다."

속옷 몇 벌이 침대 위로 날아왔다.

"자, 꼬맹이, 서두르자. 얼른 옷을 입고 떠나자."

"하지만…."

"꼬맹이, 자꾸 '하지만, 하지만' 하지 마. 내가 널 잊어버린 줄 알았지? 내가 계속 지켜볼 거라고 했잖아. 이 디트 삼촌이 절대 널 저버리지 않을 거라고 했잖아. 자, 꼬맹이, 가자!"

태린은 일어나 앉아 눈을 비볐다. 여전히 잠이 깨지 않아 정신이 없고 혼란스러웠다.

"디트 삼촌…."

디트가 창가로 가더니 길거리를 내려다봤다.

"난 이해가 안 가요. 어떻게… 왜 여기 왔어요? 브래들리 씨는 어디에 있어요? 브래들리 씨가 들여보내주던가요?"

디트가 킬킬대며 웃었다.

"물론이지, 꼬맹이. 그자가 나를 무사히 들여보내줬단다. 하지만 지금은 클로로포름에 취해 응접실 바닥에서 자고 있지. 그자는 한동안 못 깨어날 거고, 깨어난다 해도 누구한테 전화도 못 할 거야. 자, 서둘러라."

태린은 디트의 말에 기계처럼 혹은 습관처럼 매우 익숙해져 있어서 바로 옷을 입기 시작했다.

"우린 어디로 가는 거예요? 왜 가는 거예요? 왜 다시 온 거예요?"

디트가 창밖을 내다보며 안절부절못하면서도 킥킥 웃어댔다.

"꼬맹이, 친목을 다지기 위한 방문이라고나 할까? 그래, 친목을 위한 거야."

"엄마랑, 음… 하팅어 부인이랑 하팅어 씨는 어떻게 해요?"

"엄마랑 아빠? 그 사람들이 그렇게 부르라고 했냐? 어이쿠!"

디트가 옷장 맨 위 칸에서 여행 가방을 내렸다.

"가져가고 싶은 걸 여기 집어넣어. 내가 사준 멋진 펜도 잊지 마."

"아래층 어딘가에 있을 거예요."

"유감이군. 시간 없으니까 그건 잊어버리자."

"하지만…."

디트가 여행 가방을 잠그고 앞장서서 방문을 나섰다.

"우리, 어디로 가는 거예요… 왜… 왜 가는 거예요?"

"차에 타면 말해줄게. 일단 여기서 나가자."

복도를 지나 현관문 쪽으로 가는데, 응접실 문이 반쯤 열려 있었다. 디트가 얼른 그 문을 닫기 전, 태린은 응접실 바닥에 누워 있는 브래들리를 봤다. 브래들리의 눈은 가리개로 가려져 있고, 입에는 재갈이 물려 있고, 손발은 묶여 있었다.

"저기… 무슨 짓을 한 거예요?"

"신경 쓰지 마. 저렇게 안 할 수가 없었다. 괜찮아. 하팅어 부부가 돌아오면 풀어줄 테니까."

디트가 현관문을 잡아당겨 열자, 서늘한 밤바람이 불어왔다.

"꼬맹이, 저기 차가 있다."

"차를 샀어요?"

디트는 이제까지 한 번도 차를 가진 적이 없었다. 그래서 언제나 택시나 기차를 탔다. 태린은 디트가 운전할 수 있는 줄도 몰랐다.

"빌린 거야. 가자."

두 사람은 길을 건너 차로 다가갔다. 디트가 열쇠를 꽂자 노란 불빛이 번쩍거리더니 잠금장치가 찰칵 하고 열렸다.

"타라. 안전벨트 매고 몸을 낮춰. 그리고 여기, 이걸 머리에 써라."

디트가 주머니에서 야구모자를 꺼내 태린의 머리에 씌우더니 모자챙을 아래로 홱 잡아당겼다. 태린이 얼굴을 덮어버린 모자챙을 위로 올리려고 하자, 디트가 태린의 손을 옆으로 밀었다.

"잠깐만 가만둬. 여길 벗어날 때까지만."

디트는 태린을 차 뒷자리에 밀어 넣고 문을 닫은 뒤, 운전석에 올라앉아 시동을 걸었다.

두 사람이 탄 차가 길 끝에 이르렀을 때, 마침 맞은편에서 택시가 들어섰다. 태린이 모자챙 밑으로 밖을 내다보니 택시 뒷자리에 하팅어 부부가 앉아 있었다. 하지만 하팅어 부부는 태린도, 디트도, 자동차도 알아보지 못한 것 같았다. 그저 우두커니 차창 밖만 내다보고 있었다.

태린은 하팅어 씨의 얼굴을 언뜻 봤다. 하팅어 씨는 손을 쓸 수 없을 만큼 따분해 보였다. 진공상태, 즉 거대한 텅 빈 공간에 빠진 것 같았고, 그 텅 빈 공간이 그의 영혼을 빨아낸 것 같았다.

태린은 몸을 돌려 택시가 멈춰 서는 걸 바라봤다. 태린이 본 하팅어 부부의 마지막 모습이었다. 디트는 좌회전을 몇 번인가 반복하고 나서 우회전했다. 머지않아 차가 낯선 지역으로 들어섰다. 태린은 그곳이 어디인지 알 수 없었다.

그제야 태린은 모자를 벗었다. 디트가 룸미러로 태린을 봤지만 뭐라고 하지는 않았다.

"디트 삼촌…."

"도착하면. 도착하면 말해줄게."

디트는 누가 쫓아오지 않는지 확인하느라 계속 백미러를 보면서 운전에만 집중하고 있었다.

"꼬맹이, 시간이 늦었다. 잠 좀 자둬."

태린은 두려움에 떨면서도 어느새 잠이 들었다. 그러다 잠에서 깼을 때는 디트가 태린을 흔들면서 차에서 내리라고 말하고 있었다.

이번에는 모텔이 아니라 어느 가정집이었다. 디트가 빌린 집일 것이다. 디트는 태린의 방을 보여주고 빨리 자라고 한 다음, 밖에서 방문을 잠갔다.

태린이 다시 잠이 들기 전, 문 밖에서 디트가 외쳤다.

"이봐, 꼬맹이. 내가 그 사람들을 제대로 속였지, 응? 내가 제대로 속였어!"

그러고는 계단을 내려가며 껄껄 웃어댔다.

"꼬맹이, 시리얼?"

"고마워요."

태린은 주위를 둘러봤다.

"여긴 네가 그동안 편히 지낸 호화로운 집과 다르지? 고상한 스타일도 아니고 말이야. 염려 마. 그런 건 곧 잊힐 테니까. 꼬맹이, 너랑 나랑 둘이 다시 일을 시작하는 거야."

"그게 무슨 말이에요? 그분들… 하팅어 부부한테 나를 판 거 아니에요?"

디트가 식탁에 시리얼 상자를 내려놓고 우유를 태린 쪽으로 밀었다.

"물론 하팅어 부부한테 돈을 받았지. 그래서 그 부부가 준 수표가 현금으로 바뀌어 내 계좌에 들어올 때까지 난 아무 짓도 안 했다. 그 부부한테 모든 것에 익숙해지고 그걸 당연히 여기도록 2주간의 시간을 줬지. 그런 뒤 몰래 들어가 널 유괴해 온 거야! 네가 들어본 유괴 방법 가운데 가장 교묘하지 않냐? 그렇지?"

"그런데 왜요?"

디트의 얼굴이 어두워졌다.

"넌 똑똑하고 남들보다 머리가 잘 돌아가는 줄 알았는데, 아니었구나."

"난 잘 모르겠어요. 그분들이 돈을 줬고… 그래서 원하는 돈을 받아놓고…."

"나한테 돈이 생겼기 때문이지! 드디어 돈이 생겼다! 필요한 돈이 생겼어!"

"뭐에 필요한 돈요?"

"피피 이식. 마침내 피피 이식에 필요한 돈이 생긴 거야. 자, 처음엔 나한테 네가 있었지만 돈이 없었지. 그다음엔 돈이 생겼지만 네가 없었고. 그런데 지금은 너와 돈 모두 있어! 나 똑똑하지, 응? 너한테는 이 계획을 미리 말해줄 수가 없었다. 네가 실수로 말할 수 있으니까. 어때, 내가 그 사람들을 제대로 속였지?"

"하지만…."

"꼬맹이, 이제 넌 영원히 아이로 살 수 있어. 너랑 나는 동업자가 될 거고, 넌 아이 노릇을 해서 평생 돈을 벌 거야. 피피 이식을 받으려면 선불로 큰돈을 써야 하지만, 그 덕분에 네가 150년이나 200년을 먹고산다면…."

"하지만…."

"에, 이건 소비가 아니라 투자인 셈이지. 꼬맹이, 넌 이제 자라지 않아도 돼! 멋지지 않냐?"

"하지만…."

"커피포트 좀 이리 다오."

"난 자라고 싶어요."

디트가 태린을 빤히 쳐다봤다.

"뭐라고?"

"난 영원히 아이로 사는 게 싫어요… 난 자라고 싶어요."

"자라고 싶다고? 뭐하러?"

"그냥요."

"그냥 뭐하러?"

"모르겠어요."

디트가 한숨을 푹 내쉬었다.

"어른이 되면 넌 값어치가 없어져. 하지만 피피 이식을 받으면 사람들이 계속 널 필요로 할 거야."

"그 사람들은 진짜가 아니에요."

"누구?"

"피피들요."

"그들은 진짜나 마찬가지야."

"그 사람들은 유령이에요."

"너 말고는 아무도 그렇게 생각하지 않아."

"디트 삼촌… 난 남은 삶을 아이로 살기 싫어요… 영원히 아이로 남는 게 싫어요. 언제나 나무에 올라가야 하고, 레모네이드를 마셔야 하고, 옛날 책에 나오는 남자애처럼 행동해야 하고… 오후마다 하루도 빠짐없이 그렇게 행동하며 살기 싫어요. 이 도시 저 도시 옮겨 다니며 살기 싫어요. 마음속은 점점 늙어가는데 겉모습은 언제나 아이처럼 보이는 것도 싫어요…."

"꼬맹이, 하라는 대로 해."

"하지만…."

"꼬맹이, 네가 화를 돋우는구나. 정말 화나게 할래? 내가 널 위해 한 일을 생각해봐. 그 계획, 그 계산, 내가 감수한 위험, 이게 누굴 위한 거냐? 다 널 위한 거야!"

"하지만…."

"'하지만'이란 말 하지 말라고 했지! 너를 위해 일을 벌인 이 디트 삼촌한테 더는 군소리하지 마."

"하지만 진짜 삼촌도 아니잖아요."

"'하지만'이란 말 하지 말라고 했지!"

두 사람은 입을 다물었다. 태린은 음식을 먹으려 했지만 먹을 수가 없었다. 그래서 들고 있던 숟가락을 내려놓았다.

그러다 갑자기 밖으로 달려 나갔다.

즉시 디트가 태린을 붙잡았다. 태린은 주방 문까지도 못 갔다.

"아파요."

"엄살 부리지 마!"

"팔을 비틀고 있잖아요!"

"꼬맹이, 난 너한테 손찌검한 적 없다. 이제껏 단 한 번도. 하지만 앞으로도 없으리라는 법은 없어."

디트가 태린을 다시 자리에 앉혔다.

"당장 먹어."

"먹고 싶지 않아요."

"건강을 생각해야지."

"하지만…."

태린은 시리얼을 뜬 숟가락을 입술에 갖다 댔다. 하지만 숟가락에 든 게 그릇으로 주르륵 떨어졌다. 태린은 흐느껴 울기 시작했다.

"뭐 때문에 우는 거야?"

"아이로 영원히 살기 싫어요… 자라고 싶다고요."

"그건 선택사항이 아니야. 깊이 생각하고 말고 할 것도 없어."

"난 자라고 싶어요."

"꼬맹이, 넌 자라지 않을 거야. 그러니까 그만 징징거려. 좀 있으면 의사가 와서 피피 이식 수술을 할 거야. 자격을 잃은 의사이긴 한데, 유능하고 신중한 의사라 수술은 문제없을 거다."

"디트 삼촌…."

저절로 울음소리가 터져 나와 태린의 몸이 덜덜 떨렸다.

"의사가 마취제를 놓을 거니까 넌 아무것도 못 느낄 거다. 수술을 받으면 한 이틀 정도는 기운이 없을 거야. 하지만 곧 이겨낼 거야."

이제 태린의 목소리에는 슬픔이 가득 배었다.

"난 자라고 싶었어요. 언제나 자라고 싶었어요…."

하지만 디트의 목소리는 점점 매서워졌다.

"꼬맹이, 네가 자랄 수도 있지만 그건 그렇게 대단한 일이 아니야. 자란다는 건 그런 게 아니야, 정말이야. 수많은 사람들이 너랑 입장을 바꾸고 싶어 해. 네가 가진 기회를 얻으려고 말이지. 하지만 그 사람들은 너무 늦었어. 그래, 나도 네 나이에 피피 이식을 받을 수 있었다면 기꺼이 받았을 거다."

"죽어버릴 거예요. 이식 수술을 받게 하면 자살할 거예요. 그럼 값어치가 없어질 테니까!"

"꼬맹이, 자살하는 사람은 아무도 없어. 그럴 이유도 없고 그럴 필요도 없으니까. 너한테는 짧은 적응 시간이 필요할 뿐이야. 일단 적응하고 나면 네 삶이 얼마나 여유로운지 알게 될 거고, 결국 영원히 아이로 살고 싶다고 생각할 거다."

"하지만 난, 난…."

"꼬맹이, 이 문제로 더 이상 너랑 입씨름하기 싫다."

"제발, 이렇게 빌게요. 제발, 제발…."

"더는 얘기하기 싫다고 했지! 정말 화나게 할래? 앞으로 오래도록 동업자로 지낼 거라면 나를 이렇게 화나게 해선 안 되지."

태린은 앞으로 남은 긴 세월을 상상해봤다. 여기저기 모텔들과 끊임없이 옮겨 다니는 생활, 매일 오후 아이가 없는 사람들을 위해 즐겁게 놀아주기, 자기가 번 돈을 모두 낭비하는 디트, 또 다른 기차, 또 다른 도시, 또 다른 고객, 긴 세월 동안… 아이 몸속에 영원히 갇힌 자기 모습….

태린은 그만 정신을 잃었다. 시리얼이 담긴 그릇과 커피포트를 밀치면서 바닥으로 쓰러지고 말았다. 다행히 커피포트가 옆으로 떨어져서 데지는 않았다.

디트가 벌떡 일어서며 욕을 퍼부었다. 하지만 진짜로 쓰러진 걸 알고는 태린을 사뿐히 안아서 방으로 데려갔다. 침대에 눕혀진 태린은 잠시 후 정신을 차렸고, 디트는 태린이 말짱한 걸 확인하자마자 방에서 나갔다.

태린은 눈에 초점을 되찾고 주위를 빙 둘러봤다. 방에 얼마나 누워 있었던 걸까? 몇 분, 아니면 몇 시간? 분명 잠깐이었을 텐데 방이 어두웠다. 눈이 어둠에 익자, 커튼이 내려져 있는 게 보였다. 태린은 커튼을 열려고 비틀거리며 일어났다. 그런데 커튼을 열고 보니 커튼 뒤에 묵직한 나무 덧문이 달려 있고, 그 덧문은 굳게 잠겨 있었다.

덧문의 나무살 사이로 가느다란 햇빛이 들어왔다. 태린은 침대에 몸을 웅크리고 누운 채 닫힌 창문을 바라봤다. 가느다란 햇빛이 방바닥을 지나 자기 쪽으로 조금씩 다가오는 걸 물끄러미 바라봤다. 그 햇빛은 태린을 향해, 정오를 향해, 의사가 올 시간을 향해 다가오고 있었다.

아래층에서는 가끔씩 디트가 움직이는 소리가 들렸다. 문을 여닫는 소리, 텔레비전을 켜는 소리가 들렸다가 다시 조용해졌다.

그리고 초인종 소리가 들렸다.

태린은 몸을 한껏 구부려 단단한 공처럼 만들고, 양손으로 얼굴을 감쌌다.

"난 싫어요. 싫다고요…."

영원히.

아이로 사는 것이.

태린은 발소리가 계단을 타고 올라올 거라 예상했지만 발소리가 들리지 않았다. 태린이 두려워하고 있는 게 아닌 것 같았다. 대신에 아래층에서 장난치며 웃는 소리가, 어떤 여자의 목소리가 들렸다.

"디트, 당신 얘기는 언제나 정말 웃겨요. 당신 때문에 웃겨 죽겠어요!"

그러고는 여자가 짐짓 큰 소리로 웃어댔다. 그 여자가 의사인 것 같지는 않았다.

태린은 여전히 침대에 누운 채 자기 쪽으로 다가오는 가느다란 햇빛을 지켜봤다. 저 햇빛이 몸에 닿을 때쯤 의사가 올 것이다. 그러면 인생은 끝날 것이다.

어떻게 할까?

싸워야 한다. 발로 차고 입으로 물어뜯고 소리 지르고, 발로 차고 입으로 물어뜯고 침을 뱉고….

하지만 그래 봐야 아무 소용 없다. 나는 자라지 못할 거다. 영원히 아이로 남을 거다. 평생토록. 어른이 된다는 게 어떤 것인지도 모를 거다. 절대 모를 거다.

태린은 코를 훌쩍이며 손바닥으로 얼굴에 흘러내린 눈물을 닦았다. 가느다란 햇빛은 계속 조금씩 다가오고 있었다. 곧 있으면 침대 위까지 올 것이고, 그다음에는 몸에 닿을 것이다.

태린은 햇빛이 비치는 곳에 손을 뻗었다. 그리고 자기 손을 가만히 들여다봤다. 솜털과 가는 핏줄, 매끈한 살갗이 보였다. 반면에 디트는 손목에 털이 많고, 손가락은 단단하고 뭉뚝했다. 굵은 팔은 근육이 발달했고, 턱수염은 빠르게 자랐다. 면도하고 몇 시간만 지나도 다시 턱수염이 송송 자라 있었다.

나는 결코 남자가 되지 못할 거다. 계속 남자아이로 남아 있을 거다. 언제까지나 영원히.

"이봐, 꼬맹이! 괜찮지?"

깜짝 놀란 태린은 벌떡 일어서서 방구석으로 물러섰다. 의사가 벌써 온 걸까? 의사가 오는 소리를 왜 못 들었지? 이제 때가 된 건가?

디트가 밖에서 열쇠를 돌려 문을 열었다. 태린은 주먹을 꽉 움켜쥐었다. 뾰족한 손톱이 손바닥을 파고드는 게 느껴졌다.

디트의 눈을 노려야지. 디트가 덮치려 하면 디트의 눈을 향해 주먹을 날리는 거야.

문이 천천히 열렸다.

"아직도 징징대고 있는 거야? 어리석은 짓은 하지 않았겠지? 여기, 네 기운을 북돋아줄 사람을 데려왔다."

디트가 옆으로 비켜서자 여자가 방 안으로 들어왔다. 그 여자는 금발에 얼굴이 예쁘고, 향수를 많이 뿌리고 입술엔 립스틱을 진하게 발랐다. 그리고 감자튀김과 생선튀김에 완두콩 요리가 담긴 접시를 들고 있었다.

"자, 아가야. 먹을 걸 좀 가져왔어. 진짜 가정식 요리라 맛있어. 이걸 전부 내가 직접 데웠단다."

여자가 접시를 내려놓더니 디트를 돌아보며 말했다.

"정말 귀엽지 않아요?"

"내가 말했잖아."

"아, 정말 사랑스러운 아이예요!"

여자가 다가올 때 태린이 뒤로 물러서지 않았다면, 여자는 태린의 머리를 헝클어뜨렸을 것이다.

"아, 부끄러움을 타네요. 정말 귀여워요!"

디트가 찬성의 뜻으로 환하게 웃었다. 새 여자친구의 관심을 끌려고 애지중지하는 차를 자랑하는 사람처럼 보였다.

"꼬맹이, 이쪽은 내 친구 린디야. 인사해라."

"안녕하세요."

린디가 화답으로 오른손을 들어 손가락만 까딱까딱 흔들었다.
“꼬맹이, 수술이 끝나면 린디는 우리랑 함께 지낼 거야. 린디가 네 새엄마가 되는 거지. 우린 한 가족이 될 거야! 어때?”
태린이 아무 대답도 하지 않자, 디트가 린디를 보며 말했다.
“곧 닥칠 일 때문에 약간 예민해져 있어. 하지만 수술이 끝나면 우린 눈 깜짝할 새에 잘 지낼 거야.”
린디의 얼굴이 환해졌다.
“분명히 그럴 거예요. 그럼 아가야, 맛있게 먹어. 나중에 보자.”
린디가 밖으로 나가자, 디트가 태린을 보며 말했다.
“꼬맹이, 다 먹어. 이거 먹고 나면 한참 있어야 다시 먹을 수 있으니까.”
그러고는 방을 휘 둘러봤다. 태린이 아무 짓도 하지 않았는지 확인하는 것 같았다. 그런 뒤 고개를 끄덕이고는 린디를 따라 밖으로 나갔다.
태린은 음식을 쳐다봤지만 손도 대지 않았다. 대신 덧문을 살피면서 열거나 부술 방법이 있는지 찾아봤다. 하지만 덧문은 굳게 잠겨 있었다.
태린은 다시 침대에 누웠다. 그리고 오후의 소리에 귀 기울이면서 덧문 사이로 들어오는 가느다란 햇빛을 지켜봤다. 햇빛은 침대 위로 올라왔다가 양탄자 위로 옮겨 갔다가 벽을 타고 슬금슬금 오르기 시작했다.
아래층에서는 디트와 린디의 목소리가 들렸다 안 들렸다 했다. 이따금 웃음소리가 들렸고, 태린에 대해 말하는지 은밀하게 속삭이는 소리도 들렸다.

가느다란 햇빛이 희미해지자, 방 안이 어둠에 잠겼다. 태린은 하팅어 부부가 자기를 찾을지 궁금했다. 물론 찾을 것이다. 하팅어 부부는 응접실 바닥에 누워 있는 브래들리를 발견하자마자 경찰을 불렀을 것이다.

브래들리가 디트의 얼굴을 봤을까? 봤을 수도 있고 못 봤을 수도 있다.

이제 방 안으로 또 다른 가느다란 빛이 들어왔다. 이번에는 은색의 달빛이었다. 달빛 역시 햇빛과 똑같은 여정을 밟으며 방바닥을 조금씩 가로지르기 시작했다.

그때 무슨 소리가 들렸다. 누군가 아무도 모르게 떠나는 소리. 현관문이 조용히 열렸다가 조용히 닫히는 소리. 뒤이어 길거리에서 발소리가 들리고, 린디의 웃음소리와 함께 말소리가 들렸다.

“하지만 당신이 나를 진짜 웃기고 있잖아요, 디트!”

“조용히 좀 해, 응? 저 애가 들어선 안 돼.”

자동차 문이 열리고, 차가 출발하는 소리.

이제 집에는 태린 혼자였다. 얼마 동안일까? 태린은 알 도리가 없었다. 몇 분일 수도 있고, 몇 시간일 수도 있다. 하지만 이 집에서 나가고 싶다면 지금 나가야 한다.

13
탈출

키네인은 포기하지 않았다. 이미 다른 사람이 한발 앞질렀지만 그래도 포기하지 않았다. 주변 사람들에게 물어보고, 주변을 뒤져서 아이를 다시 찾아야 한다. 반드시 찾아내야 한다.

키네인은 아무렇지 않게 순찰차 옆을 지나쳐 가면서 경찰관에게 말을 걸었다.

"경관님, 여기서 무슨 일이 일어났나요?"

그 경찰관은 상관들이 하팅어 씨 집 응접실에서 진술을 받고 있는 동안 혼자서 보초를 서고 있었다.

"네. 아이가 없어졌어요."

"설마요!"

"어젯밤에요."

"어떻게 그런 일이 일어났죠?"

"누군가 이 집을 지켜보고 있었던 것 같아요. 그러다 하팅어 부부가 나가고 집 안에 아이랑 어른 한 명만 남자, 문을 쾅쾅 두들기고 들어와 덮친 거죠."

"아, 저런…."

키네인은 직감으로 아이를 훔쳐 간 사람이 아이를 판 사람이라는 걸 알아챘다. 새로운 수법은 아니었다. 자기가 갖고 있던 것을 비싼 값에 판 다음, 그것을 다시 훔쳐내기.

태린은 문에 달린 손잡이를 돌렸다. 있는 힘껏 비틀어봤지만 소용없었다. 답답하고 화가 나서 이번에는 발로 문을 세게 걷어찼다. 하지만 균형을 잃고 바닥에 쓰러지고 말았다. 태린은 바닥에 누운 채 신발 뒤꿈치로 문짝을 부서져라 찼다. 그래도 문은 꿈쩍도 하지 않았다. 태린은 계속해서 발로 문을 찼다.

잠시 후 태린이 마지막이라 생각하며 문짝을 걷어찼는데 무슨 소리가 들렸다. 문이 부서지거나 쪼개지는 소리가 아니었다. 달가닥, 찰칵 하고 바닥에 금속이 부딪혀 나는 소리였다.

태린은 기어가서 문 밑 틈새로 내다봤다. 그것은 열쇠였다. 디트가 깜빡하고 문손잡이에 꽂아놓았던 열쇠가 떨어진 게 분명했다.

태린은 열쇠를 끌어당기려고 틈새로 손가락을 비틀어 넣어봤다. 하지만 열쇠가 너무 멀리 떨어져 있었다. 태린은 자리에서 일어나 방을 빙 둘러본 다음 욕실로 갔다. 두루마리 휴지를 모두 풀고 맨 안에 든 둥근 휴지 심을 빼냈다. 그리고 휴지 심을 최대한 납작해지도록 힘껏 누른 뒤 문으로 다가갔다.

태린은 납작해진 휴지 심을 문 밑 틈새로 밀어 넣고 열쇠를 앞으로 끌어당기려 했다. 하지만 잘못해서 열쇠를 더 멀리 밀어버리고 말았다.

안 돼!

태린은 휴지 심을 더 길게 늘이려고 세로로 찢어서 접었다. 그런 뒤 다시 틈새로 밀어 넣었다. 이번에는 천천히, 조심스럽게.

돼다. 드디어 열쇠가 문 쪽으로 가까이 끌려왔다. 하지만 문 밑 틈새가 넓지 않아 손가락으로 열쇠를 잡을 수 없었다. 태린은 다시 욕실로 갔다. 톱 다듬는 줄칼이 눈에 띄었다. 그걸 갖고 방으로 돌아온 태린은 바닥에 엎드려 줄칼로 문 아래쪽을 갈기 시작했다.

문에서 톱밥이 조금씩 떨어져 날렸다. 이마에 땀이 맺히고, 겨드랑이와 등허리로도 땀이 흘렀다. 태린은 쉬지 않고 줄칼로 문 아래쪽을 갈았다. 돌덩이처럼 딱딱한 치즈를 가는 것 같았다.

30분 뒤, 문 아래에 위쪽이 활처럼 둥근 조그만 구멍이 생겼다. 태린은 구멍 속으로 손가락을 밀어 넣었다. 이제 손가락이 열쇠에 닿았지만, 열쇠를 문 안으로 끌어오기엔 구멍이 좁았다. 태린은 다시 줄칼로 문을 갈았다. 또 15분, 20분이 흘렀다. 태린은 다시 구멍 속으로 손가락을 밀어 넣었다.

잡았다. 태린은 손가락으로 열쇠를 낚아 조심스럽게 끌어당겼다. 열쇠가 조그만 구멍을 통과했다. 드디어 열쇠를 손에 쥐었다.

태린은 아프고 뻐근한 몸을 일으켜 세웠다. 양손이 살짝 떨렸다. 태린은 손 떨림이 멈추기를 기다렸다가 문손잡이 구멍에 열쇠를 꽂았다.

열쇠가 돌아가지 않았다.

태린의 얼굴이 달아올랐다. 열쇠가 돌아가야 하는데, 꼭 돌아가야 하는데, 왜 돌아가지 않는 거지? 태린은 다시 해보고, 또 해보고, 또 해봤다. 점점 더 세게 돌려보다가 문득 깨달았다.

열쇠를 거꾸로 돌리고 있었다. 두려움, 긴박감 때문에 그 뻔한 것을 알아채지 못했다. 태린이 이제 반대 방향으로 열쇠를 돌리자,

문틀에서 나사못이 스르르 빠져나갔다. 드디어 문이 열렸다.

태린은 문 밖 복도에 서서 귀를 쫑긋 세웠다. 집 밖에서 디트의 차가 멈춰 서는 소리가 들린 것 같았기 때문이다. 하지만 그 차는 다른 사람의 것이었다. 태린은 서둘러 계단을 내려가 주방과 디트의 방을 돌았다. 디트가 남겨놓은 돈이 있는지 찾기 위해서였다. 그러다 마침내 디트의 주머니에서 떨어졌을 잔돈을 소파에서 조금 찾았다.

태린은 현관문으로 달려갔다. 현관문 역시 자물쇠가 이중으로 채워져 있어서, 안에서 문을 열 때도 열쇠가 필요했다. 태린은 주방으로 가서 뒷문을 열어봤지만 그 문도 마찬가지였다. 창문들도 마찬가지였다.

태린은 주방에 서서 덫에 갇힌 동물처럼 주위를 둘러봤다. 그리고 숨을 깊이 들이쉰 뒤 머리를 쥐어짰다. 뭔가 무거운 것… 무거운 것이 필요했다… 오븐 위에 걸려 있는 단단한 무쇠솥이 눈에 띄었다. 태린은 그 솥을 들고 개수대 옆 창가로 갔다. 그리고 두 손으로 솥을 들어 올려 힘껏 휘둘렀다.

창문 깨지는 소리가 엄청 크게 들렸다. 다행히 아무도 달려오지 않았다. 태린은 오븐용 장갑을 찾아 끼고 창틀에서 깨진 유리 조각을 빼냈다.

창문을 타고 나가려는데 마침 전날 밤 디트가 씌워줬던 야구모자가 눈에 띄었다. 태린은 그 모자를 웃옷 주머니에 쑤셔 넣었다. 그런 뒤 조심스럽게 창문을 타고 기어 나갔다. 떨어진 곳은 집 앞 인도였다. 곧바로 태린은 그곳을 떠났다.

태린이 떠나고 나서 정확히 4분 15초 뒤, 자동차가 모퉁이를 돌아 그 집 앞에 멈춰 섰다. 차에는 세 사람이 타고 있었다. 디트, 린디, 그리고 뒷자리에 앉은 남자. 그 남자의 무릎 위에는 의사들이 쓰는 의료 상자가, 옆자리에는 약품과 수술 기구가 담긴 가죽 가방이 놓여 있었다.

디트가 입을 열었다.

"자, 여깁니다. 돈은 수술이 끝나면 드리겠습니다."

뒷자리의 남자가 고개를 끄덕였고, 그들은 차에서 내려 집으로 들어갔다.

14

아기자기 마을

그 아이가 어디 있는지 아무도 모른다면, 그렇다면 디트가 어디 있는지는 누군가 알 것이고, 디트가 어디 있는지 알아낸다면 그 아이도 찾을 수 있을 것이다. 이것이 키네인의 생각이었다. 키네인은 아직 포기할 마음이 없었다, 결코.

아이를 한정 없이 숨길 수는 없다. 아이를 이용해 돈을 벌고 싶다면 그럴 수 없다. 틀림없이 디트는 아이를 이용해 돈을 벌고 싶어 한다. 그래서 키네인은 쓸 만한 정보를 주면 기꺼이 대가를 치르겠다고 주변 사람들에게 알린 다음, 핸드폰을 끼고 술집에 앉아 전화벨이 울리기를 기다렸다.

조만간 누군가 그 아이를 찾아낼 것이다. 이 도시에서는 아이를 숨길 수 없다. 오래는 숨길 수 없다. 사람들이 아이를 찾을 것이다. 벌이 꽃을 찾듯이. 자칼이 죽은 짐승을 찾듯이.

태린은 야구모자를 푹 눌러 쓰고 어둠 속으로 걸어갔다. 지금 자기가 어디 있는지도, 어디로 가고 있는지도 모르지만 결코 의심받지 않을 걸음걸이를 유지하며 빠르게 걸었다. 자신 있고 대담하게 행동하면 다른 사람들도 신경 쓰지 않을 것이다.

길을 가다가, 모텔 방마다 놓여 있던 성서에서 본 어떤 구절이 떠올랐다.

여우도 굴이 있고 새들도 보금자리가 있으나
사람의 아들은 머리 둘 곳이 없다.

그가 바로 태린이었다. 찾아갈 곳이 없는, 사람의 아들.

어디로 갈까? 어디에 숨을까? 어디에 몸을 누일까?

태린은 세상에서 가장 쉽게 눈에 띄는 존재였다. 밤에 혼자 돌아다니는 아이는 길거리를 걸어 다니는 돈과 같고, 공짜로 가져가라고 내버려둔 금괴와 같았다.

태린은 어깨를 펴고, 양손을 웃옷 주머니에 깊숙이 찔러 넣은 채 디트처럼 약간 우쭐거리며 성큼성큼 걸었다. 얼굴만 보이지 않으면 어른처럼 보일 것이다. 그래, 사람들은 태린을 늘씬하고 키 작은 젊은 어른으로 여기고 가만히 내버려둘 것이다.

"아이 아냐?"

"글쎄, 잘 모르겠어. 아이인가?"

어떤 남녀 한 쌍이 멈춰 서서 태린을 돌아봤다. 태린은 그 사람들이 자기를 빤히 쳐다보는 것 같아 얼른 모퉁이를 돌았다. 그 사람들은 단순한 호기심에서 그런 말을 한 것 같았다. 하지만 그건 알 수 없다. 결코 알 수 없는 일이다.

어디로 갈까? 어디든 가야 할 곳이 있어야 한다. 하팅어 씨 집? 하팅어 부부한테 돌아갈까? 하팅어 부부는 태린한테 많은 돈을 썼다는 이유만으로도 태린을 찾고 있을 것이다. 틀림없이 경찰도 찾고 있을 것이다.

그런데 하팅어 씨 집은 어디에 있지? 그리고 지금 난 어디에 있는 거지? 거대한 도시에는 도로와 집, 고층빌딩과 사무용 건물이 끝없이 펼쳐져 있었다. 사방으로 지평선까지 펼쳐져 있었다.

머나먼 푸른 들판으로
언젠가 돌아가리

그곳, 그 푸른 들판은 어디일까? 왜 그곳이 내 고향 같을까?

태린은 하팅어 씨 집으로는 가고 싶지 않았다. 이제 더는 누구의 소유물이나 전리품이나 애완동물이 되고 싶지 않았다. 누구에게도 속하고 싶지 않았다. 거꾸로 자기한테 속한 누군가가 있으면 좋을 것 같았다.

태린은 고개를 수그리고 좁은 골목을 따라 걸었다. 그 골목길은 어둡고 위험해 보였지만, 탁 트인 길이라고 해서 안전한 것은 아니었다.

태린은 지금쯤 디트가 집에 돌아왔을지, 자기가 사라진 걸 알았을지 궁금했다. 틀림없이 디트는 태린을 찾으러 나설 것이다. 그렇다면 태린은 경찰에게 가야 한다. 디트와 하팅어 부부 가운데 하나를 고르라면, 좀 덜 나쁜 악당인 하팅어 부부를 골라야 한다.

그래도.

그래도 뭐?

그래도 계속 걷기만 했다.

태린은 골목 끝에서 순찰 중인 경찰차를 봤다. 그 차를 쫓아가 손을 흔들며 "멈춰요! 멈춰요! 내가 그 아이예요! 부잣집에서 유괴 당한 아이요!" 하고 소리칠 수도 있었다. 하지만 그렇게 하지 않았다.

태린은 걸으면서 그 노래 가사를 몇 번이고 되풀이해 읊었다. 그래, 그 노래….

머나먼 푸른 들판으로
언젠가 돌아가리

태린은 좁은 골목에서 나와 널찍하고 텅 빈 도로를 따라 걸어갔다. 길가 주택들의 커튼 뒤에서는 텔레비전 화면이 깜박거리고 있었다.

그 사람들이 내 사진을 붙일 거야. 하팅어 부부가 가로등 기둥에 내 사진을 붙일 거야. 내가 잃어버린 고양이라도 되는 것처럼. 내 사진 밑에는 이렇게 쓰여 있겠지.

이 아이를 본 적 있나요? 이 아이를 찾는 데 유용한 정보를 주신 모든 분에게 사례함. 연락처는….

꼭 집 잃은 어린 고양이처럼.

집에 가고 싶어요. 엄마, 아빠, 누구든, 와서 나를 집으로 데려가요. 예전에는 나도 틀림없이 집이 있었을 거예요. 난 집에 가고 싶어요.

"앗! 저 애 봤어?"

"뭐? 뭘 말이야?"

태린은 문제가 생겼다는 걸 알아챘다. 가로등 아래 서 있는 두 남자. 기회를 찾고 있는 두 명의 야바위꾼. 태린은 방금 그 사람들 옆을 지나왔다.

태린은 고개를 숙인 채 계속 걸었다.

"어린애 아니었나?"

"누구?"

"저기 저 애, 저기."

"어린애가 혼자?"

"분명하다니까!"

"그럼 가서 잡아야지!"

"길거리를 걸어 다니는 돈이잖아!"

두 남자가 부리나케 달려 쫓아왔지만, 태린은 이미 저만큼 달려가고 있었다. 태린은 골목길로 피신해서 어느 집의 뒤뜰로 들어가 숨었다. 잠자는 새처럼 조용히.

두 남자는 한참 동안 태린을 찾다가 결국 포기했다.

"그 애를 거금에 팔 수 있었는데."

"그럼 살림이 활짝 폈겠지!"

"아니면 그 애를 데리고 있으면서 일을 시킬 수도 있고."

"사람들은 아이라면 돈을 얼마든 내잖아."

"자, 가지. 가서 맥주나 한 잔 하자구."

태린은 그후 10분을 더 기다렸다. 두 남자가 떠나는 척만 하고 기다리고 있을 경우에 대비해서. 그런 뒤 숨어 있던 곳에서 살금살금 기어 나왔고, 뒤뜰을 에워싼 울타리를 타고 넘어가 뒤쪽 골목으로 뛰어내렸다.

태린은 다시 골목을 따라 걸으며 소파에서 주워 온 돈을 꺼내 세어봤다. 음료수와 먹을거리를 조금 살 수 있는 정도였다.

이제 어떻게 하지?

암담한 현실이 눈앞에 펼쳐졌다. 태린이 달리 갈 곳은 없었다. 하팅어 씨 집보다 나은 곳은 전혀 없었다. 경찰서에 찾아가 자기가 누구인지 설명하고 자수하는 게 유일한 길 같았다.

'자유로웠어, 아주 잠깐이라도 난 자유로웠어' 하고 태린은 생각했다. 자랑스럽기도 하고 슬프기도 했다. 누구에게도 속하지 않았고, 아이인 척할 필요도 없었다. 잠시나마 나는 나였다. 그냥 나. 진짜 자기 자신이 되는 것, 그것이 세상에서 가장 좋은 것이다. 그것이 혼자가 된다는 걸 뜻하더라도.

태린은 밤거리를 계속 걸어갔다. 그러다 문득 희미한 불빛에 이끌려 그쪽으로 서둘러 걸었다. 자갈 깔린 길과 예쁜 광장이 나왔는데, 나이트클럽과 술집과 음식점에서 밝힌 네온 불빛으로 주위가 환했다. 그리고 온갖 피부색과 국적을 지닌 사람들이 한데 섞여 북적였다. 여기서는 아무도 아이처럼 보이는 사람에게 관심이 없는 것 같았다. 사람들은 자기 자신과 옆에 있는 친구들에게만 정신이 팔려 있었다.

태린은 야구모자를 살짝 밀어 올리고 주위를 둘러보다가 모자를 아예 벗어버렸다. 아무도 태린한테 신경 쓰지 않았다. 사람들은 태린을 보고도 쓱 지나칠 뿐, 두 번 다시 쳐다보지 않았다. 그 사람들에겐 태린이 전혀 특별해 보이지 않는 것 같았다.

태린은 그 상황을 이해할 수 없었다. 왜 사람들이 쳐다보지 않는 걸까? 귀찮게 말을 걸지 않고, "저기 봐, 어린애야, 남자애!" 하고 속삭이지 않는 걸까?

태린은 어떤 남자에게 말을 걸었다.

"실례합니다."

남자가 태린을 쳐다봤다.

"무슨 일이죠?"

"이 근처에 경찰서가 어디 있나요?"

남자가 손짓을 하며 말했다.

"저 아래에 있어요. 좌회전, 다시 좌회전해서 쭉 가세요. 10분 정도 걸어가면 될 거예요."

"고맙습니다."

"천만에요."

남자가 미소를 지으며 고개를 끄덕이더니 가던 길을 갔다.

태린은 아이 혼자 밖에서 뭘 하고 있냐며 이런저런 질문을 할 거라고 예상했는데, 아무 질문이 없었다. 놀랍기도 하고 당혹스럽기도 하고, 한편으로는 이상하게도 실망스러웠다.

태린은 그 남자가 가리킨 길로 걸어갔다. 그 길에도 자갈이 깔려 있고, 길가에 술집과 찻집이 늘어서 있었다. 태린은 그 길 끝까지 간 다음 좌회전했다. 좌회전한 길은 더 어두웠다. 술집이나 찻집도 없었다. 길 한가운데 있는 작은 불빛을 제외하고. 태린은 그 앞을 지나면서 약간 지하에 자리한 건물 안을 들여다봤다. 입구가 쇠창살문으로 되어 있었다.

눈앞에 아주 놀랍고, 아주 멋진 광경이 펼쳐졌다. 우뚝 멈춰 선 태린은 흥분과 의혹으로 가슴이 쿵쾅거렸다.

그곳은 아이들로 가득 차 있었다. 40명, 아니 50명은 될 것 같았다. 아이들이 탁자에 앉아 카드놀이를 하거나 음료를 홀짝이며 얘기를 나누거나 테이블 축구와 컴퓨터 게임을 하고 있었다.

그곳에 있는 사람들은 모두가 아이였다. 남자 종업원, 여자 종업원, 바텐더도 아이였다.

아이들… 아이들을 찾았어.

태린은 쇠창살문 앞으로 더 가까이 다가갔다. 아이들이 저기서 무엇을 하고 있지? 무슨 일이 있는 걸까? 특별한 기념행사? 파티? 아니면 생일잔치?

태린은 계단을 내려가 출입문 앞까지 갔다. 문 위에는 '아기자기 마을'이라는 간판이 걸려 있었다.

출입문 옆 어두운 곳에는 경비원이 서 있었다. 그는 아이가 아니었다. 몸집이 크고 무섭고 위엄 있어 보였다.

그런데 태린을 본 경비원이 고개를 끄덕이면서 미소를 지었다.

"안녕하세요?"

그러고는 출입문을 열어줬다.

태린은 깜짝 놀랐지만 그런 기분을 들키지 않으려 애쓰면서 경비원을 쳐다봤다.

"안녕하세요?"

"어서 들어가시죠."

"고맙습니다."

태린이 안으로 들어서자 등 뒤에서 문이 닫혔다. 태린은 기쁨과 의혹이 뒤섞인 기분으로 주위를 둘러봤다. 이런 일이 있을 수 있나? 한 사람도 빠짐없이 모두가 아이였다.

누군가 어깨를 쳐서 돌아보니, 세상에서 가장 예쁜 여자아이가

서 있었다. 세상에서 가장 예쁜 아이가 아니라면 적어도 태린이 이제까지 본 아이들 가운데 가장 예뻤다. 갈색 머리를 한 그 아이는 희고 가지런한 이에 초콜릿을 녹일 법한 미소를 띠고 있었다. 태린은 그 아이를 처음 보는데도 어디선가 본 것 같은 느낌이 들었다. 그 아이는 코끝에 장밋빛이 감도는 하트 모양의 안경을 살짝 걸치고 있었다.

"안녕, 새로 온 친구. 여기서 처음 보는 것 같군."

태린은 더듬거리며 대답했다.

"으-응, 하-한 번도… 처음 왔거든…."

여자아이가 태린을 궁지에서 꺼내주려고 들고 있던 빈 유리잔을 높이 쳐들었다.

"이 아가씨한테 한 잔 사는 게 어때?"

"그-그럴게. 당연히 사야지."

여자아이가 손짓으로 바텐더를 불렀다.

"친구들, 어떤 거로 줄까?"

아, 바텐더도 아이였다. 열 살쯤 되어 보였는데, 머리카락은 위로 높이 세워 붙였고 얼굴에는 주근깨가 나 있었다.

"뭘 마실 거야?" 바텐더가 이번에는 소리를 질렀다.

"주스 줘요. 오렌지 주스요." 태린이 말했다.

"이쪽 숙녀는?" 바텐더가 다시 물었다.

"짐, 평소 마시던 거로 줘."

"자, 금방 됩니다."

바텐더가 최고급 몰트위스키라는 라벨이 붙은 병에 유리잔을 대더니 술을 따랐다. 태린은 약간 놀라서 바텐더를 쳐다봤다. 바텐

더는 술을 따른 잔을 여자아이 앞에 내려놓고, 태린에겐 오렌지 주스를 따라줬다. 태린은 돈을 건네고 잠시 기다렸지만 잔돈을 내주지 않았다. 그제야 자기가 가진 돈을 변변찮은 음료 두 잔에 몽땅 써버린 걸 알고 당황했다. 태린은 다시 조심스레 주위를 둘러봤다. 놀랍게도 그곳은 모든 것이 아이에게 맞는 크기로 되어 있었다. 화장실에도 '여아용 화장실'과 '남아용 화장실'이라는 표지판이 붙어 있었다.

술잔을 받은 여자아이가 말했다.

"자, 건배해. 행운을 빌어. 새 친구를 위해 건배."

여자아이가 술을 한 모금 마셨다.

"어머나! 언제나 맛이 끝내준다니까."

여자아이가 카운터 앞 의자에 다리를 꼬고 앉더니 태린에게도 옆자리에 앉으라고 했다.

"자, 너에 대해 말해봐. 무슨 일을 하니?"

태린은 난처했다.

"무슨 일을 하냐고?"

"그래. 노래를 하니? 춤을 추니? 점을 치니? 악기를 연주하니?"

태린은 그 귀여운 여자아이를 빤히 쳐다봤다. 그 아이는 아주아주 예뻤다. 믿을 수 없을 만큼 예뻤다. 게다가 보면 볼수록 어디선가 본 것 같은 느낌이 들었다.

"나는… 난… 사실 아무것도 안 해."

여자아이가 웃음을 터뜨렸다.

"여보세요, 하는 일이 있을 거 아냐? 한데 왜 이제껏 너를 한 번도 본 적이 없지? 여기 처음 온 거야? 순회 중이야?"

"순회?"

"그래, 순회. 지금 순회공연 하고 있니?"

"공연?"

"너, 공연 일에 종사하는 거 아냐? 공연 일에 종사하거나 술집을 잘못 찾아왔거나, 둘 중 하나겠지."

"뭐라고?"

"뭐라고? 뭘 뭐라고?"

여자아이가 까르르 웃음을 터뜨렸다.

태린은 뭐가 우스운지 알 수 없었다. 태린은 술집에 있는 다른 사람들에게 눈길을 돌렸다. 이제까지 이렇게 많은 아이를 본 적이 없었다. 단 한 번도.

"여보세요, 네 이름이 뭐야?"

아이가 '여보세요'라는 말을 쓰니 이상하게 들렸다. 쌀쌀맞고 무관심하고 약간 빈정대는 것 같기도 했다. 태린은 이전에 그 여자아이를 본 적이 있다는 확신이 점점 굳어졌다. 그런데 어디서?

"태린. 난 태린이라고 해."

"멋진걸. 특이하지만 멋진 이름이야."

여자아이가 위스키를 한 모금 더 마셨다. 진짜 위스키일까? 설마 아니겠지. 하지만 위스키 냄새가 났다. 태린은 위스키 냄새를 알고 있었다. 디트가 가끔 마셨으니까. 게다가 술집에 있는 다른 아이들도 술을 마시고 있었다. 맥주를 마시는 아이들도 있었고, 어떤 탁자에는 포도주가 몇 병씩 놓여 있었다.

이번에는 태린이 물었다.

"네 이름은 뭐야?"

"다비나. 미스 다비나."

드디어 태린은 그 여자아이가 누구이고, 어디서 그 아이를 봤는지 기억났다. 나이트클럽 밖에 붙어 있던 포스터. *미스 다비나 '보보' 핍, 세상에서 가장 귀여운 아이.*

디트가 미스 다비나에 대해 했던 말이 떠올랐다. "꼬맹이, 적어도 마흔 살은 됐겠다." "저 사람도 피피 이식을 받은 거예요?" "틀림없어. 너, 저 애가 벌고 있는 돈을 생각해봐."

미스 다비나가 선글라스를 벗어서 카운터 위 술잔 옆에 내려놓았다.

태린은 미스 다비나의 눈을 빤히 쳐다봤다.

"얘, 왜 그렇게 보니?"

태린은 다시 주위에 있는 아이들을 하나하나 살펴봤다. 이제 보니 진짜 아이는 한 명도 없었다. 모두가 영원히 자라지 않는 피피였다.

분명히 마흔 살은 됐을 거야….

미스 다비나가 다시 위스키를 한 모금 들이켠 뒤 카운터에 술잔을 내려놓았다.

"어머나, 너 진짜구나. 너 진짜였어, 그렇지? 너 진짜지?"

술집 안이 갑자기 조용해졌다. 손님들이 몸을 돌려 카운터 앞에 미스 다비나와 함께 앉아 있는 남자아이를 쳐다봤다.

"저 애가 진짜라고?"

"저 애가 진짜라고 말한 거야?"

"피피가 아니라고?"

태린은 가슴이 꽉 죄면서 뭐라고 설명할 수 없는 두려움을 느꼈다. 그 사람들 자체가 두려운지, 아니면 피피 이식을 받은 사실이 두려운지 알 수 없었다.

아주 잠깐 동안 태린은 그 사람들이 한꺼번에 달려들어 자기 멱살을 움켜쥐고 때릴 것만 같았다. 자기들이 잃어버린 기회를 아직 갖고 있다는 이유로 복수를 할 것만 같았다… 어른이 될 기회.

하지만 사람들은 화난 것 같지 않았다. 그저 궁금해하고, 뭔가를 그리워하는 표정이었다. 자기들의 과거를 떠올리게 하는 태린을 보고 약간 슬퍼하는 것도 같았다.

잠시 후 사람들이 고개를 돌리고 다시 카드놀이를 하거나 대화를 나누거나 술을 마시기 시작했다.

미스 다비나가 위스키를 한 잔 더 주문했다.

"얘, 너도 한 잔 더 줄까?"

"난 됐어요. 고마워요."

태린은 주스에 거의 손도 대지 않고, 미스 다비나가 술을 마시는 모습을 지켜보기만 했다. 미스 다비나는 어머니나 할머니라고 불러도 될 만큼 나이가 들었지만, 겉으로 보기엔… 틀림없이… 여자아이였다.

"얘, 여긴 어떻게 왔니?"

"그냥… 우연히 알았어요."

"누가 말해준 게 아니라?"

"네."

"너, 도망치는 중이구나. 그렇지? 누구한테 쫓기고 있는 거니?"

태린은 고개를 끄덕였다.

"너를 소유한 주인이니?"

태린은 망설였다. 미스 다비나한테 말해도 괜찮을지 몰라서였다. 그런데 태린이 뭐라고 대답하기도 전에 어둑한 한구석에서 누군가 버럭 소리를 질렀다.

"네가 속였잖아!"

"난 안 속였어!"

"네가 속였어! 내가 봤어! 속였잖아!"

마치 아이들이 장난으로 카드놀이를 하면서 승강이를 벌이듯, 두 남자가 말다툼을 하기 시작했다. 그들은 겉으로는 아이처럼 보이지만 실제로는 서른 살이나 마흔 살, 혹은 쉰 살쯤 되었을 것이다. 그리고 탁자에는 2천, 혹은 3천 유닛이 판돈으로 놓여 있었다.

"그건 네 카드가 아니야!"

"이건 내 카드야!"

한 남자가 갑자기 다리를 홱 비틀어 탁자를 세게 치는 바람에 맥주병이 넘어졌다. 맥주병이 바닥에 떨어지면서 요란한 소리가 났지만 다행히 깨지지는 않고 갈색 거품이 흘러나왔다.

"이봐! 너희 둘! 그만해!"

바텐더가 이렇게 소리치고 경비원을 부르러 갔다.

두 남자가 자리에서 일어나 서로를 향해 덤벼들었다. 한 사람이 손바닥으로 상대편 어깨를 밀자, 상대편도 똑같이 대응했다. 태린은 약간 겁에 질린 채 멍하니 두 남자를 지켜봤다. 꼭 쌍둥이가 장난감을 두고 싸우는 것 같았다.

"한 번만 더 그러면 죽여버릴 거야!"

두 남자 모두 술에 취해 있었고, 피곤해 보였다. 저녁 내내 술을 마신 것 같았다.

마침내 경비원이 싸움을 말리려고 달려왔다. 경비원은 보통 어른처럼 키가 커서 손님들 위로 머리가 우뚝 솟았다. 머리가 천장에 닿지 않게 하려면 허리를 약간 구부려야 했다.

"자, 여러분, 진정하세요. 무슨 문제가 있나요?"

"이 친구가 먼저 시작했어."

"나 아니야!"

"이 친구가 속임수를 썼거든."

"아니라니까! 속임수를 쓴 건 이 친구야. 이 친구라고!"

"자, 자, 알았어요. 두 분 다 충분히 즐긴 것 같으니, 이제 그만 끝내시죠, 네?"

두 남자가 내키지 않는 기색으로 소지품이며 겉옷을 주섬주섬 챙기더니 비틀거리며 술집에서 나갔다. 한 사람이 나가고 나서 한참 있다가 다른 사람이 나갔다. 두 번째 남자는 비틀거리며 걷다 하마터면 쓰레기통과 부딪힐 뻔했다. 부모가 집을 비운 사이에 몰래 술병에 손을 대서 취하도록 마신 심술궂은 아이 같았다.

미스 다비나가 미소를 지으며 입을 열었다.

"저 둘은 늘 저래. 처음엔 기분 좋게 시작하지만 마지막엔 언제나 싸움으로 끝낸단 말이야."

"아는 사람이에요?"

"넌 모르니?"

"네."

"동안 체스터랑 귀염둥이 조."

"뭘 하는 사람들이에요?"

"세상에서 가장 못된 개구쟁이들, 모두가 갖고 싶어 하는 어린 악당들로 불리지. 코미디 연극을 하고, 나이트클럽에서도 일해. 파티 같은 데 불려 가서 시시한 연극이나 음식 던지기 장난 같은 것도 하고."

"두 사람은 형제인가요?"

"아닐걸."

태린은 오렌지 주스를 한 모금 마셨다.

혼자 앉아 술을 마시면서 비싸 보이는 담배를 피우는 남자아이가 눈에 띄었다. 남자아이가 손에 든 담배는 무척이나 커 보였다. 하지만 그 부조화를 알아채지 못하는지 남들 시선은 전혀 신경 쓰지 않고 계속 담배를 피웠다.

카운터 저쪽에서는 열 살이나 열한 살쯤 되어 보이는 여자아이 둘이 체리와 작은 종이우산으로 장식한 칵테일을 마시고 있었다. 한 아이가 울고 있는 다른 아이를 위로하는 것 같았다. 울고 있는 아이는 진하게 화장한 터라 눈물 때문에 얼굴에 줄무늬가 나 있었다.

"그 사람이 나를 사랑한다고 했어. 나를 사랑한다면서 평생 함께하자고 했는데. 그래놓고 저 여자 때문에 나를 떠났어!"

울던 아이가 이렇게 말하고는 술집 한구석을 노려봤다. 어둑한 구석에 남녀 한 쌍이 손을 마주 잡고서 서로의 눈을 뚫어지게 쳐다보고 있었다.

"남자들 말이야! 남자를 믿지 마!"

그때 카운터 한쪽에 앉아 있던 어떤 남자아이가 고개를 들더니 두 여자아이를 향해 소리쳤다.

"뭐라고? 여자들은 뭐가 더 나은데? 그렇다면, 나도 할 말이 좀 있어…."

울던 아이의 친구가 대꾸했다.

"우리 얘기에 끼어들지 마. 네 말 따윈 듣기 싫어. 쓸데없는 참견 마."

그러고는 손짓으로 바텐더를 불렀다.

"짐, 여기 한 잔 더 줘. 큰 거로."

태린은 눈앞에 펼쳐진 모든 광경이 부자연스럽고 비현실적으로 느껴졌다. 당장이라도 무대 뒤에서 뛰쳐나온 감독이 이렇게 소리칠 것 같았다. "컷! 좋아! 나쁘지 않지만 한 번만 다시 찍자. 어린이 여러분, 이번에는 좀 더 역동적으로 해보자."

하지만 이 모든 것이 진짜였다.

"뭘 그렇게 멍하니 생각하니?"

미스 다비나가 내내 태린의 얼굴을 보고 있다가 미소를 띠며 물었다.

"뭘 생각하고 있었어?"

"아, 모르겠어요… 그냥…."

"너, 우리처럼 되기 싫지?"

"아니에요."

"너, 우리가 싫지?"

"아, 아니에요. 그냥 좀…."

"너, 우리가 가엾지? 불쌍하지? 그리고 우리가 아주 무섭지?"

태린은 대답하지 않았다. 대신 오렌지 주스 잔을 가지고 장난을 쳤다.

"너, 우리처럼 되고 싶지 않은 거지?"

태린은 결국 입을 열었다.

"죽고 싶어 하는 사람은 아무도 없다고 생각해요. 늙고 싶어 하는 사람도 없고요. 하지만 영원히 아이로 살고 싶어 하는 사람도 실제로는 아무도 없을지 몰라요. 한때는 영원히 아이로 살고 싶어 했을지 모르지만…."

"얘, 그럼 사람들이 뭘 바란다고 생각하니?"

"난 모르겠어요… 사람들은 자기가 진짜로 뭘 바라는지 알까요? 아주머니는… 언제… 왜… 이런…?"

"피피 이식을 받았냐고? 오래전이다. 네가 태어나기도 전. 우리 부모님은 내가 피피 이식을 받기를 원하셨어. 당신들의 귀여운 딸이 자라는 걸 싫어했지. 아버지한테 난 언제나 어린 딸이 되어야 했어. 부모님은 내가 피피 이식을 받는 게 최선이라고 생각하신 것 같아."

"지금 그분들은…."

"돌아가셨어. 죽음은 뒤로 미룰 수 있을 뿐이야. 물론 오래 미룰 수 있지. 하지만 결국엔 모두가 받아들여야 하는 거야. 자, 그만 가자."

미스 다비나가 술잔을 비우고 자리에서 일어섰다.

태린은 머뭇거렸다.

"어디로…?"

"집으로 갈 거야. 나랑 우리 집에 안 갈래?"

"저기…."

"자, 가자. 너를 숨겨줄게. 우리 집에 가면 안전할 거야. 내가 네 엄마랑 나이가 비슷하잖아."

미스 다비나가 안타까움과 슬픔이 담긴 눈길로 태린을 봤다.

"아니, 저…."

"얘야, 딴 데 갈 데가 있니?"

태린은 미스 다비나를 믿어도 될지 어떨지 몰라 계속 머뭇거렸다.

"가자, 얘야. 나이로 따지면 내가 네 엄마뻘 아니니? 나랑 우리 집에 가자. 나도 가끔 외롭거든. 그리고 늘 아이를 갖고 싶었단다. 내가 너를 돌봐줄게. 내 아들이 돼서 우리 집에 숨어 지내면 되잖아. 넌 자라서 어른이 될 수 있어. 그게 네가 원하는 거지? 몸집이랑 키가 커지고 면도를 시작할 때쯤이면 넌 안전해질 거야. 어른이 되면 아무도 너한테 간섭하지 않을 거야. 그럼 넌 가엾고 늙은 네 엄마를 돌볼 수 있겠지. 네 엄마가 누구냐면, 바로 나!"

미스 다비나가 낄낄대며 웃었다. 태린도 예쁘고 귀여운 이 여자아이가 덩치 크고 변덕스러운 남자아이의 엄마가 될 거라는 터무니없는 상상에 저절로 웃음이 나왔다.

"얘, 어떡할래? 난 지금 가야 하거든. 가서 일찍 자야지."

미스 다비나가 어깨에 외투를 걸쳤다. 목둘레에 인조 모피가 달린 그 외투는 폭신하고 비싸 보였는데, 미스 다비나의 눈부신 곱슬머리와 예쁜 얼굴에 딱 어울렸다.

"자, 갈까?"

태린은 여전히 망설여졌다. 안전할 거라는 미스 다비나의 약속을 믿어도 될지 어떨지 알 수 없었다. 하지만 미스 다비나의 집이 아니면 어디로 가겠는가? 이제 남은 길은, 길거리의 사냥꾼들에게 잡히거나 하팅어 부부의 고양이 바구니 속으로 다시 돌아가는 것뿐이다. 사냥감이 되거나 애완동물이 되거나, 둘 중 하나. 태린은 어느 쪽도 바라지 않았다.

태린이 고개를 끄덕이며 자리에서 일어섰는데, 태린의 키가 미스 다비나보다 약간 더 컸다. 많이는 아니고 몇 센티미터쯤.

“고마워요. 잠깐이라도 머물 수 있다면….”

“자, 그럼 가자.”

미스 다비나가 앞장서서 출입문으로 향했다. 경비원이 문을 열어주며 작별 인사를 건넸다.

길거리로 나오자, 미스 다비나가 태린한테 팔짱을 꼈다. 태린은 그녀와 팔짱을 끼고 있는 게 약간 어색했다.

“얘, 나를 다비나라고 불러줘. 아니면, 엄마라 불러도 되고.”

어떻게 엄마라고 부르겠는가? 미스 다비나는 겨우 열한 살인데.

태린은 방금 나온 술집을 돌아봤다. 간판의 네온 불빛이 켜졌다 꺼졌다 하고 있었다. 아기자기 마을… 어둠… 아기자기 마을.

이제 술집 안쪽은 보이지 않았다. 그래서 태린은 짐이라는 바텐더가 핸드폰으로 누군가에게 전화를 건 사실을 알지 못했다. 짐은 전화를 걸어 이렇게 말했다.

“당신이 그 물건을 찾고 있다고 했죠? 그 물건이 있는 데를 알려 줄 수 있는데. 당연히 먼저 나머지 돈을 받아야죠. 그래요. 돈이 없으면 정보도 없죠. 좋아요. 그때 봅시다.”

처음에 태린은 유괴범이 왜 다비나와 자기를 쫓아오지 않는지 궁금했다. 그리고 다비나가 왜 이제껏 길거리에서 붙잡혀 하팅어 부부처럼 부유하지만 아이가 없는 부부에게 팔려 가지 않았는지 궁금했다. 하지만 궁금증은 오래가지 않았다. 다비나의 눈빛과 걸음걸이와 몸가짐에는 뭔가가 있었다. 누구든 신경 써서 보면 그녀가 결코 아이가 아니라는 걸 알아챌 것이다. 다비나에게서는 어린이 특유의 몸짓이나 버릇을 전혀 찾아볼 수 없었다. 무대에서는 아이 흉내를 내지만 지금은 자신만만하고 어른스럽게 똑바로 걷고 있었다.

유괴범이라면 다비나를 보기만 해도 바로 알 것이다. 태린은 그녀가 안전하다면 자기도 안전하리라는 생각이 들었다. 그녀뿐 아니라 자기도 피피로 여길 테니까. 디트와 마주치지만 않는다면.

교차로에 이르자, 다비나가 팔짱을 풀고 인도의 가장자리로 올라섰다. 그리고 손가락 둘을 입 안에 넣어 휘파람 소리를 냈다. 지나가는 택시를 불러 세울 만큼 크고 날카로운 소리였다.

지나가던 택시가 유턴을 했는데, 마침 술집과 극장이 문을 닫는 시간이라 집으로 돌아가려는 사람들로 길거리가 북적였다. 한 남자가 태린과 다비나 앞에 끼어들더니 택시 문에 손을 갖다 댔다.

"기사 양반—"

그러자 다비나가 소리를 버럭 질렀다.

"내 택시에서 물러서!"

남자가 뒤돌아서 그녀를 내려다봤다. 반쯤은 깜짝 놀랐다는, 또 반쯤은 재밌다는 눈빛이었다.

다비나가 특유의 여자아이 목소리로 다시 소리쳤다.

"그래, 너 말이야! 이건 내 택시야. 내가 휘파람을 불어 잡은 택시라고. 그러니 그 문에서 손 떼!"

남자가 다비나를 노려봤다.

"이봐, 귀여운 아가씨. 이 늦은 시간에 밖에서 뭘 하고 돌아다니는지 모르겠군."

"귀여운 아가씨라고? 이 얼간이 같은 녀석! 그게 네 엄마뻘인 사람한테 할 말이냐! 내가 네 엄마였다면 남의 택시를 가로채면 안 된다는 예의범절 정도는 가르쳤을 텐데! 그만 비켜!"

그래도 덩치 큰 그 남자가 가만히 버티자, 다비나가 남자의 양다리 사이로 쏙 들어가면서 태린을 잡아당겼다. 그리고 남자가 상황을 파악하기 전에 재빨리 택시에 올라탔다.

"아가씨, 어디로 모실까요?"

"조금 있다 말해줄게요. 일단 직진하세요."

택시가 출발했다. 다비나가 새치기하려던 남자를 노려봤다.

"정말 싫어. 저 녀석들은 아이한테는 권리가 없고, 어른의 몸을 한 자기가 늘 먼저라고 생각하지. 얘야, 어른의 몸을 하고 있어도 마음은 콩알만 한 사람들이 많단다. 가끔 난 작은 몸으로 사는 게 싫지만, 절대 진심은 아니야. 기사님, 여기서 좌회전해주세요."

택시가 큰길에서 벗어나더니 아파트 단지 앞에서 멈췄다. 다비나는 요금에 팁까지 얹어줬다. 차창 밖에서 돈을 건네느라 까치발을 해야 했지만.

"고맙습니다, 아가씨."

"저도 고마워요."

다른 승객을 찾아 택시가 떠났다.

다비나의 아파트는 크지 않았지만 그 정도면 충분했다. 집 안은 다비나가 옷 입는 방식과 비슷하게 유명 디자이너 제품과 인조 모피로 꾸며져 있었다. 바닥에 깔린 양탄자는 폭신하고 부드러웠다. 태린은 양탄자에 발자국이 남지 않도록 얼른 신발을 벗었다.

"자기 전에 한 잔 어때?"

다비나가 이렇게 묻더니 곧장 술병이 진열된 선반으로 향했다. 그러다가 문득 걸음을 멈추고 웃음을 터뜨렸다.

"내가 이렇게 정신이 없다니까. 먹을 거라도 좀 만들어줄까?"

"저기, 약간 배가 고프긴 해요…."

"이리 와. 뭘 좀 만들어줄게."

다비나가 파스타를 만들어줄 테니 앉아서 기다리라고 했다. 태린은 그녀가 파스타 소스를 만들기 위해 채소와 토마토를 써는 모습을 보며 감격했다. 이때까지 디트가 해준 거라곤 작은 케첩 봉지를 뜯어준 것뿐이었다.

다비나는 요리하는 내내 백포도주를 한 모금씩 홀짝였다. 태린은 그렇게 예쁜 여자아이가 요리하면서 포도주를 마시고, 가끔 옛날 뮤지컬에 나오는 노래를 흥얼거리는 상황이 무척 어색했다.

"자, 여기."

다비나가 태린한테 우유를 따라줬다.

"우리 두 사람을 위해."

그러고는 잔을 들어 태린의 우유 잔에 쨍그랑 하고 부딪쳤다.

"건배!"

그런 뒤 비밀스러운 농담이라도 한 것처럼 낄낄대며 웃었다.

다비나가 손을 뻗어 태린의 머리를 헝클어뜨렸다. 태린이 오후의 아이 노릇을 하던 때, 태린을 빌린 손님들도 그렇게 머리를 헝클어뜨리곤 했다. 그런데 아이인 다비나가 그런 행동을 하는 것은, 태린을 그렇게 대하는 것은 어쩐지 잘못된 것 같았다… 태린은 등골이 오싹했다.

머지않아 파스타와 소스가 만들어졌다. 다비나가 태린을 위해 식탁에 음식을 차려줬다.

"얘, 저녁 다 됐다. 맛있게 먹어."

다비나는 파스타를 먹지 않고, 태린이 먹는 모습을 잠깐 지켜보다가 일어섰다.

"난 가서 네 잠자리를 준비할게."

태린은 다비나가 베개와 침대 시트와 이불을 들고 왔다 갔다 하면서 빈방에 잠자리를 준비하는 걸 바라봤다.

"자, 여기 와서 봐."

태린은 접시를 개수대에 넣고 방을 보러 갔다. 그 방은 온통 파란색으로 꾸며져 있었다.

"마음에 드니?"

"멋지네요. 아주 멋져요."

"남자아이 방 맞지?"

"네. 남자아이 방이네요."

"좋았어. 자, 이리 와. 아이스크림 좀 먹을래?"

다비나가 태린을 다시 주방으로 부르더니 그릇을 두 개 꺼냈다. 그리고 냉동실에서 꺼낸 큰 통에서 아이스크림을 조금씩 덜어냈다. 두 사람은 식탁에 앉아 아이스크림을 먹었다. 다비나는 아이스크림을 먹는 동안에도 계속 포도주를 홀짝거렸다.

다비나의 아파트에 있으니 안전하고 편안해야 했다. 아무튼 길거리보다는 안전했다. 그런데 어쩐지 온갖 해묵은 감정들이 다시 수면으로 떠오르기 시작했다. 옛날에 느낀 감정, 돈을 낸 고객들을 기쁘게 해주고 그들이 바라는 아이가 되어야 했던 그 수많은 오후에 느낀 감정이 고스란히 되살아났다.

난 더 이상 그렇게 살기 싫어. 난 내가 되고 싶어. 난 어떡하지? 내 곁에는 누가 있을까? 내 곁에 있었으면 하는 사람은 누구일까? 예전에 나한테도 틀림없이 있었을 엄마나 아빠? 난 어떡하지? 우리 집은 어떡하지? 내가 느끼는 이 감정은 어떻게 하지?

이제 다비나는 약간 술에 취한 것 같았다.

"얘, 너 정말 귀엽구나. 넌 세상에 혼자뿐인 가엾은 아이야. 하지만 걱정하지 마. 이제 엄마가 여기 있잖아. 엄마가 너를 잘 돌봐주고, 그 나쁜 인간들이 너를 잡아가지 못하게 할 거야. 여기에만 있으면 넌 무사할 거야. 엄마가 일하는 동안 넌 여기 숨어 있으면 돼. 엄마가 돌아와서 요리도 해주고 이야기책도 읽어줄게. 그럼 모든 게 아주 근사할 거야. 우린 한 가족이 될 거야. 내 아들과 나, 이렇게 둘이. 얘, 그렇지? 그렇지?"

다비나가 태린의 손 위에 자기 손을 올렸다. 하지만 그 행동이 태린을 위로하려는 것인지, 아니면 자기가 위로받으려는 것인지는 알 수 없었다.

태린은 여자아이 같은 다비나의 얼굴을 쳐다봤다. 등골이 오싹해졌다. 하지만 다른 한편으로는 그녀가 가엾기도 했다.

"얘야, 그렇지? 그렇지?"

"네, 그럼요."

"얘, 똑바로 말해봐…."

"네, 엄마. 네, 그래요."

다비나의 얼굴이 기쁨으로 환하게 빛났다. 두 눈에서는 눈물이 글썽였다. 그녀가 태린의 손을 꽉 쥐었다.

"내 귀여운 아이, 내 귀여운 아이…."

잠시 후 다비나가 시계를 쳐다봤다.

"아, 이런! 지금 내가 뭘 하고 있는 거야! 시계 좀 봐! 벌써 잘 시간이 한참 지났잖아! 네 칫솔을 찾아줄게. 화장실이 어디 있는지도 가르쳐주고."

다비나는 태린한테 필요한 것들을 화장실로 가져다주고, 태린이 화장실에서 볼일을 보는 동안 문밖에서 이렇게 소리쳤다.

"너한테 맞는 잠옷이 없구나. 내일 아침에 사줄게."

"괜찮아요. 고마워요."

"손 씻는 거 잊지 마."

"알았어요…."

그러자 다비나가 낄낄대며 웃었다. 여전히 취한 상태였다.

"누구를 알았는데?"

태린은 하마터면 비명을 지를 뻔했다. 하지만 분위기를 깨면 자기를 밤거리로 다시 쫓아낼까 봐 두려웠다. 그러면 어디에서 잠을 잔단 말인가?

"알았어요… 엄마."

"착하기도 하지. 이따 잠자기 전에 네 방에 들를게."

다비나가 주방으로 가는 소리가 들렸다. 태린은 재빨리 자기 방으로 들어가 침대 속으로 파고들었다.

잠시 후 다비나가 유리잔을 들고 왔다.

"물을 좀 가져왔다."

"고마워요."

다른 손에는 책을 들고 있었다.

"책 읽어줄까?"

"좀 피곤한데…."

"그럼 잠이 잘 오도록 책 읽어줄게."

태린은 너무 피곤해서 더는 항의할 수 없었고, 너무 지쳐서 더는 신경 쓸 수 없었다.

다비나가 책을 읽기 시작했다.

"옛날 옛적 아주 머나먼 곳에…."

태린은 곧바로 깊은 잠에 빠지는 바람에 그 이상은 듣지 못했다.

다비나는 태린의 눈이 감기는 걸 보고, 태린의 숨소리가 고르게 굵어지는 걸 들었다. 하지만 계속해서 책을 읽었다. 옛날 옛적 그 머나먼 곳에서 무슨 일이 벌어졌는지 자기 자신한테 들려주려고.

15

평생의 추적

키네인은 드디어 아이를 잡은 것 같았다. 지금은 길 건너 차 안에 앉아 기다리고 있었다. 여덟 시, 아홉 시, 열 시, 열 시 반. 시간이 천천히 흐르는 강물처럼 흘러갔다.

마침내 아파트 위쪽 창문에서 커튼이 열리더니 창밖으로 어린 여자아이 얼굴이 나왔다. 여자아이가 길거리를 살짝 내려다봤다. 창턱이 높아 까치발로 서 있는 것 같았다. 하늘이 흐리고 이슬비가 내리는 걸 눈여겨보더니, 곧바로 여자아이의 얼굴이 사라졌다.

"얘, 아침 먹을래?"

태린이 눈을 뜨니, 다비나가 반쯤 열린 방문 앞에 서 있었다.

"아침 먹을래, 아니면 좀 더 잘래? 우리가 좀 늦게 일어났어, 그렇지?"

"지금 몇 시예요?"

"열 시가 막 지났단다."

"일어날게요. 아침 먹고 싶어요. 고마워요."

태린은 옷을 차려입고 잠깐 욕실에 들렀다가 다비나가 있는 주방으로 갔다.

"얘, 난 지금 나가봐야 해. 일을 해야 하거든. 먼저 공연 연습이 있고, 낮 공연에 저녁 공연까지 있어. 가능하면 중간에 한 번 들를게. 아니면 잠깐 외출해서 너한테 필요한 물건들을 사뒀다가 저녁에 갖고 올게."

"제가 할 일이 있을까요?"

"할 일?"

"청소를 할까요?"

"하고 싶으면 해. 여기, 시리얼 있다. 많이 먹어. 엄마는 지금 나가봐야겠다."

태린은 몸을 바르르 떨었다. 다비나가 그 모습을 봤다.

"춥니?"

"아, 아뇨. 그냥… 저기… 아침에 일어나서 하는… 기지개 같은 거예요."

태린은 다비나가 무대 의상이며 무용화를 챙기는 모습을 가만히 지켜봤다.

"뭐 하세요?"

"노래하고, 춤추고… 어린 여자아이가 되는 거지. 사람들이 원하는 대로. 너도 알지?"

"네, 알아요."

"언제 한번 와서 보렴. 조만간. 오늘은 말고."

"네. 그럼 좋겠어요."

"그래. 얘, 나중에 보자. 얌전히 있어라. 오늘은 집 안에만 있는 게 좋겠어, 그렇지?"

"네. 그럴게요. 다녀오세요…."

다비나가 다음 말을 기다렸다.

"…엄마."

그제야 다비나가 만족스러운 미소를 짓고 집을 나섰다. 문밖에서 울리는 다비나의 발소리가 동전이 계단을 따라 굴러떨어지는 소리처럼 들렸다.

태린은 창가로 가서 다비나가 택시를 타고 떠나는 모습을 지켜봤다. 그런 다음 주방으로 돌아와 아침을 먹었다. 초인종이 울렸지만 대답하지 않았다. 우체부일 게 분명했다. 초인종이 한 번 더 길게 울렸다. 이제 틀림없이 우체부는 포기하고 소포인지 뭔지를 이웃집에 맡기고 갈 것이다.

태린은 아침을 먹고 그릇을 씻었다. 그런 뒤 펜과 종이를 찾아 식탁에 앉았다.

친애하는 다비나 아주머니께,

친절히 대해주셔서 무척 고마웠어요. 같이 살자고 말해주신 것도 정말 고마웠고요. 하지만 제가 아주머니를 배신했다고 여기지 말아주세요. 아주머니가 바라는 대로 아들이 되고 싶지만 그럴 수 없어요. 난 내가 되어야 하거든요. 물론 아직은 내가 되는 게 뭔지, 내가 찾아야 하는 게 뭔지 잘 모르겠어요. 아시다시피 저는 지금 다른 누군가를 찾고 있기도 해요. 기억 속의 사람인지, 꿈속의 사람인지 확실치 않아요. 하지만 저는 여기 머물 수 없고, 지금껏 찾아온 것을 포기할 수 없어요. 지금은 안 돼요. 정말 죄송해요. 저를 나쁘게 여기지 말아주세요. 아주머니의 친절을 이용해먹었다고 여기지 말아주세요.

다시 한 번 감사드리고, 언제나 행운이 함께하고 행복하시기를 빕니다.

아주머니의 친구,

태린.

추신: 아주머니는 정말 예뻐요. 제가 이제껏 본 사람들 가운데 가장 예쁜 것 같아요. 언젠가 꼭 노래도 듣고 춤추는 것도 보고 싶어요. 이만 안녕.

태린은 편지를 접어서 눈에 잘 띄도록 식탁 한가운데에 놓아두었다. 그리고 소지품과 다비나가 옷장에 걸어둔 겉옷을 챙겼다.

태린은 어디로 가야 할지 알 수 없었다. 아는 거라곤 그 집에 머물 수 없다는 것뿐이었다. 가진 거라곤 자기 몸과 지금 입고 있는 옷, 진짜 기억인지 확신할 수 없는 몇 가지 기억뿐이었다.

이것이 태린이 가진 전부였다. 나무 사이로 내리비치는 햇빛, 그 햇빛의 따사로움, 밀밭인지 옥수수밭인지 모르지만 갓 베어낸 풀 냄새, 그 여자의 향기, 그 여자의 노랫소리, 그 여자의 품에 안긴 감촉. 그래, 태린은 갓난아기였다, 틀림없이, 아주 오래전에.

머나먼.

푸른 들판에서.

태린은 현관문으로 손을 뻗었다. 길거리가 태린을 기다리고 있었다. 영원한 삶이라는 인간의 크나큰 기대에 염려와 환상과 낙담을 지닌 채.

바로 그때 태린은 진실을 깨달았다. 그 여자를 결코 찾지 못하리라는 것을. 꿈속의 그 여자를 결코 찾지 못할 것이다. 그 여자도, 햇빛이 내리비치는 가로수 길도, 그 여자 옆에서 태린을 안아 높이 들어 올리던 그 남자도 못 찾을 것이다. 그 남자는 산과 땅만큼이나 커지라고 태린을 높이 들어 올리고, 빙글빙글 돌리며 웃음을 터뜨렸다. 그 남자에게서는 동물 냄새 같기도 하고 가죽 냄새 같기도 한 기분 좋은 냄새가 풍겼다.

이제 영원히 사라진.

푸른 들판.

태린은 마지막으로 다비나의 아파트를 빙 둘러봤다. 이제는 어디로 가야 할지 안다. 그 여자와 남자를 어떻게 찾을지, 그들을 어떻게 다시 만날지… 결국 길은 있다.

태린은 밖으로 나와 조용히 문을 닫고 길거리로 나섰다. 아직은 자기가 있는 곳이 어디인지 모르지만 조금 걷다 보면 곧 알게 될 것이다. 언제나 그랬다. 언제나 결국에는 알았다. 그래서 태린은 왼쪽 길로 갈 수도 있지만 오른쪽 길로 접어들었다. 모든 길이 결국 하나로 연결되는데 어느 쪽을 택하든 뭐가 문제일까? 문제는 그 여정이 얼마나 걸리느냐 하는 것뿐이다. 그게 전부다. 모든 길은 마침내 그곳으로 향한다.

태린은 길을 걷는 내내 생각에 잠겼다. 짧고도 불행한 자기 삶을 생각하며 깊은 슬픔에 빠져들었다. 마음이 괴롭거나 자기가 가엾게 여겨지지는 않았다. 그저 자기 삶이 완전히 달랐더라면 좋았을 거라는 생각이 들었다.

키네인은 태린을 발견한 뒤 잠시 기다렸다가 차에서 나왔다. 그리고 자기가 뒤쫓는 걸 알아채지 못하도록 적당한 거리를 두고 뒤따라갔다. 키네인은 태린을 놀래기 싫었다. 태린이 놀라 도망치게 하기 싫었다. 태린이 지나가는 사람들에게 "도와주세요, 도와줘요!

곧 붙잡힐 거예요. 유괴범이 쫓아오고 있어요!" 하고 소리치게 하기 싫었다.

환한 대낮은 좋은 때가 아니지만 기회는 지금밖에 없었다. 키네인은 오랫동안 기다렸다. 참을 만큼 참았다. 이제 와서 뜻밖의 실수로 모든 것을 망칠 수는 없었다. 키네인은 아이가 도망치게 하고 싶지 않았다. 아이를 다시 잃을 수는 없었다. 그래서 키네인은 세상의 시간을 전부 가진 것처럼, 앞으로 200년은 더 살기라도 할 것처럼 적당히 느리고 무심하게 태린을 뒤따라갔다.

태린은 한없이 걸었다. 문득 디트 생각이 났다. 디트가 아직까지 자기를 찾고 있을지, 어디서 자기를 찾고 있을지 궁금했다. 아니면 포기하고 돈만 챙겨서 다른 데로 갔을까? 그곳에서 또 다른 수입원을 찾아 몇 년 더 풍족하게 살려고 또 다른 카드놀이 상대를 찾고 있는지도 모른다.

태린은 생각에 잠겨 걷고 또 걸었다. 이제는 자기를 빤히 쳐다보는 사람들도, 뭐라고 속닥거리는 목소리도 신경 쓰지 않았다.

"저기 봐, 어린애가 있어. 혼자 다니잖아."

"우리가 …할까?"

"잘 모르겠는데…."

그 사람들이 뭔가를 결정하기 전에 태린은 자리를 떴다.

태린은 이미 예상한 대로 마침내 그곳에 이르렀다. 큰 도시들은 대부분 강을 옆에 끼고 있다. 태린이 도착한 그곳에도 햇빛에 반짝이는 강이 있었다. 널찍한 그 강은 커다란 뱀이 똬리를 틀고 있는 것 같았다.

태린은 강둑을 따라가서 텅 빈 조선소들과 녹슨 기중기들이 늘어선 황폐한 구역으로 들어섰다. 그리고 바닥이 편평한 짐배와 예인선이 떠다니는 강 옆을 지나 강둑 위로 기어 올라갔다. 마침내 다리가 나오자 그곳에서 걸음을 멈추었다.

태린은 다리 난간에 기대서서 빠르게 흐르는 어두운 강물을 내려다봤다. 이제 디트는 태린을 결코 못 찾을 것이다. 아무도 태린을 못 찾을 것이다. 이 강이 그 사람들을 막고, 모든 것을 끝낼 것이다. 피피 이식은 사람을 영원히 아이로 살 수 있게 하고, 노화 방지 약은 사람을 나이 들지 않게 할 수 있다. 그러나 이 강이 그 모든 것을 원상태로 되돌릴 수 있다. 인간이 모든 것을 새로 만들어내도 자연은 그 모든 것을 원래대로 되돌릴 수 있다.

소용돌이치는 물을 내려다보면서 태린은 최면에 빠질 것 같았다. 자기가 무슨 일을 해야 할지 알지만 그 일이 두렵지 않았다. 마지막으로 태린은 자기 자신에게… 다른 무엇, 다른 누군가에게 작별 인사를 하고 싶었다. 하지만 아무것도, 아무도 생각나지 않았다.

처음에 태린은 그 남자를 보지 못했다. 5분쯤 지나서야 그 남자를 발견했다. 그 남자는 30미터쯤 떨어진 곳에서 역시 다리 난간에 기대선 채 흐린 강물을 뚫어지게 내려다보고 있었다.

태린은 곁눈으로 그 남자를 살폈다.

유괴범.

태린은 도망칠 준비를 했다. 그때 문득 도망치지 않아도 된다는 사실이 떠올랐다. 이제 더는 도망치지 않아도 된다. 여기서 뛰어내려 저 아래로 떨어지기만 하면 된다.

저 남자가 움직이면 뛰어내려야지. 저 남자가 움직이자마자 바로 뛰어내려야지. 저 남자의 움직임이 방아쇠가 될 거야. 저 남자의 움직임이.

그런데 남자는 움직이지 않았다. 가만히 서서 강물만 내려다보고 있었다. 태린은 남자를 찬찬히 살펴봤다. 키가 크고, 큼직한 손에 넓적하고 각진 얼굴을 하고 있었다. 그리고 한동안 노화 방지 약을 먹지 않았는지 좀 많이 늙어 보였다.

움직이면 뛰어내릴 거야. 당신이 움직이면 난 뛰어내릴 거야.

하지만 여전히 남자는 움직이지 않았다. 남자는 강물 속에서 자신의 영혼을, 마음을, 삶을 찾고 있기라도 하듯이 계속 강물만 내려다봤다. 그러다 마침내 남자가 고개를 들더니 태린을 봤다.

남자는 무척 슬퍼 보였다. 무척 슬프고, 기운이 없어 보였다.

"대니, 너 맞니?"

태린은 남자를 빤히 쳐다봤다. 뭐라고 말한 거지? 뭐라고 했지?

"대니, 너 맞니?"

남자가 되풀이해서 묻는데, 이름을 부를 때마다 목소리가 커졌다. 오랜 세월이 흘렀어도 여전히 희망을 품고 있다는 듯이 말이다.

태린은 몸이 뻣뻣해졌다. 이건 속임수다. 남자는 태린을 와락 붙잡을 것이다. 이렇게 계속 말을 걸면서 가까이 다가와서는 태린이 뛰어내리기 전에 낚아챌 것이다.

그때 트럭이 지나가며 소음을 일으키는 바람에 남자의 목소리가 들리지 않았다. 남자가 다시 물었다.

"대니, 너 맞지? 너지? 네가 아니라면 난 여기서 멈춰야 해… 이제 포기하고… 집으로 돌아가야 해… 네가 아니라면 말이다."

남자는 움직이려고도, 가까이 오려고도 하지 않았다. 태린을 속여 자기를 믿게 하려고도 하지 않았다.

"저를 뭐, 뭐라고 불렀어요?"

남자가 태린을 봤다. 태린의 눈과 얼굴과 코를… 찬찬히 봤다.

"대니, 네 엄마를 아주 많이 닮았구나. 네 엄마를 꼭 닮았어."

남자가 양손을 들어 얼굴에 갖다 댔다. 그는 울고 있었다.

이건 속임수야. 자기를 믿게 하려는, 자기한테 가까이 오게 하려는 속임수.

"제 이름은 대니가 아니에요."

남자가 고개를 들더니 옷소매로 얼굴을 닦았다.

"대니, 예전엔 그렇게 불렀단다. 아주 오래전에. 그게 우리가 지어준 이름이야."

"제 이름은 태린이에요."

"그건 네 중간이름이란다. 네 엄마의 성에서 따온 거지. 네 옷에 그 이름이 수놓아져 있었는지 모르겠구나."

태린은 화가 치솟았다. 그래서 침이 튀도록 남자한테 고래고래 소리를 질렀다.

"믿을 수 없어요. 당신은 거짓말쟁이예요. 유괴범이에요. 다른 사람들처럼 나를 팔아 돈을 벌려는 거예요. 그럼 난 계속 남들 흉내나 내며 살아야겠죠. 하지만 이제 난 다른 사람들이 원하는 대로 살지 않을 거예요. 절대로 그렇게 안 살 거예요. 그전에 죽어버릴 거예요. 한 발짝만 더 다가오면 자살할 거라고요."

남자는 움직이지 않았다.

"우린 너희를 시골 농장에서 키웠다. 다른 사람들은 대부분 아이가 없었지만 우린 아이들이 있었어. 그런데 네 엄마가 너를 데리고 읍내에 나갔다가 깜박 잊고 가게에 가방을 두고 나왔어. 그래서 가방을 가지러 가느라 겨우 15초나 20초쯤 너를 혼자 밖에 뒀는데, 네 엄마가 가게에서 나와 보니….”

“어떻게요? 설마요!”

“네가 없어졌다.”

“당신은 거짓말쟁이예요!”

“대니, 난 거짓말쟁이가 아니다. 네가 대니라면 난 거짓말쟁이가 아니야.”

“왜 저를 찾지 않았어요? 왜 안 찾았냐고요!”

“경찰서에 신고했고, 우리도 직접 찾아다녔다. 다른 사람들이 모두 포기했을 때도 우린 포기하지 않았어. 오랫동안 난 너를 찾아다녔다. 그동안 수많은 모텔 방에 묵었고, 정말 만나기 싫은 사람들도 만났고, 정말 가기 싫은 곳에도 가봤다. 가는 곳마다 찾을 수 있는 아이는 모두 찾아다니며 그 애들 얼굴에서 나나 네 엄마의 흔적을 찾으려 애썼다….”

“사실이 아니에요. 당신은 거짓말쟁이예요! 비열하게 아이를 유괴하는 거짓말쟁이라고요!”

그때 남자가 겉옷 주머니에 손을 넣어 뭔가를 꺼냈다. 그리고 그것을 높이 쳐들었다.

“대니, 여기 사진이 있어. 우리 모두 함께 찍은 사진이다. 네 어렸을 적 사진. 나랑 너, 엄마랑 네 형제들….”

“뭐… 뭐라고요?”

“와서 이걸 봐. 식구들한테서 너랑 닮은 데를 찾아봐.”

속임수야. 움직이지 마. 속임수에 말려들지 마.

키네인은 아이가 내키지 않아 하면서도 궁금해한다는 걸 알았다. 키네인은 구석으로 몰린 사나운 짐승이 뜻밖의 행동을 보인다는 것도, 언제 물러나야 하는지도 잘 알았다.

"좋아. 여기에 사진을 놔둘게. 사진을 난간 위에 올려놓고 바람에 날려가지 않게 동전을 몇 개 올려놓을게. 난 30미터쯤 뒤로 물러나 있을 테니까 이리 와서 봐."

남자가 멀찌감치 물러나자, 태린은 아주 조심스레 앞으로 다가가 사진을 낚아챘다. 동전이 강으로 굴러 떨어졌다.

태린은 사진을 움켜쥐고 찬찬히 들여다봤다.

그것은 가족사진이었다. '노인과 어린이 박물관'에서 본 사진과 비슷했다.

한 여자가 갓난아기를 안은 채 카메라를 향해 미소 짓고 있었다. 그 여자 옆에 서 있는 남자는, 지금 태린과 함께 다리 위에 있는 그 남자였다.

그 사진은 야외에서 찍은 것이었다. 시골이고, 초여름쯤 되는 것 같았다. 사람들 뒤로 흰색으로 칠한 농가가 보이고, 집 뒤쪽과 오른쪽으로 긴 가로수 길이 보였다. 가로수 길 너머에는 잘 익은 밀과 보리가 심어진 밭과, 샛노랗게 어른거리는 유채밭이 펼쳐져 있었다.

푸른 들판인 것 같았다.

머나먼 푸른 들판.

사진은 주글주글하고 지저분했다. 사진을 꺼냈다 넣었다 하기를 수없이 반복한 것 같았다.

이게 나일까? 정말 나일까?

갓난아기는 그냥 평범한 아기였다. 하지만 여자는 태린과 닮은 데가 있었다. 골격이 닮았고, 눈과 머리카락 빛깔이 닮았고, 가지런하고 하얀 이도 꼭 닮았다. 여자가 갓난아기를 보며 미소 짓는 모습은, 세상에서 가장 경이로운 것을 보고 있는 모습 같았다.

태린은 사진에서 얼굴을 들고 자기를 쳐다보고 있는 남자를 봤다. 남자는 자기가 어떤 소리를 내거나 움직이면 태린이 도망칠까 봐 불안한지 뻣뻣이 서 있었다. 오랫동안 몰래 쫓아다닌 끝에 드디어 먹잇감을 구석으로 몰아놓고 와락 달려들 준비가 된 포식자 같았다.

태린은 몇 걸음 뒤로 물러섰다. 남자가 걱정스러운 눈빛으로 쳐다봤다.

"그 사진을 거기 둬라. 그게 네가 아니라면… 그 사진을 놔둬… 아무튼 나한테 돌려줘."

태린은 남자를 향해 미소를 지었다. 그리고 사진을 강물에 떨어뜨릴 것처럼 다리 난간 너머로 사진을 들어 올렸다. 남자의 얼굴에서 염려와 고통이, 그 사진을 잃어버릴지 모른다는 두려움이, 소중한 아들의 마지막 흔적이 영원히 사라질지 모른다는 두려움이 느껴졌다.

"더 가까이 오면 이 사진을 놔버릴 거예요."

태린은 갑자기 자기가 힘이 세진 것 같았다. 이제 아무도 나한테 뭐라고 하지 못할 거야. 내가 다른 사람들의 삶과 운명을 지배하는 사람이 되었으니까. 이제는 아무도 나를 해치지 못할 거야.

태린은 사진을 고쳐 쥐었다. 바람이 불자 사진이 약간 흔들렸다.

손가락에서 힘을 빼기만 하면 사진은 낙엽처럼 펄럭거리며 저 아래 강으로 떨어질 것이다.

남자는 가만히 바라보고만 있었다. 아무 말도 하지 않았고, 늦기 전에 달려와 태린의 손에서 사진을 낚아채려고도 하지 않았다.

태린은 그 낡은 사진을 쥔 채 다리 난간 위로 기어 올라갔다. 바람이 불어와 머리카락을 흩날렸다. 태린은 소용돌이치는 강물을 내려다봤다.

남자가 주먹을 꽉 쥐고서 태린을 쳐다봤다.

"대니…."

"난 대니가 아니에요… 난 누구도 아니에요… 난 그냥… 나예요… 그게 누구든…."

"대니, 너를 집으로 데려가려고 왔다. 식구들이 너를 기다리고 있어. 엄마, 할머니, 네 형제들… 모두가 기다리고 있다… 기다리고 있어… 난 너를 못 찾으면 돌아가지 않겠다고 했다… 이제까지 그 긴 세월을 너를 찾아다녔어…."

"이것 봐요… 아주 영리해요… 훌륭해요… 하마터면 믿을 뻔했어요… 네, 참 영리하네요, 아저씨. 칭찬하지 않을 수 없군요. 하지만 아저씨, 그거 알아요? 당신들은 모두 거짓말쟁이예요. 단지 돈을 벌 수단으로 날 잡으려는 거잖아요. 당신들은 모두…."

태린은 하마터면 발을 헛디딜 뻔했다. 마침 다리 밑으로 짐배가 지나갔고, 배와 교각 사이에 강물이 소용돌이쳤다.

"대니… 대니…."

이제 태린은 뛰어내릴 것이다. 다섯까지 센 다음 눈을 감고 뛰어내릴 것이다. 그러면 되는 것이다.

"대니, 다리에 증거가 있다. 그 사진을 봐, 갓난아기 다리. 무릎 안쪽에 점이 있는데 태어날 때부터 있던 거야. 한번 찾아봐."

태린은 눈을 뜨고 사진을 들여다봤다. 갓난아기 얼굴이 포동포동했다. 만족스럽고 행복해 보였다. 팔도 토실토실해서 팔꿈치 안쪽이 옴폭 들어가 있었다. 아기는 속옷을 입고 있는데 윗도리만 입고 아래엔 기저귀를 차고 있었다. 태린은 증거를 찾았다. 처음에는 찾지 못했다. 사진의 그 부분이 거의 닳아버려서. 그 점은 더 커지기만 했을 뿐 지금과 똑같은 모양이었다. 태린이 자라면서 점도 함께 커진 것 같았다.

태린은 난간에서 내려왔다. 기어 내려온 게 아니라 거의 떨어질 듯이 내려왔다. 그리고 다리 난간에 등을 기대고 앉아 계속 사진만 들여다봤다. 세상에 다른 것은 아무것도 존재하지 않는 것처럼.

잠시 후, 남자가 다가와 태린 옆에 쪼그리고 앉았다. 태린이 아직도 의심할지 몰라 가까이는 오지 못하고 멀찌감치 떨어져 앉았다.

마침내 태린이 고개를 들었다.

"당신이 제 아빠인가요?"

남자가 고개를 끄덕였다.

"그런 것 같구나, 대니."

"계속 저를 찾아다녔다고요?"

"계속 너를 찾아다녔다."

"그때부터 지금까지 계속?"

"그래, 그때부터 지금까지 계속… 너를 찾아다녔다. 그동안… 단 한 번도 멈추지 않았다… 단 한 번도… 결코… 멈출 수가 없었다…."

태린은 고개를 돌렸다. 그리고 발아래 길바닥을, 길바닥의 흙을, 흙바닥의 갈라진 틈을 뚫어져라 내려다봤다.

남자가 일어서더니 좀 더 가까이 다가왔다. 그리고 천천히 손을 내밀어 태린의 어깨를 어루만졌다.

"집에 가자, 대니. 이제 집에 가자…."

태린은 고개를 끄덕였다. 그러면서도 일어서거나 고개를 들려 하지 않고 계속 땅바닥만 내려다봤다.

마침내 남자가 태린을 반쯤은 들어 올리고 반쯤은 제 발로 서도록 해서 일으켜 세웠다. 태린에게서 사진을 건네받으려 했지만, 태린이 여전히 사진을 꼭 쥐고 있고 싶어 해서 그대로 두었다. 대신에 남자는 태린의 어깨를 감싸 안았다.

마침내, 두 사람은 발걸음을 옮겼다.

태린과 키네인은 하루 종일 차를 타고 계속 이동했다. 그리고 밤늦게 래피드 링크 모텔에서 몇 시간 쉬어가려고 멈추었다. 태린은 디트와 묵었던 그 모든 모텔 방과 함께 디트가 생각났다. 아직은 디트보다 자기 아빠가 낯설게 느껴졌다. 디트는 익숙하고 예측할 수 있었지만, 이 남자는 누가 알겠는가? 이 남자를 웃게 하는 것은 무엇이고, 슬프게 하는 것은 무엇이고, 화나게 하는 것은 무엇일까? 이 남자는 어떻게 해서 결코 포기할 줄 모르는 사람이 된 걸까? 이 남자는 어떻게 해서 내가 자기 아들이고, 나를 사랑한다는 이유로 평생토록 나를 찾아다닌 걸까?

태린은 잠시 자기가 그리워했던 것이 두려워졌다.

새벽에 두 사람은 다시 길을 떠났고, 몇 시간 뒤 시골로 접어들었다. 기름진 붉은 흙이 보이고, 젖소와 양과 푸른 목장이 보였다. 다시 흙이 달라지더니 농작물이 자라는 들판으로 바뀌었다. 이제 차는 시골 마을과 다름없는 작은 읍내로 들어섰다. 태린의 아빠가 차를 세우더니 길 건너에 있는 가게를 가리켰다.

"저기였다. 저 가게 앞이었어."

태린은 그 옛날 유모차에 앉아 있다가 유괴를 당했다는 그 장소를 바라봤다.

"그자는 누구였어요?"

"아무도 모르지. 아마 차를 타고 온 다른 지역 사람이었을 거야. 이곳을 지나던 중에 기회를 엿보다가 너를 낚아챈 거겠지."

태린은 아빠를 쳐다봤다. 아빠의 얼굴에 난 주름살이 깊었다. 대부분의 사람들보다 주름살이 더, 필요 이상으로 깊었다.

"뭐 하나 여쭤봐도 돼요?"

"물론이다."

"노화 방지 약을 드세요?"

"아니."

"왜요?"

"대니, 왜라니?"

"저는 태린이란 이름이 익숙해요. 대니라고 부르면 다른 사람을 부르는 것 같아요."

"이제 넌 다른 사람 아니냐? 집에 가고 있잖아."

"태린이 익숙해요. 그게 바로 저예요."

아빠가 고개를 끄덕였다.

"알았다."

"아빠 얼굴에 난 주름살이 깊어요."

"노화 방지 약을 전혀 안 먹거든. 우리 식구들은 아무도 안 먹는단다."

"점점 늙을 텐데요?"

"안다. 참, 말해둘 게 있는데, 네 엄마는 사진 속 모습과 조금 다를 거야. 물론 여전히 보기 좋긴 하다만… 네 엄마도 나이를 먹었지. 네 할머니도 마찬가지고… 네 할머니는 기차역의 선로보다 더 많은 주름살을 갖고 있단다. 하지만 할머니를 좋아하게 될 거야."

"왜 노화 방지 약을 먹지 않으세요? 늙고 싶으세요? 돌아가시고 싶으세요?"

"물론 아니지."

"그럼 왜요?"

"그게 잘못된 것 같으니까… 요즘 아이들이 거의 태어나지 않는 게 그 때문인 것 같아서… 사람들이 자기 목숨에만 매달려서… 다른 사람한테는 차례가 돌아가지 않는 것 같구나."

"그럼 아빠는 곧 돌아가시나요?"

이제 막 가족을 찾았는데 다시 가족을 잃을지 모른다고 생각하니 태린은 갑자기 외로워졌다.

아빠가 미소를 지었다.

"뭔가 난데없이 덮치지만 않으면 안 죽을 거야. 사실 키네인 집안 사람들은 오래 산단다."

"얼마나 오래 사는데요?"

"85년, 아니 90년쯤."

"길지 않은데요."

"다른 것의 도움을 받지 않고 사는 건데?"

"아빠…."

아빠가 침을 꿀꺽 삼키더니, 옷깃이 너무 꽉 끼기라도 한 것처럼 목덜미를 쓰다듬었다.

"그래, 아들아…."

"다른 사람들은 대부분 아이를 못 갖는데… 어째서 우린… 나랑 형제들이랑… 그렇게 많아요?"

"우리가 그냥 운이 좋은 거일 수 있지. 우리가 사는 방식 때문일 수도 있고."

"마을에 다른 아이들도 있어요?"

"음, 조금 있지."

"여자애들도요?"

아빠가 웃음을 터뜨렸다.

"그럼. 있다마다."

"어떤 여자애를 만난 적 있어요."

"그래?"

"그 애는 정말 예뻤어요."

아빠는 한동안 아무 말도 하지 않았다. 시간을 망칠 것 같아 어떤 말도 하기 싫었다. 아빠와 아들이 그냥 함께하는 시간 말이다.

마침내 아빠가 물었다.

"그 애를 좋아하니?"

태린은 고개를 끄덕였다.

"네. 하지만… 그 애는 겉으로 보이는 모습과 달랐어요. 그 애는… 나이가 많았어요."

"아. 그 애도 너를 좋아하니?"

"그런 것 같아요. 저를 돌봐주고 싶어 했어요."

"너도 그러길 원했니?"

"아뇨. 저는 집에 가고 싶었어요. 저는 내내 집에 돌아가고 싶었어요. 하지만 우리 집이 어디 있는지 까맣게 몰랐어요… 우리 집이 있는지조차 몰랐어요."

아빠는 미소를 지으려 했지만, 사실 그럴 마음이 나지 않았다.

"이제 식구들을 만날 준비가 됐니?"

태린은 고개를 끄덕였다.

"그런 것 같아요. 식구들은 제가 오는 걸 알고 있나요?"

"물론이지. 내가 이미 전화로 말했단다."

"아빠…."

"응?"

"겁이 나요."

"그럴 거야. 나도 안다… 하지만 식구들이 너보다 갑절은 더 겁내고 있을걸."

그 말에 태린은 웃음을 터뜨렸다.

태린의 기분이 풀리는 사이, 아빠는 차를 몰아 서서히 읍내를 빠져나갔다.

농장 옆 가로수 길에는 양쪽에서 플라타너스 가지가 가운데로 뻗어 하늘을 덮고 있었다. 차가 그 길을 가는 동안 나뭇가지와 잎사귀 사이로 햇빛이 내리비쳐 주위가 밝아졌다 어두워졌다, 밝아졌다 어두워졌다 했다.

"이거 기억나요…."

"뭘 말이냐?"

"햇빛이랑 아빠 얼굴에 생긴 나무 그늘이랑… 무슨 냄새요. 동물들 냄새랑… 아빠 냄새랑…."

"나?!"

"그리고 엄마…."

"아, 다 왔다."

차가 자갈길 위에서 덜그럭거리더니 집 앞 마당에 멈춰 섰다.

"형제들이 저보다 나이가 많아요, 적어요?"

"손위로는 형이 있고, 손아래로는 여동생이 있단다. 양쪽 다 두 살 터울이지. 저기, 식구들이 모두 나와 있구나."

태린과 아빠는 차에서 나가지 않았다. 한참 동안.

나머지 식구들 넷은 차 앞에 서서 지켜보고만 있었다. 태린이 와서 기쁘지만 사실 어떻게 행동해야 할지 모르는 것 같았다.

"태린… 내릴까?"

"그래요."

아빠가 먼저 내린 뒤 차를 한 바퀴 빙 돌아 태린을 위해 문을 열어줬다. 드디어 태린이 차에서 내려 아빠 옆에 섰다.

아빠가 말했다.

"태린이에요. 얘는 그렇게 부르는 게 좋대요. 태린, 이쪽이 할머니야. 이름은 니나…."

"태린, 잘 왔다…."

기차역의 선로보다 더 많은 주름살. 할머니는 과연 주름살이 많았다. 하지만 다른 한편으로는 멋있었다. 시들시들하고 늙었지만 잘 익은 호두처럼, 가을 낙엽처럼 아름다웠다.

"네 형, 에드."

"안녕."

"안녕."

"네 여동생, 벨라."

"안녕."

"안녕."

"그리고… 여긴…."

엄마였다. 사진 속에서 본 엄마. 하지만, 그래, 아빠가 말한 대로 더 늙어 보였다.

"태린, 어떻게 지냈니?"

"잘 지냈어요, 엄마."

"네가 오니 좋구나…."

엄마가 악수하려고 태린한테 손을 내밀었다. 더 깊은 친밀감은 바라지도 않고 느끼지도 않는 것 같았다. 태린은 손가락만 살짝 스치도록 손을 내밀어 악수했다.

"만나서 기뻐요, 엄마…."

태린은 이 말을 얼마나 자주 했던가? 얼마나 많은 고객들에게, 얼마나 많은 집의 문 앞에 서서 이 말을 했던가? 그러고 나서 태린은 고객들이 원하는 오후의 아이가 되려고 애썼다.

나를 사랑할 건가요? 태린은 이런 생각을 하며 엄마를 바라봤다. *나를 사랑할 건가요? 내 모습 그대로. 나를 있는 그대로 사랑할 건가요?*

"미안하다, 태린… 정말 미안해… 정말 한순간이었다. 정말 그랬어. 한순간에 너를 잃어버렸어… 미안하다, 정말 미안해. 모든 게 내 잘못이야….”

엄마가 울기 시작했다.

태린은 그런 엄마를 보는 게 고통스러웠다.

엄마가 울면서 양팔을 내밀었다. 부모가 자기를 향해 달려오는 아이한테 그러는 것처럼, 달려오는 아이를 번쩍 들어 올려 빙글빙글 돌릴 준비가 되었다는 듯 양팔을 내밀었다.

하지만 아이가 딴 데로 달려가면 어떡하지? 엄마한테 달려오지도 않고, 다가오지도 않고, 뒤돌아서 도망쳐버리면 어떡하지?

“정말 미안하다, 태린. 정말 미안해… 나는, 난, 난….”

태린은 앞으로 다가가 엄마를 안고 엄마한테 머리를 기댔다. 그러자 엄마가 태린의 머리를 살살 쓰다듬었다.

“엄마 잘못이 아니에요. 난 괜찮아요. 엄마 잘못이 아니에요.”

엄마는 아무 말도 하지 않았다. 계속 태린을 꼭 껴안고서 태린의 머리를 쓰다듬기만 했다. 엄마한테서는 태린이 기억하고 있는 그 냄새가 났다. 정말 똑같았다. 그 옛날 냄새와 똑같았다.

힘든 시간이 찾아왔다. 식사 때마다 식구들은 무슨 말을 할지, 어떻게 말해야 할지 몰라 입을 꾹 다물었다. 태린이 마음속으로 무슨 생각을 하는지 아무도 몰랐다. 사실 태린 자신도 잘 몰랐다. 태린은 여기 이곳에서 이 사람들과 함께했어야 할 시간을 잃어버렸다. 어린 시절을 잃어버렸다. 여러 면에서 식구들은 모두 착해 보이고, 너무 순진해 보이기까지 했다. 그런 사람들이 태린의 삶을 어떻게 알겠는가? 태린의 삶을 어떻게 이해하겠는가?

태린의 마음이 편해지기까지는 오랜 시간이 걸렸다. 태린은 이따금 농장 일을 돕거나 혼자 일없이 여기저기 돌아다녔다. 식구들은 태린을 혼자 두기 싫었지만, 사람은 가끔 혼자 있어야 한다는 걸 알기에 내버려두었다.

어느 날 오후, 태린이 마당에 앉아 있는데 형 에드가 축구공을 차며 나타났다. 에드는 축구공을 양발로 주고받은 다음 높이 올려 차더니 이번에는 무릎으로 받아 찼다. 그리고 양쪽 무릎으로 번갈아 가며 공을 튀기다가 다시 발등으로 공을 찼다.

태린은 그런 형을 지켜봤다.

에드가 물었다.

"축구 할래?"

"어떻게 하는지 모르는데… 어떻게 공을 차는지 몰라."

그랬다. 태린은 아무것도 몰랐다. 축구를 할 줄도 몰랐다. 돈 말고, 일하는 것 말고, 사람들이 원하는 걸 해주는 것 말고는 아무것도 몰랐다. 이제 다른 것을 배우기엔 너무 늦었는지 모른다.

에드가 이번에는 헛간 벽을 향해 공을 찼다가 공이 튀어 오자 발로 공을 감았다.

"내가 가르쳐줄게. 어떻게 하는지 가르쳐줄게."

잠시 태린은 엎어놓은 여물통 위에 앉아 손톱으로 풀잎을 조각조각 찢다가, 마침내 자리에서 일어나 에드한테 다가갔다.

"좋아. 가르쳐줘."

"자, 이렇게 공을 저 벽에 대고 차봐."

에드가 다시 헛간 벽을 향해 공을 가볍게 찼고, 공이 튀어 오자 발로 잡았다.

태린은 형이 가르쳐준 대로 했다. 공이 튀어 왔다. 하지만 공을 놓치는 바람에 뛰어가서 잡아야 했다.

태린은 공을 몰고 제자리로 돌아왔다.

"이제 어떻게 해?"

"다시 차봐. 하지만 이번엔 우리 둘이 공을 잡아보는 거야."

"그다음엔 어떻게 해?"

"일단 차봐. 차보면 알아."

"알았어."

태린은 다시 공을 찼다. 헛간 벽에 맞은 공이 튀어 왔고, 형제는 그 공을 먼저 잡으려고 쫓아갔다. 공을 두고 다투는 사이, 둘의 다리가 뒤얽히고 둘의 몸이 쾅쾅 부딪쳤다. 에드가 먼저 공을 잡았지만 태린이 쫓아가 공을 빼앗았다. 그러자 이번에는 에드가 태린을 쫓아갔고, 태린은 공을 몰고 마당을 가로질러 도망쳤다. 에드는 도망치는 태린을 열심히 쫓아갔다.

그 순간 태린은 알아챘다.

자기가 지금 무엇을 하고 있는지 불쑥 알아챘다.

태린은 웃고 있었다.

큰 소리로 웃고 있었다.

16
미스 버지니아

그후 태린은 70년을 더 살았는데, 그사이 여자를 만났고 운 좋게 아이들도 낳았다.

태린은 디트를 잊으려 애썼지만 결코 잊지 못했다. 기억은 되풀이되는 악몽처럼 계속 찾아왔다. 기차와 모텔 방과 번쩍거리는 텔레비전 화면에 대한 기억들이 흉터처럼 계속 남아 있었다. 어느 날 밤에는 깜짝 놀라 일어나 아이들이 잘 자고 있는지 확인하러 아이들 방으로 달려가기도 했다. 그럴 때면 디트가 아이들 방문 앞에 나타나 이렇게 말할 것만 같았다.

"꼬맹이, 들어봐. 나한테 계획이 있어…."

수십 년이 흐른 뒤에야 태린은 위버 부인에게서 빌린 돈과, 그걸 갚겠다고 한 맹세가 기억났다. 그래서 위버 부인의 집 주소를 어렵게 알아내, 사과 편지와 함께 그때 훔친 500유닛을 보냈다. 그 돈을 받은 위버 부인은 당시 태린보다 더 젊어 보였다.

태린이 숨을 거두던 날, 머나먼 도시의 어느 거리에서는 인조 모피가 달린 외투를 입은 어떤 여자가 택시에서 내리더니 작은 건물의 뒷문으로 들어갔다. 뒷문에는 '예능인 외 출입금지'라는 푯말이

붙어 있었다. 그 여자는 곧장 분장실로 들어가 공연 준비를 시작했다.

그 건물 앞의 광고판에서는 그날의 인기 공연을 소개하고 있었다. 불빛이 번쩍거리는 광고판에는 이런 문구가 실렸다.

특별공연. 미스 버지니아, 125살의 여자아이가 여전히 춤을 추고 있다. 당신이 결코 가져보지 못한 딸을 보러 오시라. 모두가 좋아하는 소녀. 1일 2회 공연.

오후 두 시, 건물 앞에는 오후 공연을 보려는 사람들이 이미 줄서서 기다리고 있었다. 네 시 정각이 되자 저녁 공연 티켓도 모두 예매가 끝났다.

건물 입구에는 관람객들을 위한 알림판이 걸려 있었다.

알림판의 문구는 짧았다.

매진.